GERECHTIGKEIT FÜR BOONE

BADGE OF HONOR: DIE TEXAS HEROES
BUCH 6

SUSAN STOKER

Copyright © 2024 Susan Stoker
Englischer Originaltitel: »Justice for Boone (Badge of Honor: Texas Heroes Book 6)«
Deutsche Übersetzung: Ute Heinzel für Daniela Mansfield Translations 2024
Alle Rechte vorbehalten. Dies ist ein Werk der Fiktion. Namen, Darsteller, Orte und Handlung entspringen entweder der Fantasie der Autorin oder werden fiktiv eingesetzt. Jegliche Ähnlichkeit mit tatsächlichen Vorkommnissen, Schauplätzen oder Personen, lebend oder verstorben, ist rein zufällig.
Dieses Buch darf ohne die ausdrückliche schriftliche Genehmigung der Autorin weder in seiner Gesamtheit noch in Auszügen auf keinerlei Art mithilfe elektronischer oder mechanischer Mittel vervielfältigt oder weitergegeben werden.
Ohne die ausschließlichen Rechte der Autorin [und des Herausgebers], die sich aus dem Urheberrecht ableiten lassen, auf irgendeine Weise einzuschränken, ist jegliche Verwendung dieser Veröffentlichung zum »Training« generativer Technologien der Künstlichen Intelligenz mit dem Ziel der Generierung von Texten ausdrücklich untersagt. Die Autorin behält sich das Recht vor, Lizenzen für den Gebrauch dieses Werkes für das Training generativer Künstlicher Intelligenz und die Entwicklung von Sprachmodellen für maschinelles Lernen zu vergeben.
Titelbild entworfen von: Chris Mackey, AURA Design Group
ISBN Taschenbuch: 978-1-64499-420-7
Besuchen Sie Susan im Netz!
www.stokeraces.com
facebook.com/authorsusanstoker
twitter.com/Susan_Stoker
bookbub.com/authors/susan-stoker
instagram.com/authorsusanstoker
Email: Susan@StokerAces.com

EBENFALLS VON SUSAN STOKER

Badge of Honor: Die Texas Heroes
Gerechtigkeit für Mackenzie (1 Dez)
Gerechtigkeit für Mickie (1 Dez)
Gerechtigkeit für Corrie (1 Mar)
Gerechtigkeit für Laine (1 Mar)
Sicherheit für Elizabeth (1 Apr)
Gerechtigkeit für Boone (1 Apr)
Sicherheit für Adeline (1 Jun)
Sicherheit für Sophie (1 Jun)
Gerechtigkeit für Erin
Gerechtigkeit für Milena
Sicherheit für Blythe
Gerechtigkeit für Hope
Sicherheit für Quinn
Sicherheit für Koren
Sicherheit für Penelope

Die Männer von Alpha Cove

SUSAN STOKER

Ein Soldat für Britt (12 Aug)
Ein Seemann für Marit (3 Mar)
Ein Pilot für Harper
Ein Wächter für Jordan

Ein Spiel des Glücks
Ein Beschützer für Carlise
Ein Prinz für June
Ein Held für Marlowe
Ein Holzfäller für April

Die Männer von Silverstone
Vertrauen in Skylar
Vertrauen in Taylor
Vertrauen in Molly
Vertrauen in Cassidy

SEALs of Protection: Alliance
Schutz für Remi
Schutz für Wren
Schutz für Josie
Schutz für Maggie
Schutz für Addison
Schutz für Kelli
Schutz für Bree

Die Rescue Angels
Hilfe für Laryn (1 Jul)
Hilfe für Amanda (4 Nov)
Hilfe für Zita

Hilfe für Penny
Hilfe für Kara
Hilfe für Jennifer

Das Bergungsteam vom Eagle Point

Ein Retter für Lilly
Ein Retter für Elsie
Ein Retter für Bristol
Ein Retter für Caryn
Ein Retter für Finley
Ein Retter für Heather
Ein Retter für Khloe

Die SEALs von Hawaii:

Die Suche nach Elodie
Die Suche nach Lexie
Die Suche nach Kenna
Die Suche nach Monica
Die Suche nach Carly
Die Suche nach Ashlyn
Die Suche nach Jodelle

Die Zuflucht in den Bergen

Zuflucht für Alaska
Zuflucht für Henley
Zuflucht für Reese
Zuflucht für Cora
Zuflucht für Lara
Zuflucht für Maisy
Zuflucht für Ryleigh

SEALs of Protection: Legacy

Ein Beschützer für Caite
Ein Beschützer für Brenae
Ein Beschützer für Sidney
Ein Beschützer für Piper
Ein Beschützer für Zoey
Ein Beschützer für Avery
Ein Beschützer für Kalee
Ein Beschützer für Jane

Mountain Mercenaries:

Die Befreiung von Allye
Die Befreiung von Chloe
Die Befreiung von Morgan
Die Befreiung von Harlow
Die Befreiung von Everly
Die Befreiung von Zara
Die Befreiung von Raven

Ace Security Reihe:

Anspruch auf Grace
Anspruch auf Alexis
Anspruch auf Bailey
Anspruch auf Felicity
Anspruch auf Sarah

Die Delta Force Heroes:

Die Rettung von Rayne
Die Rettung von Emily
Die Rettung von Harley
Die Hochzeit von Emily

Die Rettung von Kassie
Die Rettung von Bryn
Die Rettung von Casey
Die Rettung von Wendy
Die Rettung von Sadie
Die Rettung von Mary
Die Rettung von Macie
Die Rettung von Annie

Delta Team Zwei
Ein Held für Gillian
Ein Held für Kinley
Ein Held für Aspen
Ein Held für Jayme
Ein Held für Riley
Ein Held für Devyn
Ein Held für Ember
Ein Held für Sierra

SEALs of Protection:
Schutz für Caroline
Schutz für Alabama
Schutz für Fiona
Die Hochzeit von Caroline
Schutz für Summer
Schutz für Cheyenne
Schutz für Jessyka
Schutz für Julie
Schutz für Melody
Schutz für die Zukunft
Schutz für Kiera

SUSAN STOKER

Schutz für Alabamas Kinder
Schutz für Dakota
Schutz für Tex

<u>Eine Sammlung von Kurzgeschichten</u>
Ein langer kurzer Augenblick

ANMERKUNG DER AUTORIN

Es besteht kein Zweifel, dass häusliche Gewalt in der heutigen Gesellschaft ein immer größeres Problem darstellt. Eine von vier Frauen wird im Laufe ihres Lebens in irgendeiner Form von häuslicher Gewalt betroffen sein. Lesen Sie das noch einmal. Eine. Von. Vier. Diese Zahl ist VIEL zu groß.

Aber häusliche Gewalt ist kein ausschließliches Problem männlicher Übergriffe gegen Frauen. Sie kann jedem passieren, unabhängig von Geschlecht, Rasse, ethnischer Zugehörigkeit, sexueller Gesinnung oder Einkommen. Über Gewalt an Frauen wird gesprochen und sie wird in den Medien und Fernsehsendungen sichtbarer gemacht als jede andere Art des Missbrauchs, aber Tatsache ist, dass in den Vereinigten Staaten jährlich nahezu drei Millionen Männer Opfer von körperlichen Übergriffen werden.

Ja, Männer werden missbraucht, darüber wird nur nicht so häufig berichtet.

Bei diesem Buch handelt es sich um eine erfundene

Geschichte. Sie beruht weder auf einer mir bekannten Person noch auf einer Situation, über die ich gelesen habe. Allerdings *könnte* es so sein. Boone ist Texaner, ein großer, starker Mann, doch weil er in seiner Kindheit Missbrauch erfahren hat, hat er sich geschworen, niemals gewalttätig einer Frau gegenüber zu sein ... und macht sich damit für die gleiche Art von Missbrauch anfällig, die er als kleiner Junge bezeugt hat.

Sofern nicht in irgendeiner Form eingeschritten wird, besteht leider eine sehr viel größere Wahrscheinlichkeit, dass Jungen, die häuslichem Missbrauch bereits ab einem frühen Alter ausgesetzt sind, als Erwachsene selbst zu Tätern werden und den Gewaltkreislauf damit in der nächsten Generation fortsetzen.

Die meisten Fälle von häuslicher Gewalt werden nicht zur Anzeige gebracht. Machen Sie den Mund auf. Sprechen Sie sich gegen häusliche Gewalt aus und bewirken Sie etwas für jemanden, der Hilfe benötigt.

Vermutlich sind unsere Polizisten diejenigen, die am meisten über diese Art von Gewalt wissen, da sie sich tagtäglich damit beschäftigen. Ich danke jedem Polizisten und jeder Polizistin. Sie sind an der Frontlinie und versuchen, denjenigen Hilfe zu verschaffen, die sie am dringendsten benötigen.

PROLOG

Hayden Yates schloss die Wohnungstür mit einem Seufzer hinter sich. Sie ließ ihren Schlüsselbund auf den Tisch neben der Tür fallen und ging durch den Flur zu ihrem Schlafzimmer. Die kleine Dreizimmerwohnung war spärlich eingerichtet. Sie hatte einige Fotos ihrer Eltern im Wohnzimmer und einige Bilder an der Wand, typisch weibliche Dinge waren jedoch nirgendwo zu sehen.

Keine Fransenkissen, keine Blumen auf der Küchenanrichte, keine süßlich riechenden Kerzen auf irgendeiner Oberfläche. Die Wohnung roch nicht nach irgendeinem fruchtigen Lufterfrischer. Wenn jemand sich in ihrer Küche umblickte, fand er viele Fertiggerichte, Dosensuppen, Soßen und Käse im Kühlschrank.

Hayden ignorierte alles und ging auf direktem Weg in ihr Schlafzimmer. Als sie die Tür öffnete, hatte sie bereits damit begonnen, ihre Uniform auszuziehen. Sie nahm die Hilfssheriff-Dienstmarke ab, die sie trug, und legte sie auf ihre Kommode, dann öffnete sie die Klettverschlüsse ihrer kugelsicheren Weste und ließ sie dort, wo sie stand, zu Boden fallen. Als Nächstes öffnete sie die Schnalle des Waffengürtels, den sie um die Hüften trug, und legte ihn neben der Dusche auf den Boden, wo sie ihn achtlos liegen ließ.

Sie knöpfte ihre braune Uniformhose auf, schob den Reißverschluss nach unten und beugte sich in die Duschkabine, um das Wasser anzustellen. Hayden blinzelte ihre Tränen weg und legte schnell ihre restliche Kleidung ab, die sie zu einem Haufen auf den Fliesen auftürmte, bevor sie in die Dusche und unter den heißen Wasserstrahl trat. Sie krümmte sich unter der Brause zusammen, senkte den Kopf und ließ das Wasser auf ihre Schultern prasseln.

Die letzten Monate waren unheimlich anstrengend gewesen. Wie so oft waren sie durchsetzt mit Adrenalinschüben, die durch Angst und Aufregung hervorgerufen wurden, und stundenlanger Langeweile sowie polizeilicher Routinearbeit. Es war jedoch die Liebe zwischen ihren Freunden – Quint Axton und seiner Freundin Corrie Madison und Feuerwehrmann Cade Turner und seiner Freundin Beth Perkins –, die Hayden um den Verstand brachte.

Vor einigen Monaten war Corrie Zeugin einer Schießerei am Arbeitsplatz geworden, woraufhin die Männer, die dahintersteckten, sie entführt hatten, um sie dauerhaft zum Schweigen zu bringen. Quint hatte Corrie zusammen mit Dax, einem Texas Ranger, Cruz, einem FBI-Agenten, Hayden und anderen Mitgliedern der Polizei von San Antonio aufgespürt und war zu ihrer Rettung geeilt. Obwohl Corrie blind war, war es ihr irgendwie gelungen, ihren Entführern ohne fremde Hilfe zu entwischen.

Als ihnen klar geworden war, dass Corrie in den Wald gelaufen und vermutlich auf einen Baum geklettert war, hatte Quint die Schultern nach hinten gedrückt und sich an die Arbeit gemacht, seine Frau zu finden.

Dann hatte Cade, der sonst auch als Sledge bekannt war, kürzlich eine Beziehung mit Beth angefangen, die wegen Erfahrungen, die sie gemacht hatte, bevor sie nach Texas gezogen war, unter Agoraphobie litt und Feuer benutzt hatte, um eine Form von Kontrolle in ihrem Leben zu verspüren. Es war ihr möglich, beide Probleme zu bekämpfen, sie hatte aber das Pech, sich in Cades Haus aufzuhalten, als dort eingebrochen wurde. Großartigerweise machte sie sich ihre Liebe zu Cade zunutze, um diese entsetzliche Erfahrung zu überstehen.

Hayden hatte nie die Art von Liebe gesehen, die ihre Freunde füreinander empfanden. Oh, sie hatte darüber in den Liebesromanen gelesen, die sie insgeheim verschlang, aber nicht geglaubt, dass so etwas tatsächlich existierte. Ihre eigenen Eltern liebten einander vermutlich, verhielten sich miteinander aber mehr wie Freunde als Liebhaber. Hayden hatte gedacht, dass die Art von Liebe, über die sie las, etwas war, das sich ausgetrocknete, sexuell frustrierte, altmodische Romanautorinnen in ihren einsamen Köpfen ausgedacht hatten. Wie falsch sie gelegen hatte.

Hayden hob zitternd die Hände und strich ihr Haar zurück, während das heiße Wasser weiter auf sie hinunterprasselte. Diese Art von Liebe war Hayden schon ihr ganzes Leben lang versagt geblieben. Als Kind, als Teenager, als Collegestudentin und selbst als Erwachsene. Sie hatte genügend feste Freunde gehabt und hätte einige von ihnen sogar lieben können, wenn sie ihnen nur eine Chance gegeben hätte. Aber kein einziges Mal hatte sie diese Art von Gefühl bei einem anderen Menschen hervorgerufen.

Sie erinnerte sich daran, wie Quint, als sie kurz davor stand, den Baum hochzuklettern, um seine Freundin zu retten, sie angesehen und gesagt hatte: »Sei vorsichtig.« Das hatte Hayden einen winzigen Einblick gegeben, wie es sich anfühlen könnte, wenn ein Mann besorgt um sie war.

Es hatte sich gut angefühlt, dass sich zur Abwechslung einmal jemand Sorgen um sie machte. Aber dann hatte Quint seinen Satz zu Ende gesprochen und gesagt: »Sei vorsichtig, sie bedeutet mir die Welt.«

Selbstverständlich hatte er sich um Corrie gesorgt und nicht um sie. Sie war Hilfssheriff Hayden Yates, niemand sorgte sich um sie. Sie konnte auf sich selbst aufpassen. Sie passte *immer* selbst auf sich auf.

Dieser Moment ging ihr immer wieder durch den Kopf. Die Erleichterung, die sie verspürt hatte, als sie sah, dass mit Corrie alles in Ordnung war, und der Schmerz zu wissen, dass sie selbst in den Köpfen der anderen lediglich ein Nebengedanke war.

Hayden atmete tief durch und wusch sich rasch das Haar, dann gab sie etwas Duschgel auf ihren Schwamm und rieb sich damit über den Körper. Als sie fertig war, spülte sie Seife und Shampoo ab und schaltete das Wasser aus. Sie griff nach einem Handtuch und trocknete sich schnell ab, bevor sie es wieder über den Handtuchhalter hing. Sie stellte sich nackt ans Waschbecken, putzte sich die Zähne und spülte mit Mundwasser nach, bevor sie alles ausspuckte.

Mit langen Schritten, die schon bei mehr als einer Gelegenheit als männlich bezeichnet worden waren, verließ sie das Badezimmer und schlug die Bettdecke zurück. Haydens Bett war ihr sicherer Ort. Der einzige Ort, an dem sie immer sie selbst sein konnte. Die Bettwäsche hatte eine Fadendichte von eintausend und fühlte sich an ihrem nackten Körper luxuriös an. Ihre Bettdecke war rosa und geblümt und beinahe schon unerträglich weiblich.

Hayden kuschelte sich in die Decke und drückte das Stofftier aus ihrer Kindheit fest an ihre Brust. Es war ein rosafarbener Elefant, der schon bessere Zeiten gesehen hatte. Der Plüsch war schon lange abgenutzt und die Füllung bereits einige Male ausgetauscht worden. Der Rüssel von Ellie, dem Elefanten war mehr als einmal unbeholfen wieder angenäht worden und hing schief an dem einst weichen Gesicht. Hayden hatte ihren wertvollen Besitz noch nie jemandem gezeigt, da sie wusste, dass er nicht zu dem Bild passen würde, das die anderen von ihr hatten. Knallhart. Kompetent. Mannsweib.

Sie unterdrückte ein Schluchzen, vergrub den Kopf an Ellies weichem Körper und dachte über all die Dinge nach, die sich während der letzten Monate zugetragen hatten.

Zu bezeugen, wie Cade und Beth nach dem Einbruch in sein Haus erleichtert gewesen waren, einander wiederzusehen. Beth hatte zugegeben, dass Cade ihr »sicherer Ort« war und dass der Gedanke daran, dass er kommen und sie dort finden würde, wo sie sich hinter dem Haus versteckt hielt, ihr geholfen hatte, das schlimme Ereignis zu überstehen.

Vor ihrem inneren Auge sah sie auch Quint und seine offensichtliche Liebe für Corrie, seine Erleichterung, als sie in Sicherheit war, und ihre Gesichter, als sie einander festhielten, nachdem Hayden ihr geholfen hatte, vom Baum hinunterzusteigen.

Haydens traurige, einsame Worte hallten in dem leeren Zimmer wider, in dem niemand außer ihr sie hören konnte.

»Ich wünschte, dass nur einmal jemand Angst hätte, *mich* zu verlieren.«

KAPITEL EINS

Zum gefühlt hundertsten Mal seufzte Hayden an diesem Tag glücklich auf. Die zwei Wochen bezahlte Freistellung vom Dienst hatten sich wie eine Ewigkeit angefühlt. Ohne ihre Arbeit als Hilfssheriff hatte sie nichts ... war sie ein Niemand. Sie lebte für ihre Arbeit. Ob es nun richtig oder falsch war, ihr Job machte sie glücklich und zu dem Menschen, der sie war.

Sie bereute es nicht, auf den Mann geschossen zu haben, der während einer routinemäßigen Verkehrskontrolle eine Waffe gezogen hatte. Es war lediglich einer von Hunderten von Einsätzen gewesen, zu denen sie während ihrer Laufbahn gerufen worden war, nur hatte bei diesem der Mann eine Pistole gezogen und auf sie geschossen, als sie sich der Fahrertür näherte. Zum Glück hatte sie ausreichend Training gehabt, um instinktiv zu reagieren. Sie entging nur knapp einem Treffer und selbst im Fallen zur Seite gelang es ihr, auf den Fahrer zu schießen.

Der Schusswechsel war innerhalb von Sekunden vorüber gewesen, wobei Haydens Kugel den Mann in die Stirn getroffen und sofort getötet hatte. Es stellte sich heraus, dass gegen den Mann ein Haftbefehl wegen Mordes vorlag. Er hatte seine Freundin in Texas getötet und war auf der Flucht gewesen.

Jedes Mal wenn ein Beamter in eine Schießerei verwickelt war, war eine Freistellung vom Dienst vorgeschrieben. Hayden wusste, dass sie richtig gehandelt hatte, es dauerte jedoch scheinbar länger als üblich, bis der Untersuchungsausschuss sich den Fall angeschaut hatte. Das lag teilweise an der genauen Überprüfung durch die Medien, die immer dann erfolgte, wenn ein Polizist gezwungen war, einen Zivilisten zu erschießen. Hayden hatte Glück gehabt, weil sie in ihrer Karriere nicht sehr häufig einer Kugel so nahe gekommen war, doch die Wartezeit, bis sie wieder zum Dienst zurückkehren konnte, war für sie nie einfach.

Als Hayden endlich den Anruf bekam, in dem ihr mitgeteilt wurde, dass der Fall geklärt sei und sie wieder in den aktiven Dienst zurückkehren dürfe, war sie bereit gewesen. Sie war es nicht gewohnt, sich so lange freizunehmen. Sie war ein- oder zweimal mit Dax, Cruz, Quint und ihren Freundinnen etwas trinken gegangen. Hayden verstand sich wirklich gut mit Mackenzie, Mickie und Corrie. Manchmal ging Macks beste Freundin Laine, die mit einem anderen Texas Ranger zusammen war, ebenfalls mit ihnen aus, doch in letzter Zeit war es ihr nicht möglich gewesen, sie zu begleiten.

Hayden war mit einer ganzen Reihe von Männern aus anderen Abteilungen des Gesetzesvollzugs befreundet, was zwar etwas ungewöhnlich war, aber niemanden interessierte. Sie alle waren sich bei zahlreichen Konferenzen begegnet und arbeiteten gemeinsam an Fällen, die über die Zuständigkeitsbereiche hinausgingen. Die Freundinnen der Männer waren lustig, weiblich und hatten keine Angst davor, ihren Partnern die Hölle heißzumachen. Immer wenn sie ausgingen, kam Hayden mit Seitenstechen zurück, weil sie so sehr gelacht hatte.

Eines Abends waren einige der Jungs von Wache sieben – die Feuerwehrmänner, die mittlerweile mehr zu ihren Brüdern geworden waren, als bloß Arbeitskollegen zu sein – zusammen mit ihnen ausgegangen und sie hatte mehr gelacht als jemals zuvor. Cade war eine Zeit lang zu ihnen gestoßen, hatte sich aber früh verabschiedet, um den Rest des Abends mit Beth zu verbringen, die immer noch darauf hinarbeitete, mit Freunden auszugehen. Sie litt an Agoraphobie, doch Cade sagte, dass es ihr von Woche zu Woche besser ginge, wenngleich sie für einen Kneipenabend noch nicht bereit sei.

Hayden war ebenfalls einige Male mit ihren Hilfssheriff-Kollegen und einigen anderen alleinstehenden Polizisten ausgegangen, die sie kannte und mochte. Junggesellenabschiede machten jede Menge Spaß und waren weitaus besser, als zu Hause zu sitzen. Hayden liebte es, TJ, Conor, Calder und einigen ihrer anderen ungebundenen Freunde dabei zuzusehen, wie sie flirteten und versuchten, die Frauen zu beeindrucken.

Sie wusste, dass sie »nur einer der Jungs« war, und das machte ihr nichts aus. Hayden fühlte sich zu keinem der Männer hingezogen, mit denen sie zusammenarbeitete, und die Männer standen ganz sicher auch nicht auf sie. Sie hatte noch nie zuvor solch gute Freunde gehabt und würde Freundschaft der Liebe jederzeit vorziehen.

Sie wusste, was sie war und was nicht. Und sie war nicht so weiblich, hübsch oder anfällig dafür, einen Mann zu brauchen, damit er auf sie aufpasste. Das war sie noch nie gewesen und würde es auch nie sein.

Hayden hatte ein starkes Selbstbewusstsein, war unabhängig und mochte sich wirklich so, wie sie war. Dennoch reichte es manchmal aus, die Beziehungen ihrer Freunde zu ihren Partnerinnen zu sehen, um in ihr die Sehnsucht nach einem eigenen Partner zu wecken. Ein Mann, der sich um sie sorgen könnte, wenn sie im Dienst war. Oder der sich vielleicht die Zeit nehmen würde, ihr Mittagessen zu bringen, wenn sie Pause hatte. Oder der eventuell die Tatsache zu schätzen wüsste, dass sie keine Frau war, die Blumen geschenkt bekommen wollte oder mit Samthandschuhen angefasst werden musste.

»Zentrale an vier-zwei-vier.«

Die knisternde Stimme, die aus Haydens Funkgerät drang, riss sie aus ihren halb depressiven Gedanken.

»Hier ist vier-zwei-vier, ich höre.«

»Unterstützung wird benötigt in eintausenddreiundvierzig Hildebrandt Road wegen eines häuslichen Zwischenfalls.«

»Zehn-vier.«

Hayden beugte sich nach vorn und schaltete Blaulicht und Sirene ihres Fahrzeugs an. Sie befand sich bereits auf der südöstlichen Seite von San Antonio und war dem Einsatzort am nächsten. Sie trat aufs Gas und bemerkte geistesabwesend, wie die Wagen auf der äußersten Spur ausnahmsweise nach rechts rüberfuhren, als sie hinter ihnen auftauchte.

»Zentrale, hier ist vier-zwei-vier. Gibt es noch weitere Informationen zu dem häuslichen Zwischenfall?«

»Der Anruf erfolgte vor etwa dreißig Minuten. Die Frau, die den Vorfall gemeldet hat, behauptete, sie habe ihren Freund besucht, woraufhin er wütend auf sie geworden sei und sie geschlagen hätte. Sechs-zwei-sieben und eins-sieben-vier sind bereits am Einsatzort und fordern Verstärkung an.«

»Waffen?«

»Nicht bekannt.«

»Zehn-vier.«

Häusliche Zwischenfälle gehörten zu den schwierigsten Einsätzen, mit denen Hayden und ihre Hilfssheriff-Kollegen – verdammt, jeder Polizist – zu tun hatten. Sie waren oft gefühlsgeladen und oftmals mussten die Beamten herausfinden, was sich tatsächlich zugetragen hatte. Meistens behaupteten beide Seiten, dass die Schuld bei der anderen Person liege. Ganz zu schweigen von der Tatsache, dass immerzu die Gefahr einer ins Spiel gebrachten Waffe drohte. Die Täter wussten, dass das Gesetz nicht auf ihrer Seite war, weshalb sie alles sagten oder taten, um einen Gefängnisaufenthalt zu vermeiden.

Häusliche Gewalt war eins der wenigen Vergehen in Texas, bei dem ein Polizist eine Person an Ort und Stelle verhaften konnte, ohne den Vorfall tatsächlich bezeugt zu haben. Der Beamte brauchte lediglich einen hinreichenden Verdacht, wie eine Zeugenaussage oder den

Beweis einer Verletzung, um zu demonstrieren, dass eine Person eine andere angegriffen hatte.

Hayden stimmte dem Gesetz voll und ganz zu. Sie arbeitete zwar erst seit zehn Jahren im Gesetzesvollzug, doch selbst in dieser Zeit hatte sie bezeugt, wie das Gesetz langsam, aber sicher mehr Opfern unrecht tat. Sie hatte zu viele Täter gesehen, die immer wieder mit Gewalt gegen ihre Partner davongekommen waren. Aus ihrer Sicht war das unglaublich frustrierend.

Wegen der erhöhten Gefahr bemühte die Zentrale sich für gewöhnlich, zwei Hilfssheriffs zu jedem häuslichen Zwischenfall zu schicken. Sechs-zwei-sieben war Jimmy Phillips und eins-sieben-vier war Troy Bruton. Hayden kannte und respektierte beide Männer, obwohl sie dazu neigten, manchmal etwas plump daherzukommen. Sie sprachen Rasern nur sehr selten Verwarnungen aus und Hayden wusste, dass sie der »Altherrenriege« angehörten. Trotzdem waren sie gute Polizisten und Hayden fühlte sich geehrt, dass sie hinter ihr standen.

Hayden fuhr von der Autobahn auf die Hildebrandt Road und raste zu der Adresse, die auf ihrem Laptop-Navigationsgerät angezeigt wurde. Wieder war sie positiv überrascht, als die Fahrzeuge ihr Platz machten. Als sie endlich bei der Adresse ankam, stellte sie erstaunt fest, dass es sich um eine Rinderfarm handelte. Häusliche Zwischenfälle konnten selbstverständlich überall passieren, aber es war das erste Mal, dass sie zu einer so großen und offensichtlich erfolgreichen Rinderfarm gerufen wurde.

Obwohl Hayden nahezu ihr gesamtes Leben in Texas verbracht hatte, hatte sie nie die Bezeichnungen der verschiedenen Rindersorten gelernt. Die Einzigen, die sie auf Anhieb erkannte, waren die Langhornrinder. Auf den Weiden, die das Grundstück umgaben, trotteten schwarzbraune Kühe gemächlich umher.

Hayden fuhr auf dem Weg in die Einfahrt unter dem hübschen schmiedeeisernen Schild hindurch, das verkündete, sie befände sich nun auf dem Grundstück von »Hatcher Farms«. Sie parkte ihren Wagen neben den Einsatzfahrzeugen von Jimmy und Troy, gab über Funk ihren Standort an die Zentrale durch und stieg aus.

Als Hayden ihren Waffengürtel zurechtrückte und dafür sorgte, dass ihre Ausrüstung – Taser, Pistole, Handschellen und Schlagstock – an der richtigen Stelle saß, bevor sie das Haus betrat, hörte sie einen hysterischen Frauenschrei. Sie bewunderte kurz die Schönheit des Gebäudes, bevor sie sich auf den Weg dorthin machte.

Das Haus hatte nur ein Stockwerk und eine Veranda an der Vorderseite, hinter der sich zahlreiche Fenster befanden, die das Morgenlicht hereinließen. Es hatte ein graues Metalldach und drei Dachfenster an der Oberseite. Auf der Veranda stand sogar eine Hollywoodschaukel, die träge im warmen Texaswind umherschwang. Alles in allem wirkte es wie das Märchenhaus einer perfekten Familie ... aber wie üblich konnte der Schein trügen, wie die lauter werdende Stimme attestierte, die sie problemlos von draußen hörte.

Hayden machte sich nicht die Mühe anzuklopfen, da die Tür offen stand. Sie stieß die Fliegengittertür auf und betrat eine große Diele. Jimmy befand sich mit einer hysterischen Frau in dem Raum auf der linken Seite, was das Kreischen erklärte, das Hayden gehört hatte, als sie aus ihrem Wagen gestiegen war. In einem Zimmer auf der rechten Seite hielten sich Troy und ein Mann auf.

Mit einem Blick auf die Situation entspannte Hayden sich ein wenig, als ihr klar wurde, dass die drohende Gefahr in diesem Moment gering zu sein schien. Der Mann saß auf dem Sofa und hatte den Kopf in die Hände gestützt. In diesem Augenblick stellte er offensichtlich für niemanden eine Bedrohung dar. Die Frau war diejenige, die sie im Auge behalten mussten. Sie gestikulierte wild und gab Jimmy keine Gelegenheit, überhaupt zu Wort zu kommen.

Sie war einige Zentimeter größer als Hayden mit ihren eins siebenundsechzig und hatte langes blondes Haar. Sie war hübsch zurechtgemacht und trug hohe Absätze, die ihre straffen Beine und ihre schmale Taille zur Geltung brachten. Die Armreife, die sie um die Handgelenke trug, klimperten bei ihren wilden Bewegungen.

Nachdem Hayden beschlossen hatte, mit Troy zu beginnen – sie wollte sich einen Überblick über die Lage verschaffen, bevor sie sich in die explosive Situation mit Jimmy und der Frau hineinbegab –, betrat sie das Zimmer und begrüßte ihren Hilfssheriff-Kollegen.

»Hey.«

»Hilfssheriff Yates. Schön, Sie zu sehen«, sagte der andere Polizist, als sie eintrat.

»Ebenfalls.«

Troy wandte sich dem Mann auf dem Sofa zu. »Bleiben Sie kurz hier, Mr. Hatcher. Ich muss mit Hilfssheriff Yates sprechen.«

Der Mann, Mr. Hatcher, hob den Kopf und Hayden sah zum ersten Mal sein Gesicht.

Heiliger Strohsack, der Mann war wunderschön.

Es gab keine andere Bezeichnung dafür. Sie war keine Frau, die von einem gut aussehenden Mann überwältigt wurde, aber er hatte eine Intensität, die sie noch nie zuvor gesehen hatte. Er hatte sichtbare Bartstoppeln, als hätte er sich einen oder zwei Tage lang nicht rasiert. Er hatte dunkles, welliges Haar, das vermutlich schon vor zwei Monaten hätte geschnitten werden sollen, an ihm jedoch gut aussah. Sein Kiefer war kantig und seine Nase schief, da sie offensichtlich irgendwann einmal gebrochen war. Er hatte volle Lippen, die derzeit zu einem grimmigen Strich verzogen waren.

Er wirkte nicht besonders groß, obwohl er muskulös und offensichtlich durchtrainiert war. Hayden konnte seine tatsächliche Größe nicht einschätzen, aber sie ging davon aus, dass er nur wenige Zentimeter größer war als sie. Sie hatte sich noch nie zu muskelbepackten Männern hingezogen gefühlt, da sie diesen Körperbau zur Genüge bei einigen ihrer Polizistenkollegen gesehen hatte, mit denen sie zusammenarbeitete, aber dieser Mann schien die perfekte Mischung aus Muskeln, Größe und Aussehen zu sein.

Aber so sehr sie sich auch sofort zu ihm hingezogen fühlte, waren es die Augen des Mannes, die tatsächlich Haydens Aufmerksamkeit erregten. Sie schienen sich nach ihr auszustrecken und ihr Herz in Beschlag zu nehmen. Sie waren traurig und, wenn Hayden sich nicht täuschte, frustriert. Sie hatte keine Ahnung, wie es ihr gelang, so viel in seine braunen Augen hineinzuinterpretieren, aber es war ihr möglich. Die Farbe erinnerte Hayden an die einzige Puppe, die sie je in ihrem Leben besessen hatte. Ihre Tante hatte sie ihr geschenkt, als sie etwa vier Jahre alt war. Hayden hatte ihr den Namen Molly gegeben. Molly hatte einen Plastikkopf mit den realistischsten Augen, die sie bei einem Spielzeug je gesehen hatte.

Sie hatte diese Puppe exakt zwei Monate, bevor sie verschwand. Erst als sie ein Teenager war, fand sie heraus, dass ihr Vater sie weggeworfen hatte.

Hayden schob die störenden Gedanken beiseite, denn sie wusste, dass jetzt nicht der richtige Zeitpunkt war, um über ihre dysfunktionale Erziehung oder die seltsame und unpassende Anziehung nachzudenken, die sie zu einem Verdächtigen in einem Fall von häuslicher Gewalt verspürte. Sie konzentrierte sich auf ihren Kollegen. Troy und sie traten zur Seite und sprachen leise, damit der Mann ihr Gespräch nicht hören konnte.

»Was liegt vor?«, fragte Hayden.

»Ein typischer häuslicher Zwischenfall, soweit wir es beurteilen können. Die Frau hat den Notruf gewählt und behauptet, ihr Freund«, Troy deutete mit dem Daumen auf den Mann, der auf dem Sofa saß, »habe sie geschlagen und sie hätte Angst, dass er sie weiter misshandeln würde. Sie hat Blutergüsse im Gesicht und Druckspuren an ihrem Handgelenk. Sieht ziemlich eindeutig aus.«

Da Hayden niemand war, die einer Sache einfach so Glauben schenkte, fragte sie: »Was hat *er* dazu zu sagen?«

»Den üblichen Mist. Er behauptet, er hätte sie nicht angerührt, würde niemals eine Frau schlagen, und erklärte darüber hinaus, dass er sich vor einem Monat von ihr getrennt habe, sie sich aber weigere, es zu akzeptieren und ihn in Ruhe zu lassen.«

»Wirklich?« Hayden war überrascht. Diese Aussage sollte sich relativ einfach überprüfen lassen und wenn der Mann log, war er nicht besonders schlau.

»Ja«, fuhr Troy fort. »Er behauptet weiter, sie hätte *sich selbst* geschlagen, um es aussehen zu lassen, als sei er ihr gegenüber gewalttätig geworden, und habe ihm gedroht, ihn verhaften zu lassen, sollte er sie nicht zurücknehmen.«

»Hmmmm.« Das war neu. Hayden hatte einige Fälle erlebt, bei denen der Mann das Opfer häuslicher Gewalt geworden war, aber keiner der Männer hatte ausgesehen wie dieser hier. Er wirkte nicht so, als würde er sich von irgendjemandem etwas sagen lassen, schon gar nicht von einer Frau.

»Was für eine gequirlte Scheiße«, bemerkte Troy abfällig. »Sieh ihn dir doch an. Er ist riesig. Er stellt definitiv eine Bedrohung dar.«

Hayden schaute noch einmal zu dem Mann auf dem Sofa und dann ins andere Zimmer zu der Frau, die immer noch redete. Sie blieb bei ihrer Anfangsvermutung. Für einen Mann war er durchschnittlich groß und stark – das musste er sein, wenn er auf einer Farm arbeitete –, und wenn er beschloss, eine Frau zu schlagen, würde er sie problemlos verletzen ... er müsste seiner Hand nicht einmal besonders viel Kraft verleihen, damit sie einen Bluterguss davonträgt.

Aber in diesem Moment sah der Mann nicht im Geringsten bedrohlich aus. Ja, er war muskulös, aber ihre

Berufserfahrung sagte ihr, dass von ihm nichts Furchterregendes ausging. Hayden war zu einer sehr guten Menschenkennerin geworden. Das musste sie auch sein. Ihr Leben hing davon ab.

»Lass mich mit ihm sprechen. Du weißt so gut wie ich, dass eine Frau dafür sorgen kann, dass ein Kerl sich entspannt und sein Herz ausschüttet oder ihn noch wütender macht, damit wir sehen können, was er tatsächlich denkt.«

»Sehr gut. Deswegen haben wir dich bei der Zentrale angefordert. Ich werde Jimmy unterstützen. Klingt ganz so, als hätte er dort drüben alle Hände voll zu tun.«

Hayden nickte Troy zu und sah ihm nach, als er ins Nebenzimmer schlenderte. Sie trat an den Mann auf dem Sofa heran. Ihr fiel auf, dass er Troys und ihr Gespräch beobachtet hatte. Er hatte ihre Worte vielleicht nicht hören können, hatte den Blick aber nicht von ihnen abgewendet, als hätte er Angst gehabt, dass die beiden ihn jede Sekunde in Handschellen legen könnten. Obwohl Hayden den Mann erst vor Kurzem zum ersten Mal gesehen hatte, wurde ihr anhand der Art und Weise klar, wie er zwischen ihren Kollegen und der Frau im Nebenzimmer hin und her schaute, dass ihm nicht viel entging. Sie durfte ihn nicht unterschätzen.

»Hallo, mein Name ist Hilfssheriff Yates.« Sie streckte ihm zur Begrüßung die Hand hin.

»Boone Hatcher.« Er schüttelte sie höflich, dann ließ er sie los.

Sie hakte die Daumen in ihren Waffengürtel und nahm eine lockere Haltung ein, um ihn zu entspannen ... nun, zumindest so sehr, wie er es in einer Situation wie dieser sein konnte. »Hatcher. Sind Sie der Besitzer dieser Farm?«

»Ja. Sie hat meinem Vater gehört und als er starb, kam sie in meinen Besitz.«

»Das mit Ihrem Vater tut mir leid.« Hayden versuchte, ein gutes Verhältnis zu dem Mann aufzubauen. Sie hatte mit den Jahren gelernt, dass es kein guter Weg war, ein Verhör mit sofortigen Fragen zum Tathergang zu beginnen. Sie musste ein gewisses Vertrauen etablieren und der Person zeigen, dass sie ebenfalls ein Mensch war, anstatt sie sofort mit Fragen zu durchlöchern. »Sie sind offensichtlich sehr erfolgreich.«

Hayden widerstand dem Bedürfnis, bei seinem Blick unruhig zu werden. Es war, als wüsste er ganz genau, was sie tat. Endlich antwortete er, doch Hayden hatte das Gefühl, als wollte er sie nur bei Laune halten.

»Ja, Hatcher Farms zählt zu einem der erfolgreichsten Aufzuchtbetriebe in Texas. Wir verkaufen Bullen, Rinder und Sperma überall in die Vereinigten Staaten. Unser Betrieb ist zwar groß, befindet sich aber nach wie vor in Familienbesitz.«

Hayden beschloss, zur Sache zu kommen. Boone wirkte wie ein Mann, der das direkte Gespräch zu schätzen wusste. »Was war heute hier los, Boone?«

Er hielt dem Blickkontakt mit ihr stand. »Ich habe Ihrem Kollegen bereits erzählt, was passiert ist.«

»Aber mir haben Sie es nicht erzählt. Ich höre mir die Dinge gern selbst an und ziehe meine eigenen Schlüsse.«

Er atmete lange und angestrengt aus, dann sprach er. »Ich habe gestern bis spät in die Nacht gearbeitet. Bei einem der Kälber gab es eine schwierige Geburt. Ich bin ins Haus gegangen und habe geduscht, dann habe ich im Nebenzimmer ein Geräusch gehört. Ich kam hier herein und sah Dana in der Küche. Sie stand an meinem Herd und hat Eier gebraten. Ich habe sie nicht eingeladen, wir sind seit einem Monat getrennt. Sie akzeptiert es jedoch nicht. Wir gerieten in ein Wortgefecht und es gefiel ihr nicht, als ich ihr zum wiederholten Mal sagte, dass zwischen uns Schluss sei. Sie packte ihr Handgelenk und presste es so fest zusammen, bis sie sich einen Bluterguss zugefügt hatte, dann sagte sie, sie würde mir das Leben zur Hölle machen, wenn ich sie nicht zurücknähme. Sie schleuderte mir die Schüssel mit den Eiern entgegen und als ich darauf nicht reagierte, schlug sie sich selbst und wählte danach den Notruf. Und hier sind wir nun.«

Während Boone sprach, behielt Hayden einen teilnahmslosen Gesichtsausdruck. Für sie klang das Ganze sehr weit hergeholt. »Gut, ich werde mich mit Dana unterhalten und mir anhören, was sie zu sagen hat. Warten Sie bitte ... in Ordnung?«

Sie sah zu, wie jedes freundliche Leuchten erlosch, das in seinen Augen zu sehen gewesen war. »Ja, tun Sie das. Ich weiß schon, wie es laufen wird.«

»Sir –«

Boone winkte ab und stützte den Kopf wieder in die Hände, wobei jeder Muskel seines Körpers geschlagen erschlaffte.

Hayden zog sich zurück und betrat das andere Zimmer.

Sie verließ sich auf ihr Bauchgefühl. Man konnte es weibliche Intuition nennen oder einen guten Polizistensinn ... was auch immer es war, es hatte sie in der Vergangenheit selten im Stich gelassen. Und derzeit spürte sie mit jeder Faser ihres Körpers, dass Boone die Wahrheit sagte. So weit hergeholt es auch klang, sie glaubte ihm. Er hatte ihr in die Augen gesehen, als er ihr seine Version der Geschichte erzählt hatte. Er war nicht allzu genau gewesen, aber auch nicht zu vage.

Jimmy hatte Dana dazu gebracht, sich in dem anderen Zimmer auf einen Stuhl zu setzen, doch sie weinte und redete noch immer.

»Ma'am«, unterbrach Hayden Dana mit strenger Stimme. Sie wusste, dass sie bei Dana eine andere Vorgehensweise anwenden musste. Die »Ich-bin-Ihre-Freundin«-Taktik würde nicht funktionieren. »Ich würde gern kurz mit Ihnen sprechen ... allein.« Sie warf Jimmy und Troy einen Blick zu, den sie sofort verstanden. Sie nickten und entfernten sich wortlos.

»Oh, Gott sei Dank, ich bin so froh, dass Sie hier sind. Nur eine andere Frau versteht, wie es sich anfühlt, verletzlich zu sein.«

Hayden musste sich sehr anstrengen, um nicht mit den Augen zu rollen. In ihrem Leben war sie nie verletzlich gewesen – zumindest nicht so, wie Dana es gemeint hatte. Die Stimme der anderen Frau war zuckersüß und absolut aufgesetzt. Hayden hatte sie als Kind ständig gehört. Schon sehr früh hatte sie gelernt, Schwachsinn zu durchschauen. Die meisten Menschen wollten einfach nur etwas von ihr, wenn sie in diesem Tonfall sprachen. Und Hayden wusste ganz genau, was Dana von ihr wollte.

»Dana ... richtig?«

»Ja. Dana Chapman.«

»Miss Chapman, können Sie mir bitte mit Ihren eigenen Worten beschreiben, was sich heute Morgen zugetragen hat?«

»Ich habe Boonie Frühstück gemacht, als er durchgedreht ist. Ich weiß nicht wieso, aber er hat mich am Handgelenk gepackt ...«, Dana streckte Hayden zur Ansicht den Arm hin und zeigte ihr den leichten Bluterguss, der sich dort bildete, »und als ich ihn bat, mich loszulassen, und ihm sagte, dass er mir wehtut, hat er mich losgelassen, aber mir dann mit dem Handrücken ins Gesicht geschlagen.« Sie drehte den Kopf, damit Hayden die kleine Stelle in ihrem Gesicht sehen konnte. »Dann hat er mich mit den Eiern beworfen, die ich für ihn gemacht habe. Zum Glück konnte ich ihnen ausweichen, sonst wäre ich jetzt voll mit dem ekligen Zeug.«

»Wie sind Sie ins Haus gekommen?«

»Was?«

»Wie sind Sie ins Haus gekommen?«, wiederholte Hayden ruhig.

Offensichtlich erstaunt darüber, dass Hayden ihre Verletzungen nicht näher untersuchte, sagte Dana überstürzt: »Natürlich hat Boone mich reingelassen.«

»Wann?«

»Wann?«

»Ja, wann hat er Sie reingelassen?«

»Nun, heute Morgen.«

»Sie haben nicht hier übernachtet?«

»Nein, gestern Nacht nicht. Normalerweise schlafe ich hier, aber ich hatte zu tun und konnte nicht kommen.«

»Wann haben Sie zum letzten Mal hier übernachtet?«

Als Dana unruhig auf ihrem Stuhl herumrutschte, wusste Hayden, dass sie der Frage ausweichen würde.

»Ich weiß nicht, was das damit zu tun hat. Er hat mich *geschlagen*. Er hat mich *verletzt*. Ich dachte, dass Sie als Frau auf *meiner* Seite wären, mich verstehen würden. Ich kenne das Gesetz. Ich weiß, dass Sie ihn verhaften müssen, wenn es Beweise gibt, dass er mich angegriffen hat.«

Hayden rollte innerlich mit den Augen. Offensichtlich hatte Dana sich über die Gesetze in Texas informiert. »Ich versuche bloß, so viele Informationen wie möglich zu bekommen, Dana. Wann haben Sie zum letzten Mal hier übernachtet?« Sie beobachtete, wie Dana nach links oben blickte.

»Vorgestern, glaube ich.«

»Okay. Und heute sind Sie zum Frühstück gekommen?«

»Ja.« Wieder schaute Dana nach links oben. »Er hat mich gestern spät angerufen ...«

»Um wie viel Uhr?«

»Um wie viel Uhr?«

»Ja, um wie viel Uhr hat er Sie angerufen?«

»Oh, es war spät ... gegen Mitternacht, glaube ich.«

»Gut, er hat Sie also angerufen ...«

»Ja, er hat mich angerufen und mir gesagt, dass er mich vermisst, und mich gefragt, ob ich zum Frühstück komme und ... Sie wissen schon ...«

»Ich fürchte, ich weiß es nicht.« Hayden liebte diesen Teil des Verhörs. Zuzusehen, wie Menschen sich in Lügen verstricken, und sie dann zu entlarven machte tatsächlich Spaß.

»Sex. Er wollte mit mir ficken. Er ruft ständig an, wenn er seinen Schwanz in mich reinstecken will.« Danas Stimme war nun aggressiv und sie versuchte absichtlich, Hayden zu schockieren. Offensichtlich fing sie an, Dana wütend zu machen. Gut.

»Okay, er hat Sie also um Mitternacht angerufen und Sie gebeten, heute Morgen herzukommen. Sie sind hergekommen. Hatten Sie Sex?«

»Was?«

»Sex. Hatten Sie heute Morgen Sex?«

»Nun ... äh ... ja. Er konnte nicht die Finger von mir lassen. Sobald ich zur Tür hereinkam, fiel er mich bereits an.«

»Dann haben Sie es also in der Diele getan?« Hayden konnte kaum das Grinsen auf ihrem Gesicht unterdrücken.

»Also ... nein. Wir haben angefangen, in der Diele rumzuknutschen, aber dann hat er mich in sein Schlafzimmer getragen und dort haben wir es wie die Karnickel getrieben. Er konnte es nicht erwarten, dass ich ihm den Schwanz lutsche.«

»Haben Sie beide verhütet?«

»Hä? Was für eine Frage ist das denn, verdammt?«

»Ich versuche bloß, der Sache auf den Grund zu gehen.«

»Also, wir haben selbstverständlich ein Kondom benutzt! Ich meine, ja, wir sind zusammen, aber ich vögele nicht ohne.«

»Sie nehmen also nicht die Pille?«

»Was für ein Verhör ist das? Nein, ich nehme nicht die

Pille. Ich bekomme davon Magenblähungen und passe nicht mehr in meine Klamotten.«

»Gut, er war also nicht wütend auf Sie, nachdem Sie Sex hatten?«

»Nein. Er liebt meinen Körper. Er liebt es, was ich mit seinem anstellen kann.«

»Okay, dann sind Sie also danach aufgestanden und in die Küche gegangen, um ihm Frühstück zu machen?«

»Hm-hm.«

»Und er kam aus dem Schlafzimmer, wurde wütend auf Sie und hat Sie dann geschlagen?«

»Ja.« Danas Stimme war nun kräftiger. Offenbar hatte sie das Gefühl, wieder festen Boden unter den Füßen zu haben. »Ich habe ihm sein Lieblingsfrühstück gemacht und er kam rein, wurde aus irgendeinem dämlichen Grund sauer auf mich und hat mich geschlagen.«

»Brauchen Sie Eis für Ihr Gesicht? Mir ist aufgefallen, dass Sie es nicht kühlen. Vielleicht fühlen Sie sich dann besser.« Haydens Stimme war beruhigend und freundlich.

»Oh, ja. Das wäre nett. Danke.« Danas Augen füllten sich mit Tränen, als hätte sie einen Wasserhahn aufgedreht.

Obwohl Hayden es nicht wollte, war sie ein wenig beeindruckt davon, wie Dana ihre Tränen kontrollieren konnte. »Ich werde einen der Hilfssheriffs bitten, Ihnen etwas Eis zu holen. Ich werde mich noch einmal mit Boone unterhalten und danach werden wir diese Sache klären.«

»Sie werden ihn doch verhaften, nicht wahr?«

»Keine Sorge, wir werden den Missbrauchstäter ganz sicher verhaften.«

Zum ersten Mal erschien ein aufrichtiges Lächeln auf Danas Gesicht. »Gut.«

»Ich bin gleich zurück. Warten Sie hier.«

Hayden stand auf und trat hinaus in den Flur. »Jimmy, kannst du bitte in die Küche gehen und Miss Chapman etwas Eis holen? Ich muss noch einmal mit Mr. Hatcher sprechen.«

KAPITEL ZWEI

Ruhig ging Hayden zurück in das Zimmer, in dem Boone wartete. Er hatte den Kopf gedreht, damit er sehen konnte, was vor sich ging, hielt ihn jedoch weiter in den Händen.

»Mr. Hatcher –«

»Boone. Bitte sagen Sie doch Boone. Bei Mr. Hatcher fühle ich mich, als würden Sie mit meinem Vater sprechen.«

Hayden nickte. »In Ordnung. Boone, wie Sie sich vermutlich denken können, unterscheidet sich Ihre Version der Ereignisse heute Morgen sehr stark von der von Miss Chapman.«

Boone nickte grimmig, beteuerte seine Unschuld jedoch nicht weiter.

»Ich habe einige Fragen an Sie, wenn das okay ist.«

Er zuckte bloß mit den Schultern.

»Zunächst, wann hat Miss Chapman zum letzten Mal hier in Ihrem Haus übernachtet?«

Boone setzte sich auf, als sei er über diese Frage erschrocken. »Was hat das mit der Sache zu tun?«

»Bitte beantworten Sie einfach die Fragen. Ich weiß, sie klingen so, als hätten sie nichts miteinander zu tun, aber tun Sie mir den Gefallen. Je schneller Sie antworten, desto schneller sind Sie uns los.«

Vielleicht war es die Art, wie sie »sind Sie uns los« gesagt hatte. Vielleicht war es das unvermeidbare Gefühl, dass er die Nacht im Gefängnis verbringen würde. Was auch immer es war, Boone beschloss offensichtlich, nichts zu verlieren zu haben, indem er ihr antwortete. »Sie hat noch nie hier übernachtet.«

»Noch nie?«

»Nein. Ich habe nicht oft mit ihr geschlafen, aber wenn, bin ich immer zu ihr in die Wohnung gefahren.«

»Wie lange waren Sie zusammen?«

»Nur etwa zwei Monate.«

»Dann war sie also nicht erfreut darüber, dass Sie mit ihr Schluss gemacht haben?«

Boone verzog das Gesicht. »Das ist die Untertreibung des Jahrhunderts.«

»Wann haben Sie sich getrennt?«

»Vor ein paar Wochen.«

»Haben Sie sie kürzlich angerufen?«

»Nein.«

Hayden musterte den Mann abschätzend. Seine Antworten waren schnell und auf den Punkt. Er schaute ihr in die Augen, wenn er ihr antwortete, und machte in keiner Weise den Eindruck, als würde er lügen. »Wenn wir Ihre Anrufliste einsehen würden, würde sie bestätigen, was Sie mir sagen?«

»Absolut.« Das Wort klang leise und ernst. »Ich habe sie das letzte Mal ungefähr vor zweieinhalb Wochen kontaktiert. Sie hat mich dauernd angerufen und mir lange Nachrichten hinterlassen, als hätte ich ihr nicht gesagt, dass ich nicht mehr mit ihr zusammen sein wollte, dass das mit uns einfach nicht funktionierte. Ich habe sie angerufen, weil ich ihretwegen ein schlechtes Gewissen hatte. In dem Gespräch habe ich ihr ein weiteres Mal gesagt, dass es mit uns vorbei ist. Wenn Sie tatsächlich meine Anrufliste einsehen, wird Ihnen auffallen, dass sie es immer noch nicht in den Schädel bekommen hat, dass ich nichts mit ihr zu tun haben will, weil sie mich weiterhin mindestens zweimal täglich anruft und mir einen Haufen SMS schickt. Ich will nichts davon haben, habe um nichts davon gebeten und auch auf nichts davon geantwortet.«

»Wie ist Dana heute Morgen in Ihr Haus gekommen?«

Boone errötete und wandte zum ersten Mal den Blick ab.

»Boone?«

»Ich habe sie nicht hereingebeten, falls es das ist, was Sie denken oder was sie gesagt hat. Wahrscheinlich ist sie einfach reingekommen. Ich war erschöpft, nachdem ich die ganze Nacht auf den Beinen war. Ich habe die Tür nicht hinter mir abgeschlossen.«

Hayden nickte, ohne ihn dafür zu tadeln. Sein Fehler war ihm ganz offensichtlich bewusst. »Was essen Sie morgens am liebsten?«

Boone legte den Kopf zur Seite und sah sie erneut an. Hayden konnte fast schon sehen, wie die Zahnräder sich in seinem Kopf bewegten. Er durchbohrte sie erneut mit seinem Blick und kommunizierte so viele Emotionen, dass es ihr nicht gelang, sie alle zu erfassen. Es war offensichtlich, dass er keine Ahnung hatte, warum sie ihm diese Fragen stellte, aber Hayden musste ihm zugutehalten, dass er sich gegen diese völlig unerwartete Frage nicht sträubte, sondern einfach antwortete: »Waffeln.«

»Hmmmm. Hat Miss Chapman Ihnen in der Vergangenheit schon einmal Frühstück gemacht?«

»Ja.«

»Bei sich zu Hause.«

»Ja.«

»Und haben Sie ihr gesagt, dass Waffeln Ihr Lieblingsfrühstück sind?«

»Nein, es ist nie zur Sprache gekommen.«

»Dann hat sie also nie danach gefragt.«

»Nein, sie hat nie danach gefragt.«

»Danke. Sie waren sehr geduldig. Und das weiß ich zu schätzen. Ich muss noch eine Sache machen, und ich denke, dann sind wir hier fertig.«

Boone saß ruhig auf dem Sofa und wartete, dass sie weitersprach.

»Ich würde mich gern umsehen, wenn es Ihnen nichts ausmacht. Ich werde nichts anfassen und nichts durcheinanderbringen.«

Hayden hielt Boones Blick stand. Sie wollte ihm sagen, was ihr durch den Kopf ging, behielt ihre Gedanken aber für sich, so wie es ihr beigebracht worden war. Das war für alle Beteiligten das Beste. In seinen braunen Augen war weiterhin Sorge zu erkennen, sie konnte darin jedoch keine Unehrlichkeit sehen. Endlich nickte er.

»Danke. Können Sie mich herumführen?«

Boone nickte noch einmal und stand auf.

Hayden unterdrückte einen erschrockenen Seufzer. Großer Gott, wie groß er war. Sie hatte vorhin mit ihrer Einschätzung von ihm vollkommen danebengelegen. Sie kam sich ständig kleiner vor als die meisten anderen Menschen. Mit eins siebenundsechzig war Hayden nicht besonders groß, ganz besonders für eine Polizistin, aber Boone war locker eins fünfundachtzig. Hayden hatte vor seiner Größe und Kraft keine Angst, denn sie hatte Männer wie ihn schon zu Boden gebracht, sowohl im Training als auch im Dienst. Sie war von seiner Kraft vielmehr ... fasziniert. Sie konnte sich sehr gut vorstellen, wie er mit einer der Kühe rang, die sie auf dem Weg ins Haus auf der Weide gesehen hatte, oder einer Mutterkuh dabei half, ihr Kälbchen auf die Welt zu bringen.

Der Gedanke daran, wie sich jede Frau in seiner Nähe wertgeschätzt und sicher fühlen würde, schoss ihr durch den Kopf, bevor sie sich zwang, diese unpassenden Vorstellungen beiseitezuschieben. Falscher Ort und falsche Zeit.

Sie ging mit Boone hinaus in den Flur, wobei sie dafür sorgte, zwischen ihm und dem Raum zu bleiben, in dem Dana sich aufhielt. Hayden hatte Troy mitgeteilt, dass sie mit Boone in den hinteren Teil des Hauses gehen und in wenigen Minuten zurückkehren würde.

Boone ging voran durch sein Haus, führte sie durch die Küche und in ein großes Familienzimmer, in dem sich ein weiteres bequem aussehendes Sofa, ein Lehnsessel und ein riesiger Fernseher an der Wand befanden.

Sie kamen an einem Gästebad vorbei und gingen durch einen weiteren Flur mit zahlreichen Türen.

Boone öffnete die erste Tür und zeigte ihr ein Gästezimmer. Hayden durchschritt es rasch und sah darin nichts Ungewöhnliches. Sie gingen weiter und er zeigte ihr einen Wäscheschrank, ein Gästebad und dann sein Arbeitszimmer. Der Raum war hell und luftig und hatte eine bodentiefe Fensterfront. An der anderen Wand befand sich ein Regal, das bis obenhin voll mit Büchern war.

Hayden schlenderte dorthin und konnte sich ihre Neugier nicht verkneifen. Sie sah Bücher über Vieh und Zucht. Neben Kriminal- und Fantasyromanen fanden sich dort auch einige über Landwirtschaft. Es gab sogar einen Stapel alter Landwirtschaftszeitschriften. Zwischen den Büchern standen Bilderrahmen. Auf einigen Fotos war ein älteres Ehepaar zu sehen und dann gab es einige, auf denen Boone als Kind mit seinen Eltern abgebildet sein musste. Wenige andere zeigten Boone mit einer Gruppe von Männern in verschiedenen Zeiten ihres Lebens.

Hayden drehte sich zur Tür um und sah, dass Boone im Türrahmen lehnte. Er hatte einen Fuß angehoben und ließ ihn auf der Spitze seines anderen abgewetzten Cowboystiefels ruhen. Er hatte die Arme vor der Brust verschränkt und Hayden wusste, würde er einen Stetson tragen, so wäre er nach hinten geschoben, damit er sie besser sehen konnte. Er war ein unfassbar attraktiver Mann und die Tatsache, dass er ein wahrer arbeitender Cowboy war, machte ihn in ihren Augen nur noch attraktiver. Sie hatte sich immer schon mehr zu Männern hingezogen gefühlt, die einfache Arbeiter waren, als zu denen, die ihre Zeit im Büro verbrachten.

Innerlich schüttelte sie den Kopf. Sie befand sich inmitten einer Ermittlung und musste sich auf ihre Aufgabe konzentrieren, nicht auf den wunderbaren Mann, der auf sie wartete.

»Gut. Gehen wir weiter?«

Boone stand dort und betrachtete sie einen Moment lang, als versuchte er, in ihre Seele zu blicken, dann nickte er bloß und richtete sich auf. »Mein Schlafzimmer ist der einzige Raum in diesem Haus, der noch übrig ist.«

Sie verließen das Arbeitszimmer und begaben sich zum Schlafzimmer. Wieder blieb Boone an der Tür stehen und gab ihr den Raum, um ihre Arbeit zu machen, während Hayden sich umsah.

Das Zimmer war riesig, trotz des großen Doppelbettes, das einen Großteil des Raumes einnahm. Es gab zwei Fenster, die sich an rechtwinklig zueinander stehenden Wänden befanden. Neben einem der Fenster stand eine hohe Kommode, neben dem anderen war eine Tür. Hayden ging zu der Tür und öffnete sie. Es war ein riesiger begehbarer Kleiderschrank. Schuhe und Stiefel lagen ungeordnet im Schrank herum. Aus einem Wäschekorb in der Ecke quollen schmutzige Anziehsachen, was Hayden zum Schmunzeln brachte. Für einen Mann, der so beschäftigt zu sein schien wie Boone, war es nicht überraschend.

An der Wand hingen mehrere Regalbretter, auf denen Stapel mit Jeans und T-Shirts lagen. Es gab ebenfalls zwei Kleiderstangen, an denen Hemden aufgehängt waren. Nachdem Hayden das Erwartete gesehen hatte, verließ sie den Schrank und kam zurück ins Schlafzimmer. Sie schaute auf das Bett.

Die Tagesdecke war dunkelblau und hatte ein südwestliches Muster. Die Zipfel waren säuberlich an den Ecken des Bettes eingeschlagen und alles wirkte wie aus dem Ei gepellt. Hayden drehte sich um, betrat das zum Schlafzimmer gehörige Bad und schaute sich darin um.

Es war das Traumbadezimmer einer jeden Frau. Auf einem großen Waschtisch waren zwei Waschbecken. Boones persönliche Gegenstände lagen willkürlich verstreut neben einem von ihnen. Zahnbürste, Zahnpasta, Rasierapparat, Rasierschaum und Rasierwasser. Sein Bett war zwar gemacht, aber das hier, zusammen mit seinem unordentlichen Schrank, waren Beweise für seine Lockerheit in Bezug auf die Haushaltsführung.

Hayden hockte sich hin und öffnete den Schrank unter dem Waschbecken. Sie sah einen kleinen Mülleimer, nahm ihn heraus und warf einen kurzen Blick hinein. Als sie darin nichts Interessantes entdeckte, stellte sie ihn wieder zurück und betrachtete die anderen Gegenstände unter dem Wachbecken. Es gab eine Flasche Bleichmittel, zwei Flaschen Shampoo und einige leere Plastikbeutel, offensichtlich, um bei Bedarf den im Mülleimer auszutauschen. Sie stand auf und betrachtete die Dusche. Sie war himmlisch.

Dusche und Badewanne waren getrennt. Sie war größer als jede Dusche, die Hayden zuvor gesehen hatte. Die Wände waren mit demselben Granit gefliest, aus dem auch der Waschtisch gefertigt war. Der Duschkopf war groß und sie wusste, dass der Wasserdruck sich auf

Boones Schultern wunderbar anfühlen musste, wenn er einen anstrengenden Tag gehabt hatte. Die Whirlpool-Wanne neben der Dusche war oval und tief, perfekt für lange Bäder.

Hayden strich mit der Hand über das Handtuch, das über der Stange hing, und dann über den Waschtisch, bevor sie wieder zu Boone aufblickte. Er hatte sein Schlafzimmer betreten und war ihr dann zum Bad gefolgt, hatte ihr aber weiterhin Raum gelassen, um ihre Arbeit zu machen, und sie nicht mit den Fragen unterbrochen, die sie so deutlich in seinen Augen erkennen konnte.

»Danke, Boone. Ich bin hier fertig.«

Er sagte kein Wort, zog lediglich die Augenbrauen hoch und zuckte mit den Schultern. Er streckte einen Arm aus, als wollte er ihr sagen, sie solle vorangehen. Für gewöhnlich hätte Hayden jemandem, dem häusliche Gewalt vorgeworfen wird – Mann oder Frau –, nicht den Rücken zugekehrt, aber sie konnte sich ziemlich gut vorstellen, was sich an diesem Morgen in dem Haus abgespielt hatte. Boone stellte für sie keine Gefahr dar. Dafür würde sie ihr Leben verwetten.

»Kommen Sie, bringen wir es zu Ende.« Haydens Worte waren kräftig und entschlossen. Obwohl ihr die Ermittlungen Freude bereiteten, gefiel es ihr auch, dafür zu sorgen, dass der Bösewicht bekam, was er verdiente.

KAPITEL DREI

Boone ging steif hinter dem Hilfssheriff her. Die letzten vierundzwanzig Stunden waren ein Albtraum gewesen. Sich um die Geburt von einem seiner teuersten Kälber kümmern zu müssen war erst der Anfang gewesen. Er hatte die Polizisten nicht angelogen. Als er das Haus betreten hatte, war er so erschöpft gewesen, dass er sich nicht die Mühe gemacht hatte, seine Türen abzuschließen.

Und warum sollte er das auch tun müssen? Er hatte mehr als dreißig Angestellte, die er persönlich ausgewählt hatte und mit denen er seit Jahren zusammenarbeitete. Boone war nie allein. Er besaß ein modernes Sicherheitssystem und hatte während der gesamten Zeit, die er in dem Haus wohnte, noch nie irgendwelche Probleme gehabt.

Nachdem Boone zum ersten Mal mit Dana geschlafen hatte, wusste er bereits am nächsten Morgen, dass er einen Fehler begangen hatte. Er war auf ihr Spielchen reingefallen und ihr voll auf den Leim gegangen. Sie hatte ihn sich geangelt und er hatte gedacht, sie sei eine nette Frau, die bereit sei, sesshaft zu werden und eine Familie zu gründen. Doch als er ihr an dem Morgen, nachdem sie zum ersten Mal miteinander geschlafen hatten, mitteilte, dass er gehen müsse, um sich um ein Problem auf der Farm zu kümmern, war sie ausgeflippt. Sie hatte geweint, geschrien, gebrüllt ... ihn beschuldigt, sie benutzt zu haben, sie nicht zu mögen und was ihr sonst noch einfiel. Boone war danach nur noch zweimal mit ihr ins Bett gegangen – zweimal zu viel – und hatte den Rest ihrer »Beziehung« damit verbracht, sich von ihr zu befreien.

Dana war vollkommen durchgeknallt, aber das Problem bestand darin, dass sie diese durchgeknallte Seite niemandem zeigte. Wenn sie allein waren, schlug sie ihn, schrie ihn an, bewarf ihn mit Gegenständen und tat alles, um ihn zu demütigen. Boone hatte ihre Beziehung beendet, aber aus irgendeinem Grund wollte Dana ihn nicht gehen lassen. Sie tauchte unerwartet auf der Farm auf. Er sah, wie sie ihm in ihrem Wagen folgte, wenn er Besorgungen machte. Sie hatte sogar einige seiner Kunden kontaktiert – Gott weiß, wie sie an ihre Informationen gekommen war – und ihnen erzählt, was für ein furchtbarer Mensch er sei.

Boone war überzeugt, dass sie es war, die anonym beim Tierschutzverein von San Antonio angerufen hatte, um Tierquälerei auf seiner Farm zu melden. Die Mitarbeiter waren gekommen, um den Fall zu untersuchen, und hatten festgestellt, dass alle Anschuldigungen gegen ihn und seine Farm haltlos waren, es war ihm aber trotzdem gegen den Strich gegangen, dass er überhaupt der Misshandlung von Tieren beschuldigt worden war. Diese Art von Ungewissheit konnte er nicht gebrauchen, wenn es um sein Geschäft ging.

Als sie die Diele seines Hauses betraten, atmete Boone tief durch. Er hätte niemals gedacht, dass Dana so tief sinken würde, ihn der häuslichen Gewalt zu bezichtigen, ihre Verletzungen vorzutäuschen und die Polizei zu rufen. Als er sah, wie der weibliche Hilfssheriff mit ihren Kollegen sprach, wurde ihm klar, dass er tatsächlich verhaftet werden könnte. Er war erschöpft und jetzt auch sauer, und auf keinen Fall wollte er wegen etwas im Gefängnis sitzen, das er nicht getan hatte – und *niemals* tun würde. Boone hatte keine Ahnung, wonach der Hilfssheriff während der Begehung seines Hauses gesucht hatte oder ob sie ihm seine Erzählung darüber, was an jenem Morgen passiert war, überhaupt geglaubt hatte.

Trotz allem, was vor sich ging, hatte Boone erstaunlicherweise festgestellt, dass er sich zu dem Hilfssheriff hingezogen fühlte. Er hatte nicht viel von ihrem Körper sehen können, da sie Uniform, kugelsichere Weste und Waffengürtel trug, an dem sich all die Dinge befanden, die Polizisten mit sich herumschleppten, aber er hatte immer schon Frauen attraktiv gefunden, die ein ganzes Stück kleiner waren als er … mit Ausnahme von Dana.

Der Hilfssheriff hatte helle Haut und er glaubte, einige Sommersprossen auf ihrem Gesicht gesehen zu haben. Sie hatte keine Probleme, ihm in die Augen zu sehen, und er fand es süß, wie sie sich auf die Lippe biss und die Stirn runzelte, wenn sie sich konzentrierte. Alles in allem konnte er nicht genau sagen, was an ihr dafür sorgte, dass er von ihr wie eine Motte vom Licht angezogen wurde, aber er wusste irgendwie, dass sie eine Frau war, die er gern besser kennenlernen würde.

In jenem Moment hatte er den sachlichen Tonfall des Hilfssheriffs wirklich zu schätzen gewusst und auch die Tatsache, dass sie ihm tatsächlich zuzuhören schien und nicht von vornherein annahm, dass er ein Arschloch war, das seine Freundin schlug, wie ihre Kollegen es offensichtlich taten. Das trug sehr viel dazu bei, dass sie ihm von Beginn an sympathisch war. Schon in dem Moment, in dem sie sein Haus betreten und ihm in die Augen gesehen hatte, hatte er irgendwie gewusst, dass sie seine beste Chance war, aus der Scheiße rauszukommen, die Dana vor seiner Tür angehäuft hatte.

Ihre Fragen waren sicherlich seltsam gewesen im Vergleich zu dem, was ihre Kollegen gefragt hatten. Sie hatten sich an den Fakten orientiert. Aber Boone war es wirklich egal, solange sie Danas Schmierenkomödie durchschaute. Er wusste jedoch, dass es nicht wahrscheinlich war. Die Polizei war verpflichtet, den Mann zu verhaften, wenn die Frau Anzeichen von Missbrauch aufwies.

Er ging zurück in das Zimmer, in dem er sich vorhin aufgehalten hatte, und versuchte, sein instinktives Verlangen nach dem kompetenten Hilfssheriff zu dämpfen, wohlwissend, dass dies weder der richtige Ort noch Zeitpunkt war, und wartete darauf, dass einer der Polizisten die Handschellen zückte und ihn aufforderte, sich umzudrehen.

»Können Sie bitte kurz hier warten? Ich muss mit

meinen Kollegen sprechen«, bat die Frau, die er anscheinend nicht mehr aus dem Kopf bekam.

»Selbstverständlich.« Er sah zu, wie sie sich zu dem großen Bogengang begab und ihre Kollegen heranwinkte.

Hayden, Jimmy und Troy standen zwischen den beiden vorderen Zimmern und sorgten dafür, dass zwischen Dana und Boone so viel Abstand wie möglich herrschte, während sie ihre nächsten Schritte besprachen.

»Gut, wer will mit Mr. Hatcher aufs Revier fahren?«

»Warte mal kurz, Jimmy. Boone ist hier das Opfer«, sagte Hayden überzeugt.

»Was? Auf keinen Fall«, gab Jimmy zurück. »Sie hat sichtbare Blutergüsse im Gesicht und an ihrem Handgelenk. Das Gesetz schreibt vor, dass wir ihn verhaften müssen.«

Hayden schaute Jimmy in die Augen. »Vertraust du mir?«

»Mit meinem Leben«, sagte er, ohne zu zögern. »Du bist einer der besten Hilfssheriffs, die wir haben.«

Bei seiner umgehenden Antwort fühlte Hayden sich besser. »Dann werde ich das Reden übernehmen. Ich habe recht. Ich weiß es einfach.«

Jimmy nickte und Hayden sah Troy an. Er hatte den Kopf schief gelegt. Als ihre Blicke sich trafen, sprach er.

»Du bist ein unheimliches Mädchen, Hayden. Ich weiß nicht, was du vorhast, kann mich aber nicht erinnern, dass du dich zuvor schon einmal getäuscht hättest. Ich bin dabei.«

»Danke, Troy. Halte sie einfach in Schach ... okay?«

Jimmy und Troy nickten, dann wandten sie sich wieder an Boone und Dana.

»Mr. Hatcher, kommen Sie bitte mit.« Hayden deutete auf das Zimmer, in dem Dana saß. Boone folgte ihr und alle versammelten sich in dem kleinen Vorderzimmer.

Hayden kam direkt zur Sache. Sie hatte gelernt, dass es immer besser war, als um den heißen Brei herumzureden.

»Dana, Sie sind verhaftet wegen falscher Anschuldigungen und Hausfriedensbruch.«

»Was?«, kreischte Dana und stand abrupt auf, wobei sie sich wie eine sich häutende Schlange ihrer Persönlichkeit der armen, missbrauchten Freundin entledigte. »Was für eine Lesben-Bulette sind Sie denn? Er hat mich *geschlagen*! Ich habe Blutergüsse!«

Jimmy und Troy waren von beiden Seiten an Dana herangetreten und ergriffen jeweils einen ihrer Arme, damit sie sich nicht bewegen konnte.

»Gut, fangen wir gleich damit an, da Sie es angesprochen haben.« Hayden ging auf Dana zu und ergriff ihre Hand. »Die Blutergüsse an Ihrem Handgelenk sind zu klein, um Ihnen von Mr. Hatcher zugefügt worden zu sein.« Sie umgriff Danas Handgelenk mit ihrer eigenen Hand. »Schauen Sie, meine Hand passt perfekt auf diese Druckspuren ... Sie sind nur wenige Zentimeter größer als ich, aber unsere Hände haben in etwa die gleiche Größe, nicht wahr, Dana?«

Hayden ging zu Boone. »Bitte heben Sie Ihre Hand, Mr. Hatcher.« Als er es tat, drückte Hayden ihre Handfläche gegen seine und ignorierte den warmen Stromstoß, der bei diesem Gefühl in ihren Arm eindrang und ihren Körper durchfuhr. »Sehen Sie den Größenunterschied? Seine Hand kann diese Spuren auf keinen Fall hervorgerufen haben.«

Hayden nahm die Hand runter und ging wieder zu Dana, wobei sie über die Schulter fragte: »Mr. Hatcher, sind Sie Rechts- oder Linkshänder?«

»Rechtshänder.«

»Der Bluterguss befindet sich auf der linken Seite ihres Gesichts. Mr. Hatcher ist Rechtshänder. Wenn er Ihnen einen Schlag mit dem Handrücken verpasst hat, hätte er es mit der rechten Hand getan und der Abdruck wäre auf der *rechten* Seite ihres Gesichts.« Hayden demonstrierte pantomimisch den Schlag in das Gesicht einer Person mit ihrer rechten Hand. »Wenn er Sie, wie Sie behaupten, mit dem Handrücken geschlagen hätte, wäre der Abdruck in Ihrem Gesicht darüber hinaus auf Ihrer Wange, anstatt in der Nähe Ihres Auges. Es würde sich auch um einen großen roten Fleck handeln und nicht um einen lokal begrenzten Bluterguss, wie Sie ihn haben. Miss Chapman, daraus schließe ich, dass Sie sich selbst verletzt haben, damit es so aussieht, als hätte Mr. Hatcher Sie geschlagen.«

»D-D-Das stimmt nicht! *Er* hat mich geschlagen.«

Hayden ignorierte Danas Stottern und fuhr fort: »Und Miss Chapman, Sie sagten, Sie hätten erst vor wenigen Tagen in diesem Haus übernachtet. Das ist gelogen. Mr. Hatcher hat ausgesagt, dass Sie noch nie hier übernachtet haben und er Sie weder gestern Abend noch heute Morgen in sein Haus eingeladen hat. Es existieren absolut keine Beweise, dass sich eine Frau in

Mr. Hatchers Schlafzimmer aufgehalten hat. Im Schrank befindet sich keine Frauenkleidung, im Badezimmer gibt es keine weiblichen Produkte und nichts von dem Abfall im Mülleimer sieht so aus, als stamme er von einer Frau, die sich morgens fertig macht. Beispielsweise ein Wattebausch, Ohrenstäbchen oder Feuchttuch.«

»Er erlaubt mir nicht, meine Sachen hierzulassen. Ich packe immer alles ein, wenn ich gehe.«

»Wirklich? Selbst Ihren Abfall? Wie ungewöhnlich.« Haydens Tonfall war emotionslos. »Wie dem auch sei, Sie haben behauptet, Sie seien heute Morgen eingetroffen und hätten Geschlechtsverkehr mit Mr. Hatcher gehabt. Sie haben mir selbst gesagt, dass er ein Kondom benutzt hat. Ich konnte nirgendwo im Haus einen Beweis dafür finden.«

»Er hat es im Klo runtergespült.« Danas Schlagfertigkeit kehrte schnell zurück.

»Möglich«, fuhr Hayden unbesorgt fort, »aber wo ist die Verpackung? Sie befindet sich in keinem der Mülleimer, die ich finden konnte. Eine Kondomverpackung in der Toilette herunterzuspülen könnte schnell die Rohre verstopfen und es steht sogar auf der Verpackung, dass diese Art der Entsorgung nicht empfohlen wird. Und das Bett, in dem Sie behaupten, Geschlechtsverkehr mit Mr. Hatcher gehabt zu haben, ist so ordentlich gemacht, als hätte in der vergangenen Nacht niemand darin geschlafen.«

Dana hatte dazu nichts zu sagen. Ihre Lippen waren nun fest zusammengepresst und die Mundwinkel wütend nach oben verzogen. Hayden konnte sehen, dass ihre Lippen durch den Druck, den sie ausübte, weiß wurden.

»Und Sie haben ebenfalls behauptet, Mr. Hatchers Lieblingsfrühstück zubereitet zu haben ... aber Sie wissen nicht einmal, *was* sein Lieblingsfrühstück ist. Hier ist ein Tipp: Es sind nicht Eier. Im Badezimmer hängt nur ein Handtuch, das zufällig trocken ist, dabei sehen Sie so aus, als hätten Sie erst kürzlich geduscht und sich die Haare frisiert. Darüber hinaus gibt es nirgendwo im Haus irgendwelche Fotos von Ihnen und Mr. Hatcher zusammen, wie es höchstwahrscheinlich der Fall wäre, wenn Sie tatsächlich ein Paar wären. Miss Chapman, es verstößt gegen das Gesetz, das Haus von jemandem zu betreten, der Ihnen nicht die Erlaubnis erteilt hat, und gegenüber der Polizei Falschaussagen zu tätigen. Ganz zu schweigen davon, jemanden einer Sache zu beschuldigen, die er nicht getan hat.«

Hayden wandte sich an Boone. »Mr. Hatcher, ich empfehle Ihnen, so bald wie möglich einen Antrag auf Erlass einer einstweiligen Verfügung gegen Miss Chapman zu stellen. Und Miss Chapman, Mr. Hatcher hat Sie anscheinend wiederholt darüber informiert, dass er nicht mehr mit Ihnen zusammen sein will. Das ist bedauernswert, aber manchmal sind Menschen einfach nicht füreinander bestimmt. Ich schlage vor, Sie vergessen ihn und suchen sich einen Mann, der besser zu Ihnen passt. Nichts passiert, Schwamm drüber.«

Es war keine Überraschung, dass Dana zuerst Hayden und dann Boone anfunkelte, der hinter ihr stand. »Das wirst du bereuen!«

»Ach so, von der Bedrohung von anderen Personen in

der Anwesenheit von Polizisten wird abgeraten, ganz besonders wenn Sie bereits verhaftet sind. Ich schlage vor, Sie schaffen sich nicht noch weitere Probleme. Hilfssheriff Phillips, Hilfssheriff Bruton, bringen Sie sie auf die Wache. Ich werde in Kürze dort sein und meinen Bericht abgeben.«

Die beiden Männer nickten, und Jimmy legte Dana mit den Händen auf dem Rücken die Handschellen an und führte sie aus dem Haus. Troy boxte Hayden im Vorbeigehen leicht auf die Schulter und sagte leise: »Gut gemacht, Yates«, bevor er Jimmy und einer still wutschnaubenden Dana hinaus in die Sonne folgte.

Hayden wandte sich an Boone. »Es tut mir sehr leid, dass Ihnen so etwas widerfahren ist. Es war nicht richtig und Sie sollten nicht so behandelt werden.«

»Nein, ich danke *Ihnen*, dass Sie sich die Zeit genommen haben, um herauszufinden, was sich tatsächlich hier ereignet hat. Ihre anderen beiden Kollegen waren bereit, mich zu verhaften«, sagte Boone in offensichtlich erleichtertem Tonfall.

»Es ist für uns ungewöhnlich, einen Fall von häuslicher Gewalt zu sehen, bei dem das Opfer männlich ist.«

Hayden konnte sehen, dass Boone von ihren Worten überrascht war.

»Das war keine häusliche Gewalt. Ich wurde nicht missbraucht. Ich wurde genervt, ja, aber nicht missbraucht.«

»Ich weiß, dass es sich hierbei um etwas handelt, das Sie nicht zugeben wollen und worüber Sie auch nicht nachdenken möchten, aber Männer werden in Beziehungen ständig missbraucht. Sie gestehen es sich nur nicht ein oder es ist ihnen peinlich, dass sie sich in dieser Situation befinden. Es ist weder männlich noch machohaft, es zuzugeben.«

Hayden erwartete einen sofortigen Widerspruch. Sie hörte ihn jedes Mal, wenn sie versuchte, einen Mann davon zu überzeugen, dass er ein Opfer war.

Boone überraschte sie. »So habe ich darüber noch nicht nachgedacht.«

Als Hayden erkannte, dass sie zu ihm durchdrang, sprach sie weiter. »Nun, fangen Sie damit an. Wie oft hat sie Sie angeschrien? Sie geschlagen? Sie mit Gegenständen beworfen? Sie gestoßen? Wenn Sie eine Frau kennen würden, deren Freund oder Ehemann mit *ihr* tut, was Dana mit Ihnen getan hat ... würden Sie ihr sagen, dass sie missbraucht wird? Würden Sie sie ermutigen, die Beziehung zu beenden? Sich Hilfe zu suchen?« Hayden gab ihm keine Gelegenheit, etwas darauf zu erwidern. »Selbstverständlich würden Sie das tun. Warum sehen Sie *sich* dann nicht als jemand an, der missbraucht wurde?«

»Ich kann auf mich selbst aufpassen.«

»Natürlich können Sie das«, stimmte Hayden sofort zu, »aber diese Art von Verhalten Ihnen gegenüber kann Sie irgendwann runterziehen. Es ist nicht sicher und es ist illegal.«

Boone schwieg. Hayden seufzte.

»Okay, denken Sie eine Weile darüber nach. Ich rate Ihnen jedoch trotzdem, Ihren Anwalt zu kontaktieren und eine einstweilige Verfügung zu erwirken. Wir wissen beide, dass es sie nicht fernhalten wird, wenn sie entschlossen ist, sich Ihnen anzunähern, aber es kann

Ihnen helfen, falls sie dagegen verstößt. Sorgen Sie dafür, dass Ihre Türen abgeschlossen sind, und was auch immer Sie tun, versuchen Sie, nicht allein mit ihr zu sein. Wenn Sie bereit ist, sich selbst zu verletzen, um Sie in Schwierigkeiten zu bringen, lässt sich nicht sagen, was sie sonst noch tun würde.«

»Guter Ratschlag. Danke.«

»Gern geschehen. Darf ich Sie noch etwas fragen?«

»Natürlich.«

»Wie geht es dem Kälbchen?«

»Was?«

»Das Kälbchen, bei dem Sie letzte Nacht der Mutterkuh geholfen haben, es auf die Welt zu bringen ... wie geht es ihm?«

Boone lächelte sie an. »Es geht ihm gut. Es ist gesund und kräftig.«

»Gut. In Ordnung, ich werde von hier verschwinden. Ich habe einen Haufen Papierkram zu erledigen, sobald ich im Büro bin.«

»Danke, Officer Yates. Ich weiß das alles wirklich zu schätzen.«

»Ich bin Hayden, und gern geschehen.« Hayden wusste nicht, warum sie Boone erlaubt hatte, sie bei ihrem Vornamen zu nennen. Das sah ihr nicht ähnlich, aber sie mochte ihn. Er war ehrenhaft, offensichtlich arbeitsam, er liebte seine Eltern, wie die Bilder in seinem Arbeitszimmer zeigten, und sie hatte eine gute Menschenkenntnis.

Sie streckte ihm die Hand entgegen, damit er sie ergreifen konnte, und als ihre Hände sich berührten, verspürte sie erneut einen deutlichen Stromstoß. Schnell zog Hayden die Hand zurück, weil ihr die seltsamen Gefühle, die in ihr wüteten, nicht geheuer waren.

»Also dann. Passen Sie auf sich auf.«

Boone nickte ihr zu und sie wandte sich ab, um zurück zu ihrem Streifenwagen zu gehen, überzeugt davon, Mr. Boone Hatcher das letzte Mal gesehen zu haben.

KAPITEL VIER

Hayden fiel auf, dass ihr Herz etwas schneller als gewöhnlich schlug, als sie in die bekannte Zufahrt einbog, die zu Hatcher Farms führte. Eine Woche war vergangen, seit sie wegen des häuslichen Zwischenfalls dort gewesen war, und als der Aufruf kam, ein Hilfssheriff solle wegen Vandalismus auf dem Grundstück ermitteln, zögerte sie nicht und erklärte sich bereit, dorthin zu fahren und sich die Sache einmal anzusehen.

Aus irgendeinem Grund bekam Hayden Boone nicht mehr aus dem Kopf. Sie wusste nicht warum. Sie hatte im Laufe der Jahre viele gut aussehende Cowboys gesehen, es war ihr also ein Rätsel, wieso sie ständig an diesen einen denken musste. Sicher, er war hübsch anzuschauen, aber dahinter steckte noch mehr.

Teil davon war die Frage, warum er trotz der Scheiße, die Dana ihm angetan hatte, mit ihr zusammengeblieben war ... aber der andere Teil war seine absolute Konzentration auf jede Sache, mit der er in jenem Moment beschäftigt war. Es war ihr aufgefallen, als sie in der vergangenen Woche da gewesen war. Als er mit ihr gesprochen hatte, war er hundertprozentig auf sie konzentriert gewesen. Als Jimmy oder Troy mit ihm gesprochen hatten, war er auf *sie* konzentriert gewesen. Sie konnte sich gut vorstellen, wie er wäre, wenn er Kühen dabei half, ihre Kälber auf die Welt zu bringen, oder beim Kochen oder ...

Nein, daran würde sie nicht denken.

Sie fuhr am Farmhaus vor und sah sofort, warum Boone im Büro des Sheriffs angerufen hatte.

Jede sichtbare Oberfläche war mit hässlicher roter Farbe verunstaltet.

An der Seitenwand der Scheune, die direkt neben dem Haus stand, waren Wörter wie »Arschloch« und »Wichser« zu lesen. Die Schweinwerfer eines großen schwarzen Geländewagens waren eingeschlagen und an den Seiten waren weitere schmutzige Wörter zu lesen. Und das Haus ...

Hayden seufzte. Wer auch immer es war, hatte viel Zeit aufgewendet, um dafür zu sorgen, dass das Haus den gleichen Zorn abbekam wie das restliche Grundstück.

»Das wirst du bereuen«, »Arschgeige« und »Dreckskerl« waren neben wahllosen Farbspritzern an die Hausseite geschmiert. Ersteres waren exakt die Worte, die Dana in Gegenwart der drei Polizisten gesagt hatte, aber ohne Beweise, dass sie diese Worte an sein Haus gesprüht hatte, waren Hayden die Hände gebunden.

Die Veranda sah ebenfalls aus, als sei dort literweise Farbe ausgekippt worden. Die Hollywoodschaukel, die Hayden bei ihrem Besuch hier letzte Woche als so gemütlich und heimelig empfunden hatte, war mit so viel roter

Farbe übergossen worden, dass sie zwischen den Latten der Sitzfläche auf die darunterliegenden Holzbohlen tropfte. Das hübsche Polster war zerschnitten und lag, ebenfalls mit roter Farbe durchtränkt, in Fetzen auf der Veranda verstreut.

Boone stand neben der Treppe, die zur Haustür hinaufführte, und sah zerzaust und niedergeschlagen aus. Als Hayden auf ihn zuging, fuhr er sich mit der Hand durchs Haar und blickte zu ihr auf.

»Hey, Mr. Hatcher.«

»Hilfssheriff Yates.«

Es schien lächerlich zu sein, einander so formell anzusprechen. »Ich bin Hayden.«

Boone lächelte schwach. »Boone.«

»Also dann … ich sehe, warum du angerufen hast.«

Boone seufzte. »Ja. Ich war gestern Abend in einer anderen Stadt, um einen neuen Bullen zu kaufen. Als ich heute Morgen zurückkam, sah es hier so aus.«

»Hat irgendjemand etwas gesehen oder gehört?«

»Nein, zumindest nicht die Helfer, die ich bisher fragen konnte. Es gibt einige, mit denen ich bislang noch nicht gesprochen habe, weil sie noch schlafen.«

»In Ordnung, ich will mit jedem sprechen, der hier war, nur um sicherzugehen.« Hayden schwieg kurz. »Hast du eine Ahnung, wer das getan haben könnte?« Sie glaubte, die Antwort zu wissen, fragte aber trotzdem.

Boone nickte bloß.

»Ja.« Sie machte eine Pause, bevor sie fragte: »Hast du den Antrag auf eine einstweilige Verfügung gestellt?«

»Nein.« Als er ihren Gesichtsausdruck sah, fuhr er fort: »Ich weiß, ich weiß. Nach letzter Woche hatte ich gehofft, dass es nicht notwendig sei. Dass sie verstehen würde, dass es mit uns wahrhaftig vorbei ist, und sie sich wieder ihrem Leben zuwendet. Ich schätze, da habe ich mich getäuscht.«

»Ich hasse es, dir das sagen zu müssen, aber du weißt es vermutlich bereits. Sie wird sich nicht wieder ihrem Leben zuwenden. Ich habe so etwas bereits gesehen. Leider wird die Sache wahrscheinlich erst noch schlimmer werden, bevor Besserung eintritt.«

»Offensichtlich.«

Hayden ritt auf dem Thema nicht herum. Sie ging davon aus, sich deutlich ausgedrückt zu haben. »Gut, ich werde meine Kamera holen und anfangen, den Schaden zu dokumentieren. Ich werde einen Bericht schreiben, den du deiner Versicherung zukommen lassen kannst. Gab es abgesehen von dem Offensichtlichen sonst noch anderen Schaden? Geht es deinen Kühen gut?«

Boone nickte. »Bis jetzt scheint das hier das gesamte Ausmaß zu sein. Keins der Rinder war gestern Nacht im Stall, sie waren alle auf der Weide.«

Hayden ging nicht zurück zu ihrem Streifenwagen. Aus einem Impuls heraus legte sie die Hand auf Boones Arm. »Es tut mir leid, Boone. Wirklich. Niemand verdient so etwas.«

Ihre Blicke trafen sich und Hayden hätten schwören können zu spüren, wie etwas zwischen den beiden übersprang.

»Danke.« Er sagte dieses eine Wort leise und mit absoluter Aufrichtigkeit.

Hayden nickte und begab sich zu ihrem Wagen, um

sich an die Arbeit zu machen, die furchtbare Zerstörung des hübschen Anwesens zu dokumentieren.

Boone sah zu, wie der Hilfssheriff Bilder von Danas Werk machte. Er hatte ebenfalls keinen Zweifel daran, dass sie es gewesen war. Er seufzte.

»Das war ein lauter Seufzer.«

Boone versuchte zu lächeln, wusste aber, dass es bestenfalls ein schwacher Versuch war. Er war Hayden gefolgt, während sie Fotos für ihren Bericht aufnahm. »Es ist nur ... ich weiß ehrlich nicht, was ich getan habe, um ihr das Gefühl zu geben, dass das mit uns mehr war, als es tatsächlich war.«

»Wie seid ihr euch begegnet?«

Boone schaute zu der hübschen Frau neben sich. Sie war sogar noch kleiner als Dana, wenngleich Dana für gewöhnlich Absätze trug, die ihn seiner Größe etwas näher brachten. Heute konnte er sehen, dass Haydens Haar rotbraun war. Es passte perfekt zu ihr und erklärte, warum sie Sommersprossen auf der Nase hatte. Er hatte noch nie viel darüber nachgedacht, aber plötzlich fühlte er sich extrem zu roten Haaren hingezogen. Zumindest bei dem Hilfssheriff waren sie weitaus attraktiver, als Danas blondes Haar ihm jemals vorgekommen war.

Boone hatte jedoch keine Ahnung, wie Hayden bei ihrer Größe überhaupt ihren Job ausüben konnte. Er konnte sich nicht vorstellen, dass sie irgendjemanden überwältigte, geschweige denn einen wütenden Besoffenen oder jemanden, der es darauf abgesehen hatte, das Gesetz zu brechen. Er würde jedoch alles darauf verwetten, dass sie von Natur aus rote Haare hatte, wegen ihrer blassen Haut und diesen hinreißenden Sommersprossen auf Wangen und Nase. Boone schätzte sie auf Anfang, Mitte dreißig, wenngleich es schwer zu sagen war.

Darüber hinaus konnte er weiterhin nicht ihre Körperform erkennen, weil sie ihren breiten Waffengürtel und eine kugelsichere Weste unter ihrem Hemd trug. Ihre Hose war die typische Uniformkleidung, die so gut wie nichts offenbarte. Aber Boone wettete, dass sie muskulös war. Durch die Art, wie sie sich bewegte und problemlos alles umging, was ihr im Weg stand, wurde es mehr als offensichtlich, dass sie fit war.

Boone fiel ebenfalls auf, wie niedlich ihre Nase war – die Spitze schien nach oben zu zeigen – und welch volle Lippen sie hatte, ganz besonders wenn sie darüberleckte und sie im texanischen Sonnenlicht zum Glänzen brachte ... als sie sich plötzlich laut räusperte und ihn erwartungsvoll ansah.

Scheiße. Sie hatte ihn etwas gefragt. Boone merkte, wie er errötete, versuchte aber, es zu überspielen. Oh Gott, wie ein Teenager beim Starren erwischt zu werden! Er antwortete schnell und hoffte, dass sie seinen Fauxpas ignorieren würde. »Sie ist die Tochter von einem meiner Abnehmer. Er kam zur Farm, um sich einen Bullen anzusehen, den er kaufen wollte, und Dana hat ihn begleitet. Wir unterhielten uns, während ihr Vater den Bullen begutachtete.«

Als er nicht weitersprach, fragte Hayden: »Das ist alles?«

Boone zuckte mit den Schultern. »Ja. Sie hat mich gefragt, ob ich mit ihr Abendessen gehen wolle, und ich habe Ja gesagt.«

»*Sie* hat *dich* gefragt?«

»Ja. Wieso?«

»Du scheinst nicht der Typ zu sein.«

»Was für ein Typ?«

»Jemand, der sich von einer Frau fragen lässt.«

Boone war beeindruckt, dass Hayden ihn nach nur einem Treffen durchschaut hatte. »Das bin ich auch nicht. Aber sie hat mich überrascht. Und sie hat mich in Gegenwart ihres Vaters gefragt.«

»Ahhhhh.« Haydens Antwort war verständig. »Du wolltest den Verkauf nicht vermasseln.«

Verlegen rieb Boone sich mit der Hand den Nacken. »So was in der Art«, brummte er jämmerlich.

Zu seiner Überraschung lachte Hayden. »Das braucht dir nicht peinlich zu sein, Boone. Ernsthaft. Du konntest ja nicht wissen, dass sie sich als Verrückte herausstellen würde.«

»Ja, aber selbst als ich zugestimmt habe, hat irgendetwas mir gesagt, dass ich einen Fehler mache. Ich hätte mich zusammenreißen und ablehnen sollen oder es zumindest nicht so weit kommen lassen sollen, wie es gegangen ist.«

Hayden wurde ernst. »Es ist nicht deine Schuld. Mach dich dafür nicht verantwortlich. Du hast nicht darum gebeten und du verdienst es nicht. Dass du mit ihr geschlafen hast, gibt ihr nicht das Recht, dich zu schlagen oder dir das Leben schwer zu machen. Ganz egal, was du gesagt oder nicht gesagt hast, dieses Verhalten ist nicht normal, okay?«

Boone schaute in Haydens dunkelgrüne Augen, in denen keinerlei Abscheu zu erkennen war. Er nickte und war erleichterter, als er sich eingestehen konnte, dass sie ihn wegen der Situation, in der er sich befand, anscheinend nicht abwertete.

»Darf ich dich noch etwas fragen?« Hayden stellte die Frage, als sie sich umdrehte, um weitere Fotos von den bösartigen Worten auf seinem Geländewagen zu machen.

»Alles, was du willst.«

»Warum gestattest du es ihr, dir das anzutun?«

»Was meinst du?«

Hayden drehte sich zu ihm um. Boone sah, wie sie sich auf die Lippe biss, bevor sie tief einatmete. Sie sprach leise. »Du weißt, dass ich hier rein gar nichts billige. Aber du bist ein großer Kerl. Du bist einer der maskulinsten Männer, denen ich jemals begegnet bin ... aber es ist offensichtlich, dass sie dich vorher schon geschlagen hat. Letzte Woche hattest du eine verheilende Wunde an deiner Wange. Ich habe sogar einen Schnitt an deinem Arm gesehen, als hättest du dich gegen irgendwas verteidigt. Ich bin mir nicht sicher, ob ich verstehe, warum du nicht zurückgeschlagen oder dich zumindest davor geschützt hast, von ihr verletzt zu werden. Du würdest keine Schwierigkeiten bekommen, wenn du in Notwehr handelst.«

»Kann schon sein, aber dann stände meine Aussage gegen ihre und ich weiß, wie das für gewöhnlich ausgeht. Erinnere dich doch an letzte Woche ... ich habe keinen Zweifel, dass sie mich ins Gefängnis abtransportiert hätten, wenn du nicht da gewesen wärst. Außerdem schlage ich keine Frauen.«

»Ich meinte nicht zwangsläufig –«

Boone fiel ihr ins Wort und wiederholte: »Ich schlage

keine Frauen. *Niemals.* Ganz egal was Dana mir antut, ich werde sie nicht schlagen. Ich werde nicht zurückschlagen, ich werde sie nicht festhalten, ich werde sie nicht schubsen, ich werde sie mit nichts bewerfen. Ich werde *niemals* und unter keinen Umständen eine Frau schlagen.«

Boone wusste, dass Hayden verstand, dass sich in seinem Kopf etwas Großes abspielte, doch sie schwieg. Die meisten Frauen, die er kannte, würden sich direkt zu Wort melden und ihn in seiner Meinung bestätigen oder das Thema wechseln. Hayden nicht. Sie sah ihn einfach an und sagte kein Wort. Das brachte ihn dazu, sich erklären zu wollen.

»Mein Vater hat diese Farm von Grund auf erbaut. Er hat sich dafür den Arsch aufgerissen. Er hatte einen besten Freund, der während der gesamte Zeit an seiner Seite war. Die beiden sind im Morgengrauen aufgestanden und haben den ganzen Tag gearbeitet. Sowohl er als auch Chris waren oft unterwegs, um Einkäufe zu tätigen, und mein Vater wollte nur, dass diese Farm erfolgreich wäre. Er war ein toller Ehemann und Vater, aber er hatte einen beschränkten Horizont und war übertrieben loyal.« Boone räusperte sich und fuhr fort.

»Chris war jähzornig. Ich weiß nicht, wie oft er es tat, aber er schlug seine Frau. Mehr als einmal. Als ich zwölf war, sah ich einmal, wie er sie so fest schlug, dass ihr Auge zuschwoll und sie darauf eine Woche lang nichts sehen konnte. Lizzy, so nannte ich sie, half meiner Mom im Haus. Sie war für mich wie meine zweite Mutter. Irgendwann dachte Lizzy, sie würde auf diesem einen Auge tatsächlich erblinden. Als ich sah, wie viele

Schmerzen sie hatte und wie sie Chris immer wieder in Schutz nahm und verteidigte, schwor ich mir, dass ich niemals ein Mädchen schlagen würde.«

»Boone ...« Hayden sprach seinen Namen mit so viel Mitgefühl und Verständnis aus, dass er weitersprechen musste, sonst würde er etwas Verrücktes tun, wie sie in die Arme zu ziehen, seinen Kopf an ihrem Hals zu vergraben und sich die Augen auszuweinen, so unmännlich das auch war. Eilig fuhr er mit seiner Erklärung fort.

»Chris hat es immer leidgetan. So verdammt leid. Lizzy hat ihn geliebt und ihm immer verziehen. Ich weiß, dass sie einander geliebt haben, aber ich habe es nie verstanden. Mein Vater hat ebenfalls nie etwas dagegen unternommen. Ich habe gehört, wie er mit meiner Mutter darüber sprach und sagte, dass sie es auf ihre Weise klären würden. Ich weiß, dass die Dinge damals anders waren als heute, aber mir scheint, dass jemanden zu lieben bedeutet, sich um ihn zu sorgen, ihn zu beschützen und zu unterstützen, nicht ihm wehzutun. Ich weiß, dass es nicht toll ist, mich von Dana schlagen zu lassen, aber sie wird mich niemals so wütend machen, dass ich meine Beherrschung verliere und sie schlage. Niemals. Diese Lektion habe ich als Kind aus erster Hand gelernt.«

»Die Welt wäre ein besserer Ort, wenn es mehr Männer wie dich gäbe, Boone«, sagte Hayden mit leiser, aber überaus aufrichtiger Stimme.

Er öffnete den Mund, um etwas zu entgegnen ... irgendwas ... er war sich nicht sicher was, doch sie sprach weiter, bevor er die Möglichkeit bekam.

»Es tut mir um Lizzy leid, aber einige Frauen

verdienen es, geschlagen zu werden. Verdammt, einige Frauen *müssen* geschlagen werden. Ich heiße es nicht gut, seine Frau oder Freundin zu verdreschen, wenn man sauer ist, aber in meinem Berufsfeld habe ich schon so einige Frauen, Männer und selbst Kinder geschlagen. Nun, Teenager, denen der Kopf zurechtgerückt werden musste. Da draußen laufen einige schlechte Menschen rum, Boone, und auch wenn ich deine Überzeugung bewundere, kann ich nicht das Gleiche behaupten.«

»Für dich ist es anders.«

Hayden lächelte ihn traurig an. »Vielleicht.«

»Das ist es. Erzähl mir von der letzten Person, die du geschlagen hast.«

»Ich bin mir nicht sicher –«

»Erzähl es mir.«

Hayden seufzte. Wie war sie nur in diese Unterhaltung hineingeraten? Wenn sie wollte, dass er sie als eine hilflose Frau ansah, als die Art, die Männer wie er zu begehren schienen, die beschützt werden musste und eine, die er vielleicht besser kennenlernen wollte, dann war das sicherlich nicht der richtige Weg.

Innerlich zuckte sie mit den Schultern. Was machte es schon? Sie glaubte sowieso nicht daran, eine Chance zu haben, seine Aufmerksamkeit auf sich zu ziehen. Nachdem sie sein persönliches Mantra gehört hatte, das offensichtlich in Stein gemeißelt war, hatte sie gewusst, dass er ein guter Mann war. Es war ihm von Kopf bis Fuß anzusehen. Sie räusperte sich und drückte die Schultern zurück. Es war ja nicht so, als würde er sie anbaggern, die beiden unterhielten sich bloß.

»Wir wurden gerufen, um eine Wohlergehensüberprüfung durchzuführen. Eine Nachbarin hatte sich bei uns gemeldet. Sie hatte die Kinder ihrer Nachbarn seit zwei Tagen nicht mehr gesehen, was ungewöhnlich war. Wir fuhren dorthin und fanden die beiden Kinder im Alter von zwei und drei in Hundezwingern eingesperrt in der Wohnung vor. Wir waren gerade damit beschäftigt, den Mann zu beruhigen und zurückzuhalten, als der Mutter klar wurde, dass sie sich tief in die Scheiße geritten hatte. Sie lief zu einem der Zwinger, öffnete ihn und schnappte sich den kleinen Jungen, der darin war. Sie kam ihm viel zu nahe und bedrohte ihn, und sie ignorierte unsere Forderungen, ihn runterzulassen. Als sie anfing, ihn zu schütteln, so heftig, dass sein kleiner Kopf unkontrolliert hin und her wackelte, zögerte ich nicht, ihr ohne Vorwarnung einen Schlag seitlich an den Kopf zu verpassen. Als sie die Hand auf ihr Gesicht drückte, schnappte ich mir den kleinen Jungen und mein Kollege warf sie zu Boden und hielt sie dort fest, bis ich ihm helfen konnte, sie in Handschellen zu legen.«

»Gut gemacht.«

Hayden erinnerte sich nicht gern an den Vorfall und was sie getan hatte, wusste aber, dass sie in der gleichen Situation wieder ganz genauso handeln würde – außer zuzulassen, dass es der zugekoksten Mutter überhaupt möglich wäre, ihr Kind in die Finger zu bekommen. »Ich werde nicht zögern, jemanden zu schlagen, zu boxen, mir über die Schulter zu werfen oder ihn sogar zu erschießen, wenn ich es muss.«

»Und das solltest du auch nicht. Es ist dein Job. Diese Aufgaben sind Teil davon.«

»Ich würde es selbst dann tun, wenn es nicht mein Job wäre, Boone.«

»Hayden, ich bin mir nicht sicher, worauf du hinauswillst«, sagte Boone ernst, bevor er leicht die Hand auf ihre Schulter legte und sie von oben ansah. »Wenn ich Polizist wäre, würde ich vermutlich genauso denken wie du. Aber das bin ich nicht. Ich bin bloß ich. Ein Viehzüchter, der versucht, das Unternehmen seines Vaters am Laufen zu halten. Für mich ist es eine andere Welt, Hayden. Wenn ich Dana zurückschlage, *werde* ich ins Gefängnis gehen, genau wie sie es letzte Woche wollte. Ich glaube, irgendwann wird sie es kapieren und mich in Ruhe lassen. Ich muss einzig mit den Folgen klarkommen, bis es so weit ist. Bin ich sauer, dass du dich verteidigen würdest? Nein. Werde ich mich gegen einen anderen Mann verteidigen? Auf jeden Fall. Aber gegen eine Frau? Nein.«

Boone war sich nicht sicher, ob er seinen Standpunkt deutlich gemacht hatte, aber als Hayden einmal nickte, seufzte er erleichtert auf. Er drückte ihre Schulter und ließ sie los. »Okay. Hast du alle Fotos gemacht, die du brauchst?«

Er beobachtete, wie Hayden sich zusammenriss und dann erneut nickte. »Ja, ich denke schon. Ich muss vom Hof aus nur noch einige vom Haus machen, dann bist du mich los. Ich weiß, dass du viel zu tun hast.«

»Musst du nicht mit den Mitarbeitern sprechen, die gestern Abend hier waren?«

»Ja, aber du kannst sie bitten, mich anzurufen. Geht das?«

»Natürlich.«

»Gut, dann werde ich dir aus dem Weg gehen, damit du deine Arbeit machen kannst.«

»Du bist mir nicht im Weg, Hayden.«

Sie stimmte ihm nicht zu, widersprach ihm aber auch nicht. »Boone, du musst wirklich diese einstweilige Verfügung erwirken. Ich erwarte, heute oder morgen eine Kopie des Antrags im Büro des Sheriffs vorzufinden, verstanden?«

Boone lächelte. Sie war wirklich hinreißend ... wie ein kleines Streifenhörnchen, das von seinem sicheren Platz hoch oben im Baum einen Hund vollplapperte.

Sie kniff die Augen zusammen, als könnte sie seine Gedanken hören. »Mach dich nicht über mich lustig. Ernsthaft. Wer ist hier der Polizist?«

»Schon gut. Ich bin immer noch nicht der Meinung, dass es notwendig ist, aber ich werde mich darum kümmern.«

»Gut. Und ich weiß, du denkst, dass Dana sich zurückziehen wird, aber ich bin mir nicht sicher, ob du recht hast. Ich *hoffe* es, aber ich glaube nicht, dass es passieren wird. Ich habe so etwas schon so viele Male erlebt. Abgesehen davon bist du ein zu guter Fang. Du bist offensichtlich erfolgreich, du bist Single, höflich. Ich nehme an, sie glaubt, dass du gut im Bett bist –«

Boone konnte sich nicht zurückhalten, er musste sie unterbrechen. Er schob die Daumen in die Vordertaschen seiner Jeans und grinste, als er sagte: »Ich *bin* gut im Bett.«

Hayden grinste breit und schüttelte amüsiert den Kopf, dann fuhr sie fort, als hätte er sie nicht unterbrochen. »Du bist arrogant, hast aber genügend Charme, um darüber hinwegzusehen.« Ihr Grinsen verschwand und sie schaute ihm erneut in die Augen. »Du bist alles, was eine Frau jemals wollen könnte, Boone. Sie wird dich nicht aufgeben.«

Boone wusste nicht, was er sagen sollte. Wenn er sich nicht irrte, sah er Sehnsucht in den hübschen Augen des Hilfssheriffs, bevor sie sich wieder in die professionelle Polizistin verwandelte, die sie war. Sie hatte gesagt, er sei alles, was *eine* Frau wollen könnte … aber schloss sie sich in diese Aussage ein? Er brauchte nichts zu sagen, denn Hayden sprach weiter.

»Gut, ich werde nur noch ein paar Fotos machen und dann werde ich dir den Bericht zuschicken, damit du eine Kopie davon bei deiner Versicherung einreichen kannst. Es wird dich eine ganze Stange Geld kosten, das alles sauber zu machen. Sollte noch etwas passieren, bevor du den Antrag auf eine einstweilige Verfügung stellen kannst, ruf einfach bei der Wache an. Sei vorsichtig, Boone. Das hier ist nichts, was du auf die leichte Schulter nehmen solltest.«

Boone verstand den Hinweis, registrierte in seinem Hinterkopf aber den intensiven und sehnsuchtsvollen Blick in ihren Augen, als sie gesagt hatte, er sei der Mann, den jede Frau wollen würde. »Ich habe die Sicherheitsmaßnahmen bereits erhöht und die Anzahl der diensthabenden Mitarbeiter verdoppelt. Ich will auf jeden Fall verhindern, dass sie versucht, dem Vieh zu schaden.«

Hayden nickte. »Gut. Ich hoffe, Ihr Tag wird ab jetzt besser, Mr. Hatcher.«

»Danke. Er hat nicht besonders gut angefangen, aber in der letzten halben Stunde ist er besser geworden. Ich weiß Ihre heutige Hilfe zu schätzen, Hilfssheriff Yates.«

Boone sah zu, wie Hayden ihm zunickte und dann davonschlenderte. Sie machte noch ein paar Fotos, dann kletterte sie in ihren Wagen und entfernte sich über seine Zufahrt. Er kniff die Augen zusammen, als er zusah, wie die Staubwolke verschwand, nachdem sie auf die Hildebrandt Road abgebogen war.

Hayden hatte etwas, das in ihm den Wunsch erweckte, sie in seine Arme zu ziehen und festzuhalten.

Sie strahlte keinerlei Bedürfnis aus, beschützt werden zu müssen oder zu wollen, aber irgendwie konnte er in ihr Innerstes blicken … und die Frau erkennen, die sich nach jemandem zum Anlehnen sehnte. Boone war sich nicht sicher, woher er das wusste, aber sie machte ihn neugierig und es war schon sehr lange her, seit er den Wunsch verspürt hatte, tiefer zu bohren und nachzusehen, was sich unter der Oberfläche einer Frau befand. Er war verrückt, überhaupt *in Erwägung* zu ziehen, ob er mit dem hübschen Hilfssheriff vielleicht etwas anfangen könnte, solange Dana es nicht in den Kopf bekam, dass es mit ihnen vorbei war, aber er konnte nicht davon ablassen … er konnte nicht von *ihr* ablassen.

Er würde seinen Anwalt aufsuchen und dafür sorgen, dass mit den Unterlagen für die einstweilige Verfügung alles problemlos lief. Danach würde er zum Büro des Sheriffs fahren, um Kopien der Berichte zu besorgen, die Hayden über den Vandalismus auf seinem Grundstück und Danas Faxen letzte Woche verfasst hatte. Er musste diese Berichte zusammen mit dem Antrag auf eine einstweilige Verfügung einreichen … es war ein guter Grund, um beim Büro des Sheriffs anzuhalten und dabei – wenn er Glück hatte – einen Blick auf Hayden zu erhaschen.

KAPITEL FÜNF

Hayden beendete gerade einen Bericht über einen Verkehrsunfall, bei dem es glücklicherweise keine Toten gegeben hatte, als Jimmy durchs Zimmer rief: »Hey! Yates! Dieser Kerl, bei dem wir letzte Woche wegen des häuslichen Zwischenfalls waren, ist hier, um mit dir zu sprechen.«

Hayden versuchte, ihre Aufregung darüber zu dämpfen, das Boone hier war. Er wollte wahrscheinlich bloß eine Kopie des Berichts über den Schaden an seinem Grundstück abholen. »Sag ihm, dass ich gleich bei ihm bin!«, brüllte sie zurück.

Hayden speicherte den Bericht, an dem sie gerade arbeitete. Sie musste nur noch wenige Sachen hinzufügen, hatte aber bereits dreißig Minuten Überstunden gemacht, was nicht unbedingt ungewöhnlich war. Sie strich sich mit der Hand übers Haar, um sich zu vergewissern, dass es weiterhin fest in dem Dutt saß, den sie am Hinterkopf trug. Weil sie sich albern vorkam, sich überhaupt zu dieser kurzen, eitlen Geste hatte hinreißen lassen, stand Hayden auf, nahm ihren Stetson und die kleine Handtasche, die sie für gewöhnlich in ihrem Schreibtisch aufbewahrte, und begab sich in den vorderen Bereich des Gebäudes.

Als sie den Eingangsbereich betrat, sah sie, wie Boone mit der Rezeptionistin am Empfangstresen sprach. Sie hielt an, um ihn kurz zu bewundern. Er trug Jeans, die ihm saßen wie angegossen. Seine alten braunen Cowboystiefel schauten unten an den ausgefransten Beinsäumen hervor und sein braunes, langärmeliges Hemd ließ seine Jeans geradezu locker erscheinen. Sie konnte sehen, wie die Muskeln sich an seinen Oberarmen anspannten, wenn er sich bewegte. In der linken Hand hielt er seinen schwarzen Cowboyhut und die rechte hatte er in die Vordertasche seiner Jeans geschoben. Wären Mitarbeiter von *Vanity Fair* oder *Texas Monthly Magazine* hier gewesen, hätten sie ihn auf der Stelle als Model unter Vertrag genommen.

Boone sah auf und erblickte sie, und wenn Hayden die Art von Frau wäre, die beim Anblick eines Mannes ohnmächtig wird, wäre sie ihm vermutlich vor die Füße gefallen. Aber so zwang sie sich bloß, lässig auf ihn zuzugehen.

»Hey, Boone. Wie geht es dir?«

»Gut. Ich bin gekommen, um Kopien der Berichte abzuholen, damit ich sie für die einstweilige Verfügung beim Gericht einreichen kann.«

»Dann stellst du also den Antrag, was?«

»Ja, ich habe über alles nachgedacht, was du gestern gesagt hast, und nach dem, was Dana mit meinem Haus gemacht hat, habe ich eingesehen, dass es das Klügste ist.«

»Das stimmt. Aber vergiss nicht, es bedeutet nicht, dass sie sich daran halten wird.«

»Ich weiß. Ich habe genügend Nachrichtensendungen über Arschlöcher gesehen, die das ignorieren, um es zu verstehen.«

Hayden nickte. Sie musste nicht noch einmal alles durchgehen, was passieren könnte. Sie ging davon aus, dass Boone es verstand. »Wunderbar. Sie wird einige Tage nach Antragsstellung über die einstweilige Verfügung informiert werden. Wenn du nicht bereits darüber nachgedacht hast, schlage ich vor, dass du einige Kameras installieren lässt, um dein Grundstück zu überwachen.«

»Sie sind bereits bestellt. Ich habe tatsächlich darüber nachgedacht, Kameras anbringen zu lassen, bevor das alles passiert ist. Einige meiner Bullen und Kälber sind ziemlich viel wert. Wenn ich Kameras habe, trägt es dazu bei, meine Versicherungsprämie zu senken.«

Hayden nickte und fühlte sich nun aus irgendeinem Grund unbehaglich. »Also gut, super. Wenn du hier bei unserer Rezeptionistin ein Formular ausfüllst, kann sie dir die Kopien aushändigen. Ich wünsche dir viel Glück. So bösartig es auch klingt, ich hoffe, wir sehen uns nicht so bald wieder.« Sie dachte, sie würde gedankenlos klingen, aber trotzdem ausreichend ernsthaft, als sie die Worte aussprach. Wenn sie ehrlich war, wollte sie Boone besser kennenlernen, war sich aber nicht sicher, wie sie es anstellen sollte. Sie hatte in ihrem Leben schon einige feste Partner gehabt, doch sie war mit ihnen allen zuerst befreundet gewesen. Sie konnte sich nicht einmal daran erinnern, wie sie mit ihnen zusammengekommen war, nur dass sie als Freunde Zeit miteinander verbracht hatten und dann irgendwann miteinander schliefen. Wenn sie darüber nachdachte, war es jämmerlich.

»Eigentlich habe ich mich gefragt, ob du Lust hättest, einen Kaffee trinken oder Mittagessen zu gehen. Ich weiß nicht, wann du Zeit hast ...«

Die Worte hatten Haydens Mund verlassen, bevor sie darüber nachdenken konnte. »Ob du es glaubst oder nicht, ich habe eigentlich schon Feierabend. Ich habe gestern Abend die Spätschicht für einen der Hilfssheriffs übernommen. Normalerweise arbeite ich tagsüber, aber wir haben getauscht.« Sie schloss den Mund, da sie wusste, dass sie plapperte.

»Großartig. Also dann? Möchtest du mit mir etwas essen gehen? Hast du Hunger?«

Sie wollte. Oh, wie sehr sie wollte. »Ich muss mich umziehen.«

»Kein Problem. Musst du nach Hause fahren?«

»Nein, ich habe Sachen hier.« Sie stand da und starrte Boone an, und einen Moment lang sagte keiner von beiden etwas.

Boone lächelte amüsiert. »Okay. Brauchst du Hilfe?«

Hayden schüttelte kläglich den Kopf. »Nein, tut mir leid. Ich werde einfach ... ich werde mich einfach umziehen und dann treffen wir uns gleich wieder hier.«

»Ja. Klingt gut.«

Hayden machte auf dem Absatz kehrt und ging zurück in die Hauptwache. Sobald die Tür sich hinter ihr geschlossen hatte, schlug sie sich vor die Stirn, vergaß aber, dass der Eingangsbereich eine Glastür hatte und Boone sie sicherlich sehen konnte. Sie war so eine Idiotin, wie sie dort stand und den Mann anstarrte, nachdem er sie um eine Verabredung gebeten hatte.

Plötzlich hielt sie inne. Oh Mist. Sie hatte keine Sachen hier, in denen sie sich draußen wohlfühlen würde ... nicht einmal, wenn es nur für einen Kaffee war. Sie hatte ihr übliches Trägerhemd zur Arbeit angezogen, weil es unter ihrer Weste und Uniform das bequemste Kleidungsstück war. In ihrem Spind hatte sie ungefähr drei andere Trägeroberteile und Jeansshorts, das war alles. Mist.

Nun, sie hatte sich geschworen, dass sie in der nächsten Beziehung, die sie einginge, sie selbst sein würde, komme, was wolle. Und auch wenn sie keine Ahnung hatte, ob Boone auf der Suche nach einer Beziehung war oder sie nur zum Kaffee einladen wollte, um ihr zu danken, würde sie trotzdem sie selbst sein. Und das bedeutete, sie würde ein Trägeroberteil und Shorts tragen, verdammt.

Hayden zog sich rasch die Uniform aus und stopfte sie in ihre Sporttasche, um sie in den Wagen zu legen und mit nach Hause zu nehmen. Sie löste ihr Haar aus dem Dutt, den sie bei der Arbeit immer trug, und bürstete es ein paarmal rasch durch. Ihr Haar war dick und meistens ging es ihr auf die Nerven. Sie mochte die Farbe, aber manchmal hatte sie das Gefühl, es sei einfacher, es abzuschneiden, als sich tagtäglich damit herumzuschlagen. Sie band es schnell zu einem Pferdeschwanz zusammen und rollte mit den Augen, weil es sich am Ende zusammenrollte, da sie es den ganzen Abend in einem Dutt getragen hatte. Aus ihr würde niemals eine Femme fatale werden.

Sie eilte aus der Umkleidekabine, nur um direkt auf einen anderen Hilfssheriff namens Brandon zu treffen.

»Hey, Yates, wo brennt's?«

»Ich habe Feierabend und ich gehe aus.«

»Mit dem Cowboy, der im Eingangsbereich steht?«

»Ja, wenn du es unbedingt wissen musst.«

»Du siehst aus wie ein Cheerleader in der Highschool.«

Hayden rollte mit den Augen. So viel zum Thema sexy sein. »Mir egal, Brandon. Hast du keine bösen Jungs, die du einbuchten musst, oder so was?«

Er lachte. »Habe ich tatsächlich. Hey, die Jungs gehen morgen Abend aus. Willst du mitkommen?«

Hayden war nicht beleidigt, als einer der Jungs angesehen zu werden. Sie liebte es, mit den anderen Hilfssheriffs Zeit zu verbringen, wenn sie dienstfrei hatten. »Klar. Gleicher Ort wie immer?«

»Jup. Dann bis morgen!«

»Bis morgen!«

Hayden ging durch den Flur zurück in den vorderen Bereich. Sie hoffte, nicht zu lange gebraucht zu haben. Was, wenn Boone gegangen war? Was, wenn er Zweifel bekommen hatte, sie zum Kaffee einzuladen?

Als sie die Tür öffnete und in den Eingangsbereich trat, war sie erleichtert, dass Boone immer noch da war. Er hatte sich neben den Empfangstresen gestellt und hielt einen großen Umschlag in der Hand, in dem sich wahrscheinlich die Berichte befanden, wegen denen er überhaupt erst zur Wache gekommen war. Am Tresen standen nun zwei Männer, die mit der Rezeptionistin sprachen. Einer von ihnen pfiff, als sie den Raum betrat.

»Na, sieh mal einer an. Haben sie dich gerade aus dem Knast entlassen? Vielleicht hast du Lust, mit mir und meinem Freund hier Party zu machen?«

Hayden brauchte eine Sekunde, um zu verstehen, was der Mann andeutete, doch bevor sie ihn in seine Schranken weisen konnte, war Boone schon an ihn herangetreten.

»Ich denke, du solltest deine Worte noch einmal überdenken. Du hast einen Hilfssheriff soeben als Prostituierte bezeichnet. Abgesehen davon, dass es vollkommen bescheuert ist, so etwas zu irgendwem in der Polizeiwache oder draußen zu sagen, war es einfach unhöflich. Ich denke, du solltest um Entschuldigung bitten.«

Der Mann schaute von Boones starrem, wütendem Gesicht zu Hayden und dann zu der jungen Rezeptionistin, die hinter der Glasscheibe saß. Sie deutete auf eine Kamera in der Ecke und grinste.

»Oh Scheiße. Ja. Äh, tut mir leid. Ich habe nur einen Scherz gemacht, aber ich bin zu weit gegangen. Ich habe mir nichts dabei gedacht. Wirklich.«

Hayden rollte mit den Augen. Oh Gott, war sie jemals so jung und dumm gewesen wie dieser Typ? Sie hoffte inständig, dass es nicht so war. Sie beschloss, die beiden zu ignorieren.

»Können wir gehen, Boone?«

Boone hatte sich von seiner Position neben dem jüngeren Mann nicht wegbewegt. Er war mindestens acht bis zehn Zentimeter größer als er und vermutlich gute zwanzig Kilo schwerer. Hayden ging zu ihm und legte ihm die Hand auf den Arm. »Boone. Komm schon.«

Er gestattete es Hayden, ihn von dem Mann wegzuführen, sagte aber, als er zur Seite trat: »Du hast Glück, dass du wegen des Gesuchs nach Sex gegen Bezahlung nicht in Handschellen bist. Denk nach, bevor du redest, Mann. Und hör auf, Frauen respektlos zu behandeln. Das ist nicht cool.«

Boone legte den Arm um Haydens Schultern und sie traten hinaus auf den Parkplatz. Vor der Tür hielt er an und nahm den Arm herunter. »Tut mir leid, was da passiert ist. Meine Güte, was für ein Vollidiot.«

Hayden kicherte. Sie kicherte wirklich. Sie konnte es nicht glauben. Sie schaute zu ihm auf. »Es war keine große Sache.«

»Oh doch, das war es. Ich meine, du siehst toll aus. Selbst in Shorts und einem Trägerhemd könnte jeder sehen, dass du zu viel Klasse hast, um eine Prostituierte zu sein.«

»Äh, danke schön?« Hayden beschloss, seine Worte als Kompliment anzusehen, selbst wenn sie etwas reaktionär waren.

Boone rieb sich mit der Hand übers Gesicht. »Verdammt. Das habe ich vermasselt. Bitte entschuldige. Ich meinte, du siehst sehr hübsch aus. Dieser Kerl konnte vermutlich nicht verstehen, was jemand, der so hübsch ist wie du, im Büro des Sheriffs zu suchen hat. Ich weiß, dass ich noch *nie* einen Hilfssheriff gesehen habe, der aussieht wie du.«

»Äh ... noch mal danke?«

Boone lachte über sich selbst. »Scheiße. Okay, ich

höre auf, bevor ich mir ein Loch grabe, das so tief ist, dass ich nicht mehr rauskomme. Tut mir leid. Wo möchtest du hingehen? Nur Kaffee? Oder möchtest du etwas essen?«

»Ich könnte essen.«

»Wunderbar. Ich kenne ein kleines mexikanisches Restaurant. Dort gibt es ein sehr leckeres Mittagsmenü. Willst du es ausprobieren?«

»Sicher, aber ... es ist doch kein schicker Laden, oder? Das hier ist alles, was ich zum Anziehen habe.«

»Du siehst toll aus. Mann, du siehst mehr als nur toll aus, Hayden. Ernsthaft. Ich würde dich nicht in Verlegenheit bringen und mit dir in ein Restaurant gehen, für das du nicht angemessen gekleidet bist. Vertrau mir.«

Hayden nickte. »Also gut. Das klingt super. Kannst du mir die Adresse geben, damit ich dich dort treffen kann?«

»Willst du nicht mit mir zusammen fahren?«

Hayden atmete tief durch, da sie wusste, dass sie ihn mit ihren Worten verärgern könnte, sprach sie aber trotzdem aus. »Nein. Wir treffen uns dort.«

Boone musterte sie, dann nickte er. »Okay. Kein Problem.«

Er ratterte die Adresse herunter. Hayden kannte die Umgebung. »Ich werde dir hinterherfahren, wenn das okay ist.«

»Natürlich. Ich werde dafür sorgen, dass ich dich nicht verliere.«

Darüber lächelte Hayden. »Äh, Boone. Ich bin ein Hilfssheriff, weißt du ... ich bin mir sicher, dass es mir problemlos gelingt, hinter dir zu bleiben.«

Er lächelte verlegen. »Ja, tut mir leid.«

»Verstoße bloß nicht gegen irgendwelche Gesetze ...

ich bin vielleicht außer Dienst, aber wenn du eine rote Ampel überfährst, werde ich kein Auge zudrücken können.«

Er lachte leise. »Werde ich nicht. Ich bin ein gesetzestreuer Autofahrer, ehrlich.«

»Gut. Dann bis gleich.« Sie ging zu ihrem Wagen und wusste, dass Boone sie während der gesamten Zeit beobachtete.

Boone behielt Hayden im Blick, als sie zu einem kleinen grauen Honda Civic ging.

Heilige Mutter Gottes, er hatte sich schon gedacht, dass sie unter der Uniform, die sie trug, gut gebaut war, doch er war nicht darauf vorbereitet gewesen, ihre glatte, cremefarbene Haut in ihrer vollen Pracht zu sehen. Er hätte beinahe anerkennend gepfiffen, als sie den Eingangsbereich betrat, genau wie es der dämliche junge Mann dort getan hatte.

Das schwarze Trägeroberteil, das sie trug, betonte ihre schmale Taille und ihre muskulösen Arme. Sie war durchtrainiert. Boone glaubte, sie könnte selbst ihn beim Liegestütz schlagen. Es war offensichtlich, dass sie trainierte. Es stand ihr gut. Sie war nicht so muskulös, dass sie männlich oder sonderbar aussah, aber ihre Arme waren definiert. Wenngleich er ihre Arme bewunderte, waren ihre Brüste ebenfalls nicht zu verachten. Sie hatte keine übergroße Oberweite, wahrscheinlich nur ein durchschnittliches B-Körbchen. Boone hatte keine Ahnung, wie sie diese beiden Schönheiten unter ihrer Uniform versteckt hielt. Es musste unangenehm sein. Aber in diesem Trägerhemd? Wow.

Als er endlich in der Lage war, den Blick von ihrer

oberen Hälfte abzuwenden, zwang ihre untere Hälfte ihn dazu, an die Statistiken seiner Bullen zu denken, um seinen Schwanz daran zu hindern, steif zu werden und ihn in Verlegenheit zu bringen. Haydens Beine schienen endlos zu sein und wenn er sich nicht irrte, hatte sie überall am Körper Sommersprossen, nicht nur auf den Wangen. Sie trug keine Absätze, aber ihre Wadenmuskeln waren ausgeprägt und ihre Beine genauso muskulös wie ihre Arme. Er konnte sich problemlos vorstellen, wie es sich anfühlen würde, wenn sie seine Hüften mit ihren Oberschenkeln zusammendrückt, während er in sie hineinstößt. Vulgär, aber so was von wahr. Sie hatte buchstäblich den Körper, für den Frauen töten würden, um ihn zu haben … und das Beste daran war, dass sie offensichtlich keine Ahnung hatte.

Sie hatte keinen Schimmer, wie wundervoll sie aussah. Er hatte noch nie eine Frau gesehen, die sich so burschikos verhielt wie sie, doch ihre angeborene Sinnlichkeit war dennoch deutlich zu erkennen. Boone konnte sich genau vorstellen, wie sie auf seinem Bett lag, ihr rotbraunes Haar ausgebreitet auf seinem Kissen, und er über ihr kniete.

Sobald seine Gedanken darauf zusteuerten, ihr dunkelrotes Haar auf seiner weißen Bettwäsche zu sehen, schob er sie beiseite. So weit sollte er nicht gehen. Er lud sie zum Mittagessen ein. Das war alles. Er hatte mit Dana und seiner Farm schon genug um die Ohren … aber die Vorstellung von Hayden, die sich ekstatisch unter ihm wand, während sie miteinander schliefen, ging ihm einfach nicht aus dem Kopf.

Boone stieg in seinen Wagen und wartete, bis er

Hayden hinter sich sah, bevor er sich auf den Weg zum Restaurant machte. Er wollte sie unbedingt kennenlernen – als Frau, nicht als Hilfssheriff, die in einem Vorfall auf seiner Farm ermittelte. Er hatte keine Ahnung, ob sie das Gleiche wollte, aber er würde tun, was immer er tun konnte, um sie davon zu überzeugen, ihm eine Chance zu geben.

KAPITEL SECHS

Hayden lehnte sich in der Sitznische zurück und hielt sich den Bauch. »Oh mein Gott, ich glaube, ich kriege keinen Bissen mehr runter.«

»Du hast dir nur einen Taco bestellt!«

»Ja, aber ich habe etwa ein halbes Kilo Nachos und Salsa gegessen.«

Boone lachte. »Das hast du tatsächlich.«

»Hey!«

Dieses Mal lachten sie beide.

Hayden biss sich auf die Lippe. »Danke hierfür.«

»Wofür?«

Hayden deutete auf den Tisch und das Restaurant. »Das hier. Dafür, dass du mich zum Mittagessen ausführst.«

»Gern geschehen. Du bist lustig, es macht Spaß, mit dir zusammen zu sein.«

Haydens Lächeln erstarb ein wenig, doch sie zwang es sich wieder ins Gesicht. »Lustig. Jup, genau das bin ich.«

Boone streckte den Arm über den Tisch aus und ergriff die Hand, mit der sie ihr Wasserglas umschlossen hielt. »Hey. Was habe ich gesagt?«

»Nichts, Boone. Wirklich. Ich habe mich heute amüsiert. Aber jetzt muss ich los.«

Boone hielt ihre Hand fest und ließ sie nicht los. »Hayden. Was habe ich gesagt? Und sag nicht *nichts*. Irgendwas war da. Ich sehe, wenn du ein falsches Lächeln aufsetzt. Also, was war es?«

»Du kannst sehen, wenn ich ein falsches Lächeln aufsetze?«

»Ja.«

»Wie?«

»Dann gibst du also zu, dass du gerade ein falsches Lächeln aufgesetzt hast?«

»Boone, ernsthaft.«

»Siehst du? *Das* ist ein echtes Lächeln.«

Hayden konnte sich ein Lachen nicht verkneifen. Sie konnte es einfach nicht unterdrücken. Boone machte sie einfach glücklich. Er gab ihr das Gefühl, ein vollkommen anderer Mensch zu sein ... eine sexy Frau, nicht der kompetente, knallharte Hilfssheriff.

Boone fuhr fort: »Also, was habe ich gesagt, das dafür gesorgt hat, dass dir dieses wunderbare Lächeln entglitten ist?«

Hayden sah Boone an. Er hatte sich zu ihr gebeugt und sie spürte, wie er mit dem Daumen über ihren Handrücken streichelte. Er hatte die Augenbrauen besorgt zusammengezogen. Sollte er Interesse an dem vorheucheln, was sie zu sagen hatte und warum ihr das, was er gesagt hatte, nicht gefiel, dann war er ein verdammt guter Schauspieler. Sie beschloss, einfach ehrlich zu ihm zu sein.

»Es macht Spaß, mit mir zusammen zu sein. Ich bin die Lustige. Die Stimmungskanone. Die ganzen Jungs sagen das.«

»Die ganzen Jungs.«

Er hatte es nicht als Frage formuliert, trotzdem war es eine.

Hayden sprach weiter. *Wer A sagt, muss auch B sagen.* »Ja. Die ganzen Jungs. Während meiner gesamten Highschool-Zeit. Auf dem College. Selbst jetzt, wenn ich mit den Kollegen von der Wache ausgehe. Ich bin die Lustige.«

»Es ist nichts verkehrt daran, lustig zu sein, Hayden.«

Sofort nickte sie zustimmend. »Ich weiß.«

»Aber es stört dich.«

»Können wir über etwas anderes reden?«

»Nein.«

»Boone.«

»Hayden.«

Sie seufzte. Sie hasste es, ihm die Sache zu erklären. Sie fühlte sich wie eine Idiotin. »Ich bin die Freundin. Das Mädchen, mit dem man Spaß hat. Die unbekümmerte Hayden Yates. Keine Frau. Keine Verabredung.«

Boone sagte nichts, ließ nur ihre Hand los und rutschte aus der Sitznische. Hayden hatte keine Zeit zu reagieren, bevor Boone sich neben sie gesetzt hatte. Überrascht rückte sie zur Seite, um ihm Platz zu machen.

Er legte eine Hand auf die Rückenlehne der Sitzbank hinter ihrem Kopf und die andere auf ihren Oberschenkel. Sein Daumen ruhte auf dem Saum ihrer Shorts.

Hayden spürte, wie die Hitze seiner Hand in ihre Haut eindrang, und widerstand dem Drang, unruhig hin und her zu rutschen. Sie hätte seine Hand wegschlagen oder ihn zurechtweisen sollen, weil er zu forsch war, aber in Wahrheit mochte sie seine Hand auf ihrem Bein.

»Sieh mich an, Hayden.«

Hayden schaute in Boones Augen. Sie fühlte sich von ihm umzingelt. Er beugte sich zu ihr und sie musste den Kopf nach hinten legen, um seine Augen sehen zu können.

»Du bist lustig, aber das mindert deine Weiblichkeit nicht im Geringsten. Ich weiß nicht, warum keiner dieser Kerle dich so sieht, wie ich es tue, aber ich kann nicht behaupten, dass es mir leidtäte, weil für mich alles klar ist. Ich finde dich lustig. Und mitfühlend. Und du weißt, wie der Typ auf dich reagiert hat, als er dich vorhin im Eingangsbereich der Wache gesehen hat.«

Als Hayden zurückhaltend nickte, fuhr er fort: »Er hat sich zum Affen gemacht, weil du so scharf aussiehst.«

Bei dem unverhohlenen Ausdruck der Ungläubigkeit auf ihrem Gesicht hob er die Hand, die bislang auf der Rückenlehne hinter ihrem Kopf geruht hatte, und brachte sie an ihr Gesicht. Er streichelte mit den Fingerknöcheln über ihre Wange, dann strich er ihr eine lose Haarsträhne hinter das Ohr. »Du bist so wunderschön, Hayden. Deine Beine sind lang und glatt und dein kurviger, kleiner Körper in diesem Trägerhemd hat dafür gesorgt, dass jeder Mann in diesem Restaurant zweimal hingesehen hat, als wir eingetreten sind. Und ich werde dir jetzt sagen, dass ich nicht erwarten kann zu erfahren, ob die Sommersprossen, die du hier hast«, er strich mit der Fingerspitze über ihre Nase, »an deinem ganzen Körper zu finden sind.«

»Boone –«

Er sprach einfach weiter. »Selbst wenn ich mich neben dir in dieser Sitznische befinde, reagiert mein Körper in einer unangenehm maskulinen Art auf dich«, sagte er mit einem Nicken in Richtung seines Schritts und der Erektion, die gegen seine Jeans drückte. Er bemerkte, wie sie nach unten schaute, bevor sie peinlich berührt den Blick rasch wieder nach oben auf seine Augen richtete. »Wenn ich dir also sage, dass du lustig bist, schmälert das keinesfalls die Tatsache, wie hübsch du bist. Hübsch scheint mir ein zu zahmes Wort zu sein, aber für den Moment reicht es aus. Zweifele nicht an dir, Hayden. Du arbeitest vielleicht mit Männern und schon möglich, dass sie dich wegen deiner immensen Kompetenz in deinem Job in diesem Licht sehen, aber glaub mir, wenn ich dir sage, dass sie dich vollkommen anders sehen, als ich es tue.«

Hayden wusste, dass ihr Gesicht feuerrot war. Herrgott. Kein Mann hatte jemals so mit ihr gesprochen. Sie war sich nicht sicher, ob sie Boone glauben konnte, obwohl er in Bezug auf seine Erektion nicht gelogen hatte. Er war sehr gut bestückt, wenn sie ihrem raschen Blick Glauben schenken konnte. Beschämt versuchte sie abzulenken. »Woher weißt du, ob mein Lächeln echt ist?«

Boone wurde klar, dass er ihr etwas Raum geben musste, und lehnte sich kopfschüttelnd zurück. »Ich glaube, das werde ich dir nicht sagen. Es gefällt mir, dir in einer Sache überlegen zu sein. Ich habe das Gefühl, dass ich es brauchen werde.«

»Boone!«

»Hayden!«

Leicht verärgert schüttelte sie den Kopf.

In dem Moment kam der Kellner und legte die Rechnung auf den Tisch, bevor er ihnen mitteilte, dass er wiederkäme, wenn sie zahlen wollten. Hayden nahm sie auf, um zu sehen, wie viel ihre Hälfte des Essens kostete.

»Was tust du?«, knurrte Boone.

»Ich gucke, was ich bezahlen muss«, sagte Hayden, ohne aufzublicken, während sie die Rechnung studierte.

Boone riss ihr das kleine Stück Papier aus der Hand. »Du zahlst nicht.«

»Was? Wieso nicht?«

»Weil ich dich gefragt habe, ob du mit mir Mittagessen gehst.«

»Und?«

»Was meinst du mit ›und‹?«

»Nur das. Du hast mich gefragt, ob ich mit dir Mittagessen gehe. Und? Ich kann für mich selbst zahlen, Boone. Es ist keine große Sache.«

»Hayden, ich habe dich gefragt, ob du Lust hast, Mittagessen zu gehen. Wenn ich dich frage, ob du Lust hast, Mittagessen zu gehen, bedeutet es, dass du nicht bezahlst.«

»Wenn ich *dich* also frage, ob du Lust hast, Mittagessen zu gehen, dürfte ich dann bezahlen?«

»Nein.«

»Nein?«

»Nein.«

»Boone, das ergibt keinen Sinn.«

»Hattest du noch nie mit jemandem eine Verabredung?«

»Eine Verabredung?«

»Ja. Was glaubst du, was das hier ist, Hayden?«

»Ein Mittagessen, um Danke zu sagen?« Ihre Worte waren leise und verwirrt.

Boone rollte mit den Augen und seufzte. Leise murmelte er in Richtung Decke: »Offensichtlich bin ich aus der Übung.« Dann schaute er wieder zu Hayden und sagte in normaler Tonlage: »Hayden, ich habe dich gefragt, ob du mit mir Mittagessen gehst, weil ich dich mag. Denn als du vor mehr als einer Woche meine Hand berührt hast, habe ich einen Stromstoß bekommen, der so stark war, dass ich ihn bis in die Zehen gespürt habe. Ich bin heute zur Wache gekommen, weil ich gehofft hatte, dich zu sehen. Ich bin vierzig Jahre alt und habe mir eine lahme Ausrede einfallen lassen, um dich an deinem Arbeitsplatz aufzusuchen und dich um eine Verabredung zu bitten.«

Hayden lächelte ihn an. »Was hättest du gemacht, wenn ich gesagt hätte, dass ich arbeiten muss, oder abgelehnt hätte?«

»Dann hätte ich mir eine andere Ausrede einfallen lassen, um dich zu sehen. So einfach hätte ich nicht aufgegeben, nicht wenn ich wirklich mit dir ausgehen wollte. Aber Hayden, Tatsache ist, dass das hier eine Verabredung ist. Und weil es eine Verabredung ist, wirst du nicht bezahlen.«

»Wenn es also *keine* Verabredung wäre, könnte ich dann zahlen?«

»Nein. Immer, wenn wir miteinander ausgehen, zahle ich. Punkt.«

»Das kommt einem Höhlenmenschen sehr nahe.«

»Jup.«

»Ernsthaft, Boone, ich kann für mich selbst zahlen.«

»Gib's auf, Hay. Lass mich das machen.«

»Also gut, in Ordnung.«

Bei ihrer missmutigen Kapitulation lachte Boone laut auf. »Du machst es einem wirklich schwer, etwas Nettes für dich zu tun. Hat dich denn noch nie jemand zu einer Verabredung ausgeführt?«

»Nein, nicht wirklich.«

Boone wurde nüchtern. »Ich habe keine Ahnung, wie das überhaupt möglich ist, aber es ist deren Pech, Hay. Deren Pech.«

Hayden zuckte mit den Schultern, hielt sich mit dem Gefühl, das er in ihr hervorrief, jedoch bedeckt. Sie war ehrlich zu Boone gewesen. Sie war immer einer der Jungs. Niemandem kam es in den Sinn, für sie zu bezahlen. Und niemand hatte ihr jemals einen Kosenamen gegeben. Es gefiel ihr.

»Okay, Mr. Geldsack, können Sie dann zahlen? Ich muss nämlich los.« Sie verbarg die warmen, kribbeligen Gefühle, die Boone in ihr erweckte, und versuchte, die Sache herunterzuspielen.

»Ja, Ma'am.« Boone lächelte sie an. Er winkte dem Kellner, der sofort zu ihnen kam, Boones Kreditkarte nahm und davoneilte.

»Also dann, wann gehen wir das nächste Mal aus?«, fragte er lächelnd.

»Bist du dir so sicher, dass ich noch einmal mit dir ausgehen will?«

»Jup.«

Hayden konnte sich ihr Lächeln nicht verkneifen. »Nun, die Jungs und ich gehen morgen Abend aus ... willst du mitkommen?«

»Ja.«

»Du weißt nicht einmal, wo wir hingehen.«

»Spielt keine Rolle.«

»Und wenn ich sage, dass wir in einen Stripclub gehen?«

»Kein Problem.«

»Und wenn wir schießen gehen?«

»Dann bringe ich meine Waffe mit.«

Hayden rollte mit den Augen. Sie hätte wissen sollen, dass ein Texas Cowboy wie er sich mit Schusswaffen wohlfühlt und vermutlich seine eigene hat. »Na gut. Wir gehen bloß in unsere Stammkneipe, um ein paar Bier zu trinken.«

»Super. Sollen wir uns dort treffen oder darf ich dich abholen?«

Hayden dachte kurz darüber nach. »Ich wohne in der entgegengesetzten Richtung deiner Farm.« Sie versuchte, ihm einen Notausgang zu geben, für den Fall, dass er nur aus Höflichkeit gefragt hatte.

»Hay, ich hätte nicht gefragt, wenn ich dich nicht abholen wollte.«

Sie nickte und sagte leise: »Okay, du kannst mich abholen. Aber komm nicht zu spät. Das hasse ich ganz besonders.«

Boone strich ihr erneut eine Haarsträhne hinter das Ohr. »Das würde mir im Traum nicht einfallen.«

Der Kellner kam zurück und Boone unterschrieb die Quittung. Er rutschte aus der Sitznische und hielt Hayden die Hand hin. Sie legte ihre hinein und er half ihr beim Aufstehen. Als sie zur Eingangstür gingen, legte er ihr die Hand ins Kreuz. Hayden hatte nie verstanden, warum die Frauen in ihren Liebesromanen immer ganz verzückt waren, wenn ein Mann das bei ihnen tat. Aber jetzt verstand sie es. Sie hatte immer gedacht, es würde sich auf gewisse Weise kontrollierend anfühlen, und vielleicht wäre es mit einem anderen Mann der Fall gewesen. Aber mit Boone fühlte es sich beruhigend an. Er ließ seine Fingerspitzen an ihrem Rücken ruhen und übte nur ganz leichten Druck aus. Es reichte ihr aus, um zu wissen, dass er dort war, aber es war nicht so stark, dass sie das Gefühl hatte, er würde sie vor sich herschieben. Hayden schwor, dass sie spüren konnte, wie die Wärme seiner Hand durch ihr Trägeroberteil in ihre Knochen eindrang.

Vor dem Restaurant hielten sie an und sie gab ihm ihre Adresse. »Ich muss nur eine Sache loswerden.«

»Schieß los.«

»Wenn du vorhast, mit mir auszugehen und mich betrunken zu machen, um mich dann zu dir nach Hause zu bringen und zu fesseln, mich in ein Verlies unter deiner Scheune zu sperren und mich zu vergewaltigen, um mich danach zu töten ... das wird nicht funktionieren. Ich werde dich überwältigen, bevor du weißt, was mit dir passiert.«

Boone warf den Kopf zurück und lachte. Hayden stand lächelnd mit vor der Brust verschränkten Armen da und wartete, dass er sich wieder beruhigte. Endlich legte er beide Hände auf ihre Schultern und beugte sich zu ihr.

»Hay, sollte ich mich auch nur einen Zentimeter in die falsche Richtung bewegen, so habe ich keinen Zweifel daran, dass ich mich auf dem Boden mit deinem Knie an meiner Kehle wiederfinden würde, bevor ich überhaupt darüber nachdenken könnte, dir aus dem Weg zu gehen. Und so krank ich dadurch auch wirken könnte, die Vorstellung, wie du mich überwältigst, lässt meinen Schwanz steif werden. Ich habe kein Verlies unter meiner Scheune und ich habe nicht vor, dir nachzustellen. Aber über die Sache mit dem Ausgehen, Betrunken machen und Fesseln können wir uns unterhalten.«

Haydens Lächeln verschwand und sie sah ihn verwirrt an. Er hatte Mitleid mit ihr. Er ergriff ihre Hand und zog sie in Richtung ihrer Fahrzeuge. »Los, du hast zu tun. Sehen wir zu, dass du nach Hause kommst.«

Hayden stolperte einige Schritte neben Boone her, bevor sie ihren Rhythmus wiederfand. Sie schüttelte den Kopf. Er war so ein Doofi. Das hätte sie von ihm nie gedacht. Dafür, dass er so ein großer, maskuliner Mann war, benahm er sich manchmal wie ein riesiger Clown. Aber sie konnte seine ernsthafte Seite nicht vergessen, als er ihr gesagt hatte, wie sehr er ihr Aussehen mochte und dass er immer zahlen würde, wenn sie zusammen unterwegs waren. Er war absolut faszinierend.

»Wann soll ich dich morgen abholen?«

Boone hatte sie zu ihrem Wagen gebracht und sie standen neben der Fahrertür. »Gegen zwanzig Uhr?«

»Dann um zwanzig Uhr.«

»Ich muss dich warnen, morgen Abend werden hauptsächlich die Jungs dort sein, mit denen ich zusammenarbeite. Ich werde ebenfalls einige meiner Freunde einladen, die in anderen Abteilungen tätig sind. Wird es dir etwas ausmachen, mit einer Gruppe Polizisten zusammen zu sein?«

»Nein, Hay. Solange das für dich in Ordnung ist.«

»Kein Problem. Aber sie werden dich vermutlich auf die Schippe nehmen.«

»Ich erwarte nichts anderes. Ich freue mich darauf, deine Freunde zu treffen.«

»Gut. Dann sehen wir uns morgen um zwanzig Uhr.«

Boone beugte sich hinunter und Hayden hielt den Atem an. Er küsste sie auf die Wange und richtete sich wieder auf. »Bis morgen, Hayden. Ich hatte heute viel Spaß. Danke.«

»Ja, ich auch. Tschüss.«

»Tschüss. Fahr vorsichtig.«

Hayden antwortete nicht, ließ bloß den Motor ihres Wagens an und rollte vom Parkplatz. Ihr letzter Blick galt Boone, der in seinem Geländewagen saß und ihr nachsah, als sie davonfuhr.

KAPITEL SIEBEN

Hayden wollte jemanden anrufen ... aber sie hatte keine Ahnung, wer ihr helfen könnte.

Sie drehte wegen ihrer abendlichen Verabredung mit Boone durch. Während sie tagsüber arbeitete, hatte sie darüber nachgedacht, wer ihr eventuell bei der Auswahl der Anziehsachen behilflich sein könnte. Sie könnte Quints Freundin Corrie anrufen – nachdem Hayden ihr geholfen hatte, von dem höchsten Baum herunterzuklettern, den sie je gesehen hatte, hatten sich die beiden ziemlich gut kennengelernt –, aber Corrie war blind. Sie wäre nicht in der Lage, ihre Kleiderauswahl zu sehen, um ihr bei der Entscheidungsfindung zu helfen.

Sie mochte Cades Freundin Beth, war aber nicht der Meinung, dass die andere Frau wüsste, was sie zu einer Verabredung anziehen sollte. Beth bezeichnete sich mit eigenen Worten als »Computerfreak« und trug die meiste Zeit T-Shirt und Jogginghose. Es machte Spaß, mit ihr zusammen zu sein, und Hayden mochte sie, aber in diesem Fall wäre sie keine große Hilfe.

Die Freundinnen von Dax und Cruz hatten ihr gesagt, sie könne sie jederzeit anrufen, doch Mackenzie und Mickie waren für sie so unerreichbar, dass es schon nicht mehr lustig war. Abgesehen davon wollte Hayden weder dem Texas Ranger noch dem FBI-Agenten die Möglichkeit geben, zukünftig etwas gegen sie in der Hand zu haben. Sie würden sich jahrelang über sie lustig machen, wenn sie wüssten, dass sie noch nie eine echte Verabredung hatte und nicht wusste, was sie anziehen sollte.

Weil Hayden sich besser mit den männlichen als mit den weiblichen Hilfssheriffs verstand, fühlte sie sich ebenfalls nicht wohl damit, sie um Rat zu fragen. Sie seufzte und beschloss schließlich, sich keine Gedanken darüber zu machen. Sie gingen nur in ihrer Stammkneipe etwas trinken, so wie sie es immer taten. Sie sollte deswegen nicht durchdrehen. Sie würde tragen, was sie normalerweise trug ... und wenn es Boone nicht gefiel, war es sein Problem und nicht ihres. Das versuchte sie, sich einzureden, wusste aber tief im Herzen, dass sie sich selbst belog.

Der Tag verging erstaunlicherweise schnell, ganz besonders weil sie in der Nacht zuvor nicht besonders gut geschlafen hatte.

Sie hatte den Albtraum seit Jahren nicht mehr gehabt, aber letzte Nacht war er umso heftiger zurückgekehrt.

Es war mehr eine Erinnerung als ein tatsächlicher Albtraum. Sie war etwa vier Jahre alt, saß auf einem Sofa und sah zu, wie ihr Vater vor ihr auf und ab ging. Sie trug ein rosafarbenes Kleid mit lächerlichen Rüschen und Schleifen. Es war ein gebrauchtes Kleid von einer Nachbarin gewesen, die eine kleine Tochter hatte. Sie wollten umziehen und die Familie versuchte deshalb, so viele unnötige Sachen wie möglich loszuwerden.

Das Kleid war von der Tochter der Frau getragen worden, als sie ein Blumenmädchen bei der Hochzeit einer Verwandten gewesen war. Hayden hatte es auf dem Karton mit den Anziehsachen liegen sehen, den die Nachbarin abgegeben hatte. Sie hatte es sich geschnappt und war sofort in ihr Zimmer gegangen, um es anzuziehen. Es war das schönste Kleidungsstück, das sie je gesehen hatte, und Hayden hatte es geliebt, in dem Prinzessinnenkleid in ihrem Zimmer herumzutanzen und sich zu drehen.

Ihr Vater hatte sie aber erwischt. Er hatte sie ins Wohnzimmer gezerrt, ihr befohlen, sich zu setzen, und schrie sie nun an, während er auf und ab ging. Sie war eine Schande für die Familie. Wenn sie ein Zimperlieschen sein wollte, hatte sie in seinem Haus nichts zu suchen.

Hayden wusste immer, was im Traum als Nächstes passieren würde, es gelang ihr aber nie, vorher aufzuwachen.

Ihr Vater riss sie nach oben und zog ihr grob das Kleid aus. Er ließ sie dort stehen und zusehen, wie er eine große Schere holte und das hübsche Kleid in Fetzen schnitt ... und ihr dabei sagte, was für eine jämmerliche Verliererin sie sei.

Sie war schweißgebadet von dem Traum aufgewacht und hatte die Tränen spüren können, die auf ihrem Gesicht trockneten.

Hayden wusste, dass ihre Eltern kein Mädchen haben

wollten und dass sie sie ihr gesamtes Leben enttäuscht hatte, aber es war dieser eine Zwischenfall, bei dem ihr bereits in sehr jungem Alter klar geworden war, dass ihr Vater sie nicht mochte ... nicht einmal ein klein wenig.

Danach hatte Hayden versucht, das zu sein, was ihre Eltern wollten. Sie trieb Sport, anstatt Tanzen zu lernen. Sie trug Jeans und T-Shirts anstatt hübscher, mädchenhafter Kleider und Blusen. Auf der Highschool hatte sie nur Einsen, weil sie hoffte, ihre guten Noten würden ihren Vater stolz auf sie machen. Nichts funktionierte. Er behandelte sie während ihrer gesamten Teenagerzeit mit der gleichen Verachtung, wie er es an dem Tag getan hatte, an dem sie auf dem Sofa saß und er ihr eine Strafpredigt hielt.

Es war für sie ein früher Morgen gewesen und sie hatte gewusst, dass sie nicht mehr einschlafen würde, nachdem sie zitternd und weinend von ihrem Traum aufgewacht war. Aus diesem Grund war sie aufgestanden, war fünf Kilometer gelaufen, hatte die Liegestütze und Rumpfbeugen gemacht, für die sie täglich versuchte, sich Zeit zu nehmen, eine große Tasse Kaffee getrunken und war zur Wache gefahren, um sich auf ihre Schicht vorzubereiten.

Hayden hatte den ganzen Tag mit Anrufen, Ermittlungen und Papierkram zu tun. Als sie nach Hause kam, hatte sie sehr viel Zeit, um in ihrem Kleiderschrank zu stehen und ziellos auf die Kleidungsstücke im Inneren zu starren. Nachdem sie aus ihrem Elternhaus ausgezogen und ihrem Vater entkommen war, hatte sie sich angestrengt und versucht, weiblichere Anziehsachen zu kaufen, aber meistens fühlte sie sich in ihrer vertrauten Kleidung wohler ... Jeans und T-Shirts.

Endlich schüttelte Hayden den Kopf und entschied sich für ein jadegrünes Oberteil, das sie schon seit Ewigkeiten nicht mehr getragen hatte. Es war weiblicher, als sie sich normalerweise anziehen würde, aber sie war der Meinung, dass ihre Verabredung mit Boone es erforderte. Sie wollte sich Mühe geben. Sowohl vorn als auch hinten hatte es einen tiefen Rundhalsausschnitt. Es hatte dreiviertellange Ärmel und wenngleich es nicht hauteng war, so saß es auch nicht locker. Sie kombinierte es mit einer tief sitzenden Jeans und ihren Lieblings-Cowboystiefeln. Die Stiefel waren etwas zu ausgetragen, um perfekt zu ihrem Outfit zu passen, aber sie waren bequem und die einzigen Schuhe mit einem Absatz, in denen Hayden sich wohlfühlte.

Sie starrte sich im Badezimmerspiegel an und versuchte, sich zu entscheiden, was sie mit ihrem Haar machen sollte. Vermutlich sollte sie es zusammenbinden. Sie trug es immer zusammengebunden. Hayden glaubte, die Jungs bei der Arbeit hatten sie noch nie mit offenem Haar gesehen. Aber Boone brachte sie dazu, sich mehr Mühe zu geben, als sie es üblicherweise tat. Sie bürstete die dicken Strähnen aus, bis sie relativ glatt waren, nachdem sie den ganzen Tag in ihrem üblichen Dutt eingesperrt gewesen waren, und strich sie sich hinter die Ohren. Sie ärgerte sich über die Spitzen, die sich zusammenrollten, ganz egal was sie versuchte, um sie glatt zu bürsten. Schulterzuckend griff Hayden nach einem Haargummi und schob es sich über das Handgelenk. Höchstwahrscheinlich würde sie ihr Haar bis zum Ende des Abends sowieso zusammengebunden haben.

Sie begab sich in das andere Zimmer ihrer Wohnung und ging nervös auf und ab. Weil sie niemand war, der besonders gut still sitzen konnte, ging sie von ihrer kleinen Küche ins Wohnzimmer und wieder zurück in die Küche.

Was, wenn Boone sie versetzte? Was, wenn sie missverstanden hatte, was er wollte, als er gesagt hatte, dass es eine Verabredung sei? Mist. Sie sollte wahrscheinlich überhaupt nicht mit ihm ausgehen, da sie in seinem Fall ermittelt hatte. Es sah ihr nicht ähnlich, mit jemandem zusammenkommen zu wollen, den sie während der Arbeit kennengelernt hatte. Sie sollte ihn anrufen, um ... verdammt. Sie hatte seine Nummer nicht.

Hayden schaute auf die Uhr. Neunzehn Uhr fünfundvierzig. Mist. Noch fünfzehn Minuten. Sie ging hin und her und steigerte sich noch weiter in ihre Nervosität hinein, bevor etwa zehn Minuten später die Türklingel ertönte.

Hayden schritt zur Tür, aufgebracht und bereit, Boone mitzuteilen, dass sie auf keinen Fall heute Abend ausgehen könnten – und auch an keinem anderen Abend.

Sobald Boone Hayden sah, erkannte er, dass sie es sich ausgeredet hatte, mit ihm in die Kneipe gehen zu wollen. Er hatte keine Ahnung, ob es an ihm lag, daran, dass er ihre Freunde treffen würde, oder etwas anderem, aber nachdem er einen Blick auf sie geworfen hatte, würde er auf keinen Fall zulassen, dass sie jetzt kniff.

Er hatte gewusst, dass ihr Haar toll aussehen würde, aber es sah so vollkommen anders als in seiner Vorstellung aus, dass es lachhaft war. Sie trug es offen und die Spitzen berührten die Oberseite ihrer Brüste. Es war gewellt und sah aus, als sei es nicht zu bändigen. Boone wollte nichts lieber, als seine Hände hineinzuschieben, ihren Kopf nach hinten zu neigen, sie festzuhalten und ihren Mund zu verschlingen.

»Boone, ich –«

Er ließ sie nicht mehr sagen. Er trat einen Schritt auf sie zu, legte eine Hand an ihre Taille und die andere seitlich an ihren Kopf, wobei er kaum der Versuchung widerstand, ihre Strähnen um seine Finger zu wickeln und seinen Mund auf ihren zu pressen. Stattdessen beugte er sich nach vorn und gab ihr einen sanften Kuss auf die Wange, bevor er ihr von oben in die Augen sah. »Guten Abend, Hay. Du siehst hübsch aus.«

»Äh ... hi, Boone. Danke. Du auch.«

Er lächelte. Sie hatte ihn nicht einmal richtig angesehen. Als sie die Tür öffnete, hatte sie auf seine Füße geblickt, und als er sie geküsst hatte, hatte sie zu ihm aufgesehen.

»Können wir gehen?«

»Also ... äh ... ja. Ich denke schon.«

»Brauchst du eine Jacke oder Handtasche?«

Hayden schüttelte den Kopf. »Ich habe Geld, Ausweis und Handy in meinen Taschen. Weiter brauche ich nichts.«

Boone übte mit seiner Hand, die immer noch an ihrer Taille ruhte, etwas Druck aus. »Super. Dann lass uns gehen.«

»Okay. Ja. Ich muss aber meinen Schlüssel mitnehmen.«

Boone ließ Hayden los, damit sie sich zu einem Schlüsselbrett beugen konnte, das über dem kleinen Tisch im Flur angebracht war. Er zog sich zurück, um ihr Platz zu geben. Sie schloss die Tür zu ihrer Wohnung und verriegelte sie. Dann steckte sie den Schlüssel in die Tasche, drehte sich zu ihm um und schob beide Hände in die Gesäßtaschen ihrer Jeans.

Ihr Unbehagen war nicht zu übersehen, aber Boone wusste, dass sie keine Ahnung hatte, wie sie ihm in dieser Haltung ihre wunderbaren Titten entgegenstreckte. Er holte tief Luft. Ihre absolut unbewusste Sexualität war atemberaubend. Er hielt ihr die Hand hin. »Los, Hay. Gehen wir. Ich erinnere mich, dass du gesagt hast, du würdest es hassen, zu spät zu kommen.«

Er war zufrieden, keinerlei Zögern zu sehen, als sie ihre Hand in seine legte. Er ging mit ihr zu seinem Geländewagen und öffnete die Beifahrertür. »Brauchst du Hilfe beim Einsteigen?«

Hayden sah ihn an, als sei er verrückt. »Nein.« Dann kletterte sie in den Wagen, als hätte sie ihr ganzes Leben nichts anderes getan. Boone hätte ihr ein Kompliment gemacht, aber er konnte den Blick nicht von ihrem Hintern in der engen Jeans abwenden, die sie anhatte. Er machte die Tür hinter ihr zu und ging an der Hinterseite des Wagens zur Fahrerseite, wobei er, sobald er außerhalb von Haydens Sichtfeld war, seinen Schwanz in der Hose richtete. Großer Gott, sie würde ihn noch umbringen.

Nachdem er eingestiegen war, teilte Hayden ihm die

Adresse der Kneipe mit, in der sie sich mit all ihren Freunden traf.

»Hast du deinen Wagen schon reparieren lassen?«

»Nein. Die Versicherung zahlt mir einen Mietwagen, bis meiner fertig gesäubert und neu lackiert ist. Ich habe mich geweigert, eins dieser winzigen ausländischen Fahrzeuge zu fahren, und darauf bestanden, einen schwarzen Geländewagen zu bekommen, genau wie meiner.«

»Und die Versicherung hat zugestimmt?«

»Nun, da ich auf einer Farm arbeite, habe ich vielleicht die Wahrheit etwas gedehnt und behauptet, dass ich den Wagen für die Arbeit brauche.«

Hayden lachte. Das ergab Sinn und sie wusste, dass Boone charmant sein konnte, wenn er es wollte. Sie wechselte das Thema. »Hat Dana noch einmal Ärger gemacht?«

Die Frage kam nicht unerwartet, schließlich war sie Polizistin. »Nein. Ich habe seit letzter Woche weder etwas von ihr gesehen noch gehört.«

»Wahrscheinlich wurde ihr heute die einstweilige Verfügung zugestellt. Bleib wachsam, Boone. Du kannst nie wissen, was sie tun wird.«

»Das werde ich. Aber jetzt erzähl mir, wer heute Abend dort sein wird.«

»Eine Gruppe Kerle von der Wache. Natürlich Brandon, weil er mich eingeladen hat, und du bist ja bereits Jimmy und Troy begegnet ... die beiden waren letzte Woche bei dir zu Hause. Ich glaube, Juan hat auch gesagt, er würde versuchen, heute Abend zu kommen. Du kennst ihn noch nicht, glaube ich. Ich bin außerdem eng mit einigen Jungs befreundet, die für andere Strafverfolgungsbehörden in der Stadt arbeiten. Wir haben uns bei einer Konferenz kennengelernt und arbeiten nun gemeinsam an Fällen, wenn Bedarf dazu besteht. Dax Chambers ist ein Ranger und Cruz arbeitet im FBI-Büro hier in San Antonio. Quint Axton ist bei der Polizei in San Antonio. Diese drei werden höchstwahrscheinlich ihre Freundinnen mitbringen, ich werde also nicht die einzige Frau dort sein.«

»Bist du normalerweise die einzige Frau dort?«

Sie zuckte gleichgültig mit den Schultern. »Ja. Die anderen weiblichen Hilfssheriffs verbringen außerhalb der Arbeit nicht gern Zeit mit den Kollegen. Zwei sind verheiratet und haben Kinder und die andere ... nun, sie ist eher mädchenhaft ... nicht so wie ich.«

Für den Augenblick ignorierte Boone diese Bemerkung. »Sonst noch jemand?«

»Ich habe Calder und Conor ebenfalls eingeladen. Calder ist Gerichtsmediziner für die Stadt und Conor arbeitet als Wildhüter. Der Einzige aus unserer Truppe, der heute Abend nicht dabei sein kann, ist TJ. Er ist bei der Autobahnpolizei tätig. Ich habe ihm heute früh eine E-Mail geschrieben und er hat mir gesagt, er sei nicht in der Stadt. Er hat Freunde in der Gegend um Fort Hood, die er aus seinen Armeezeiten kennt. Ich glaube, er besucht sie, wenn er freihat.«

»Und ihr trefft euch also jede Woche?«

»Nein, eigentlich nicht. Und es ist tatsächlich ungewöhnlich, dass alle von uns gleichzeitig freihaben. Normalerweise sind es nur drei oder vier von uns, die zusammen abhängen. Dass sechs von sieben an demselben Abend freihaben, kommt einem Wunder gleich.«

»Ich freue mich, dass ich sie kennenlernen werde.«

Hayden nickte bloß, als sie auf den vollen Parkplatz der kleinen Kneipe fuhren. Sie mussten den Wagen am hinteren Ende abstellen, weil sonst nichts mehr frei war.

»Warum ist es so voll?«, fragte Boone, als sie ausstiegen.

»Das ist hier immer so. Diese Kneipe ist das beste nicht gehütete Geheimnis von San Antonio.«

Sie lachten und Boone legte ihr erneut die Hand ins Kreuz, als sie zur Eingangstür gingen.

Sobald sie die dunkle, verrauchte Kneipe betraten, rief aus der Menschenmenge jemand Haydens Namen. Hayden winkte unbeschwert in Richtung der Stimme und wandte sich an Boone. »Was möchtest du trinken?«

»Oh nein, Hay. Du wirst mir nichts zu trinken kaufen. Hatten wir dieses Gespräch nicht bereits?«

»Aber Boone, es ist doch nur ein Bier.«

»Nein. Es ist nicht nur gar nichts. Du sagst mir, was du trinken willst, und ich werde es an den Tisch bringen. Zeig mir einfach, wo du sitzen wirst, dann komme ich gleich dorthin.«

Boone lächelte, als Hayden mit den Augen rollte. »Na gut. Ich nehme das Fassbier, das es hier gibt. Und für gewöhnlich sitzen wir dort in der Ecke ...« Sie deutete auf ein großes Fenster am anderen Ende der Kneipe.

Boone konnte einfach nicht die Finger von ihr lassen. Er strich ihr das Haar hinters Ohr und genoss es, wie sie sich dabei nervös über die Lippen leckte. »Okay, ich bin sofort da.«

Hayden entfernte sich zu ihren Freunden und Boone sah ihr kurz dabei zu, wie sie sie begrüßte. Sie streckte einigen der Männer ihre Faust entgegen, die sie mit ihrer berührten, und einer klopfte ihr auf die Schulter, als sie sich hinsetzte. Er schüttelte den Kopf, als er sich zur Bar umdrehte, um ihre Getränke zu bestellen. Es war ihm ein Rätsel, wie keiner der Männer, mit denen sie zusammenarbeitete, sie als begehrenswerte Frau ansah. Aber da es besser für ihn war, wenn sie sie nicht wollten, würde er sich nicht beklagen.

Boone trug zwei Gläser Bier zum Tisch und war froh, von den Männern und Frauen dort ausschließlich ein freundliches Lächeln zu sehen. Er nahm auf dem freien Stuhl neben Hayden Platz und stellte ihr Bier vor sie auf den Tisch.

»Danke, ich weiß das zu schätzen.« Sie wandte sich der Runde zu und verkündete allgemein: »Leute, das hier ist Boone. Boone, das sind die Leute.«

Er hob zur Begrüßung das Kinn und die meisten Männer taten es ihm gleich. Eine der Frauen beugte sich über den Tisch und streckte ihm die Hand hin.

»Hi, ich bin Mackenzie. Ich freue mich sehr, dich kennenzulernen. Ich glaube, ich habe noch nie einen lebensechten Cowboy getroffen. Ich meine, ich bin schon einmal Menschen begegnet, die Cowboystiefel und -hüte tragen und sich für Cowboys halten, und eigentlich ist Wes auch ein Cowboy, aber da er ein Texas Ranger ist, sehe ich ihn zunächst als solchen an, aber Hayden hat mir erzählt, dass du deine eigene Farm besitzt und Kühe und Bullen auf deinem Gelände hast. Reitest du auf ihnen? Und wir freuen uns so sehr, dass Hayden eine

Verabredung hat! Ich meine, es ist ja nicht so, als könne sie keine Verabredung bekommen, aber wir haben sie noch nie zuvor mit einem Mann gesehen, deshalb finden wir es super, und du bist scharf, deshalb ist es sogar noch —«

Ihr Wortschwall wurde von einem Mann unterbrochen, den Boone für Dax hielt. Er hielt Mackenzie den Mund zu und schüttelte liebevoll den Kopf. »Mack hier will damit sagen, schön, dich kennenzulernen.«

Alle am Tisch lachten und Boone lächelte, als Mackenzie rot wurde. Die Gruppe war ihr Geplapper ohne Punkt und Komma offensichtlich schon gewohnt. Er richtete die Aufmerksamkeit auf Hayden, die auf ihre verschränkten Hände im Schoß hinunterblickte. Er wurde nüchtern. Macks Worte hatten offenbar ihre Gefühle verletzt.

Boone beugte sich zu ihr, sodass nur sie ihn hören konnte. »Siehst du? Selbst Mack weiß, dass wir eine Verabredung haben. Und eine Verabredung bedeutet, dass du nicht zahlst.«

Seine Worte schienen zu helfen. Hayden blickte auf und schenkte ihm ein Lächeln – ein falsches. Er konnte das winzige Grübchen in ihrer Wange nicht sehen, das sichere Zeichen dafür, dass sie aufrichtig lächelte. Aber es war ein Anfang.

Das Gespräch um sie herum wurde unbeschwert fortgesetzt. Boone beobachtete, wie die Männer sich untereinander verhielten und ihr Verhalten, wenn sie mit Hayden sprachen. Alle waren entspannt und fühlten sich wohl. Er hörte Geschichten, wie Hayden im Alleingang einen Typen ausgeschaltet hatte, der high auf Meth war und die Hilfssheriffs mit einem Messer bedrohte, die zum Einsatzort gesandt worden waren. Sie war buchstäblich auf ihn zugerannt, hatte ihm die Schulter in den Bauch gerammt und ihn auf den Rücken geworfen. Die anderen Hilfssheriffs hatten sich dann auf den erstaunten Mann gestürzt, ihn entwaffnet und überwältigt. Boone hörte die Geschichten nicht gern, bei denen Hayden in Gefahr war, aber er verstand, dass es Teil ihrer Persönlichkeit war und zu ihrem Beruf gehörte.

Aber im Laufe des Abends fielen Boone noch andere Kleinigkeiten auf. Kleinigkeiten, die ihm dabei halfen, Hayden etwas besser zu verstehen. Die anderen Männer behandelten sie genauso, wie sie einen Freund behandeln würden – einen *Kumpel*. Als Mickies Glas leer war, fragte Cruz: »Meine Damen, möchte sonst noch jemand etwas trinken?«, und sah dabei alle Frauen an, außer Hayden. Als eine der anderen Frauen zur Toilette musste, standen alle auf und gingen zusammen, fragten Hayden jedoch nicht, ob sie auch müsse. Es war, als würden sie sie ausschließen, aber Boone war sich sicher, dass sie Hayden einfach nicht so sahen, wie er es tat.

Aber das war nicht alles. Wenn die Frauen weg waren, hielten sich die Männer mit ihren Gesprächen nicht zurück, wie sie es getan hatten, als die Frauen am Tisch saßen. Bevor die Frauen von der Toilette zurückkamen, war eine heiße Diskussion darüber entbrannt, ob der Großteil der Cheerleader der Dallas Cowboys echte oder falsche Brüste hatte.

Verdammt, einer von ihnen – Boone glaubte, dass es Juan war – sagte zu den drei Frauen, die neben ihren Partnern saßen: »Ich brauche eine Frauenmeinung ...«

Und dann erzählte er eine Geschichte darüber, dass er das Verhalten von einem Mädel, mit dem er zusammen war, seltsam fand, und wissen wolle, was sie darüber dachten.

Es war offensichtlich, dass die Männer am Tisch Hayden nicht als Frau sahen, und es verwirrte Boone zutiefst. Sie war eine der weiblichsten Frauen, die er je getroffen hatte. Oh, einige Leute würden dem vermutlich widersprechen, aber mit ihren zarten Gesichtszügen, der Tatsache, dass sie ein ganzes Stück kleiner war als er, den vollen Lippen, mit denen er sich überaus sexuelle Dinge vorstellen konnte, und dem blumigen Duft, den sie verströmte, hatte sie in hohem Maß seine Aufmerksamkeit geweckt.

Irgendwann während des Abends band sie ihr wunderschönes Haar zu einem Pferdeschwanz zusammen. Er hing ihr über den Rücken und Boone konnte sich nicht verkneifen, mit den Spitzen zu spielen, als sie seine Hand berührten, die auf der Rückenlehne ihres Stuhls ruhte. Er war sich nicht sicher, ob sie es bemerkte oder nicht, aber er hätte sich auch nicht zurückhalten können, wenn sein Leben davon abgehangen hätte.

Erst als Hayden ihr zweites Bier halb ausgetrunken hatte, fiel Boone auf, dass es ihr nicht schmeckte. Jedes Mal wenn sie einen Schluck trank, verzog sie den Mund ... nur ein klein wenig. Als sie das Glas das nächste Mal ansetzte, beugte Boone sich zu ihr. »Warum trinkst du es, wenn du es hasst?«

»Was?«

»Das Bier. Es ist offensichtlich, dass du es nicht magst. Warum trinkst du nicht etwas, das dir schmeckt?«

Hayden zuckte mit den Schultern. »Alle trinken Bier.«

Boone sah sich am Tisch um. Sie meinte damit, dass alle *Männer* Bier tranken. Mackenzie und Mickie hatten Fruchtcocktails und Corrie nippte an einer Frozen Margarita. Er beharrte: »Ich kann dir eine Margarita holen, wenn du willst.«

»Nein danke.«

»Hayden.«

Sie drehte sich zu ihm um. »Nein *danke*, Boone.«

Am Ende des Abends hatte Boone einen viel besseren Einblick in Haydens Psyche bekommen. Sie arbeitete mit Männern, sie war eine Frau in einem männerdominierten Beruf. Sie musste genauso gut oder sogar noch besser schießen und kämpfen können und so hart sein wie sie, wenn nicht sogar noch härter. Sie hatte dafür gesorgt, sich so gut wie möglich in die Männergruppe zu integrieren, höchstwahrscheinlich aus Selbstschutz. Das verstand er.

Er verstand jedoch nicht, warum keiner der anderen Männer ihren Mist durchschaute und die zarte Frau sah, die sich darunter verbarg.

Es musste noch mehr dahinterstecken. Frauen auf der ganzen Welt arbeiten im Gesetzesvollzug. Viele von ihnen waren verheiratet und hatten Kinder. Was hatte Hayden dazu gebracht, diese maskuline Persönlichkeit anzunehmen, als würde sie eine Rüstung tragen?

Keine andere Frau, die er kannte, hatte jemals so viele Facetten gehabt, und für Boone war es absolut faszinierend. Er wollte sie besser kennenlernen. Er wollte derjenige sein, der ihr diese Rüstung auszog, die sie so eng um sich herum angelegt hatte, und die wahre Frau darunter finden. Die kurzen Einblicke, die er bekommen hatte, waren verlockend gewesen und er wollte mehr.

Die Gruppe wurde kleiner. Zuerst verabschiedeten Jimmy und Juan sich. Dann gingen Quint und Corrie nach Hause. Schließlich sagte auch der Rest, er würde sich auf den Weg machen.

»Hey, eigentlich wärst du mit der nächsten Runde an der Reihe gewesen, Yates. Wie hast du dich darum gedrückt?«, fragte Brandon.

»Wie du meinst. Es war nicht meine Runde. Ich habe die letzte gekauft, du vergisst praktischerweise bloß immer, wenn *du* mit Bezahlen dran bist«, gab Hayden zurück.

»Das haben wir davon, dass wir den Weibern erlauben, bei unseren Männerabenden dabei zu sein. Sie müssen sich immer darüber beschweren, wer wofür zahlt«, sagte Brandon grinsend und stieß Hayden freundlich mit der Schulter an. »Hey, Dax und Cruz, lasst nächstes Mal die Frauen zu Hause, damit wir über Männersachen sprechen können.«

Alle lachten, doch Boone schüttelte bloß fassungslos den Kopf. Hätte Hayden es ihm nicht erzählt, hätte er es nicht geglaubt. Aber selbst zu erleben, wie sehr sie einer der Kerle war, haute ihn vollkommen um.

Die Gruppe trat hinaus in die Nacht und die Männer und Frauen zerstreuten sich auf dem Weg zu ihren Fahrzeugen auf dem Parkplatz. Ohne ein Wort zu sagen, ging Boone mit Hayden zu seinem Wagen. Er sah zu, wie sie hineinkletterte, dann ging er rasch auf seine Seite und setzte sich auf den Fahrersitz. Er saß einen Moment lang schweigend da und versuchte zu formulieren, was er sagen wollte. Er wollte ihr mitteilen, wie sehr er sie mochte und dass er sie wiedersehen wollte.

Endlich sah er Hayden an. »Ich hatte heute Abend viel Spaß, Hay.«

Sie nickte. »Gut. Ich glaube, die Jungs mochten dich.«

»Woher weißt du das?«

»Nun, weil sie ganz sie selbst waren. Wenn sie dich nicht gemocht hätten, wären sie höflich und verklemmt gewesen. Aber das waren sie nicht. Sie haben sich benommen wie immer.« Sie zuckte mit den Schultern und folgerte: »Sie mögen dich.«

»Du passt gut zu ihnen.«

»Ja, wir stehen uns nahe.«

»Ich schätze, das gehört dazu.«

»Das stimmt. Ich habe Juan das Leben gerettet und Troy mir. Wir stehen hinter dem anderen und daraus entsteht eine Verbindung, die einfach nicht gebrochen werden kann. Und selbst die Kollegen, mit denen ich nicht täglich zusammenarbeite, sind mir wichtig.«

»Inwiefern?«

»Nun, als Quints Freundin Corrie entführt wurde, hat sie es irgendwie geschafft, sich selbst zu retten, obwohl sie blind ist. Sie ist in einen Wald gegangen und auf den höchsten Baum geklettert, den ich je gesehen habe. Als wir sie fanden, hockte sie ganz oben in der Krone. Weil Quint zu groß ist, um raufzuklettern und ihr zu helfen, musste ich einspringen. Ich habe ihr vom Baum heruntergeholfen und weiß, dass Quint dankbar dafür ist.«

»Wow, sprich weiter.«

»Laine – sie war heute Abend nicht da, sie ist mit einem von Dax' Arbeitskollegen zusammen – war plötzlich verschwunden. Es stellte sich heraus, dass sie in einen stillgelegten Brunnen auf einem Grundstück südlich der Stadt gefallen war, das sie sich ansehen wollte – sie ist Immobilienmaklerin –, und wir haben uns alle zusammengetan, um sie zu finden.

Und Dax' Freundin Mackenzie wurde lebendig begraben und ist tatsächlich gestorben, bevor sie in einem versiegelten Sarg im Keller des Bösewichts gefunden wurde. Ich war bei diesem Einsatz nicht dabei, habe aber von TJ und Quint darüber gehört. Und Mickies Schwester geriet in eine Motorradbande hinein, bei der Cruz verdeckt ermittelt hat. Kurz gesagt, die Schwester wurde getötet und Mickie ist nur knapp mit dem Leben davongekommen.«

Boone streckte den Arm aus und ergriff Haydens Hand, während sie weitersprach.

»Als Polizist zu arbeiten ist einer der härtesten Jobs der Welt. Tagein, tagaus könnte es in jedem einzelnen Einsatz um Leben und Tod gehen – bei mir, meinen Kollegen oder jemandem, dem ich helfen werde. An einigen Tagen kommt es mir vor, als würde mich jeder hassen, mit dem ich in Kontakt komme, und mich am liebsten auf der Stelle töten, wenn er die Gelegenheit dazu hätte, aber dann gibt es andere Tage, an denen ich mit Menschen zu tun habe, die erleichtert sind und sich freuen, dass ich da bin. Aber was auch immer dieser Job mit sich bringt, ich liebe ihn.« Hayden schaute zu Boone auf. »Ich kann mir nicht vorstellen, etwas anderes zu tun. Es ist ein tolles Gefühl, Menschen zu helfen, ihre Augen vor Erleichterung strahlen zu sehen, wenn ich eintreffe. Und ohne meine Kollegen und Freunde in diesem Zweig könnte ich den Job nicht halb so gut machen.«

»Ich verstehe. Ich bin stolz auf dich, Hayden. Du bist offensichtlich gut in dem, was du tust, und deine Freunde und Kollegen haben riesengroßen Respekt vor dir.«

»Danke. Das beutet mir sehr viel.«

»Sollen wir nach Hause fahren?«

»Ja.« Hayden versuchte, ein Gähnen zu verstecken, und errötete, als Boone sie angrinste.

Die Fahrt zu ihrem Haus verging in einem angenehmen Schweigen. Boone fuhr in eine Parklücke und sah sie an.

»Ich würde gern noch einmal mit dir ausgehen, Hay. Ich fand es toll, deine Freunde kennenzulernen, und würde mich freuen, dir meine vorzustellen, wenn du willst.«

Sofort nickte sie. »Das wäre schön.«

Boone drückte ihre Hand, die er nach dem Anhalten ergriffen hatte. »Ich muss dich aber warnen. Es wird eine andere Erfahrung werden als heute Abend.«

»Was meinst du?«

»Ich meine, heute Abend warst du bloß einer der Jungs. Ich werde mit dir in eine Country-und-Western-Kneipe gehen und ich garantiere dir, dass zehn Cowboys willens sein werden, um meinen Platz an deiner Seite zu wetteifern, sollte ich dich auch nur eine Sekunde aus den Augen lassen.«

Boone sah zu, wie Hayden verwirrt die Augenbrauen zusammenzog. »Was?«

Er beugte sich zu ihr und legte ihr die Handfläche seitlich an den Kopf. Dann senkte er verführerisch die

Stimme. »Hay, du bist umwerfend. Du hast einen Körper, der dazu erschaffen wurde, geliebt zu werden. Die Männer, mit denen du zusammenarbeitest, sehen in dir vielleicht nur eine weitere Polizistin, aber glaub mir, wenn ich dir sage, dass du eine sexy und begehrenswerte Frau bist.«

»Boone, ich glaube nicht –«

»Ich weiß nicht, warum du es nicht sehen kannst, aber das ist in Ordnung. Denn ich kann es. Und ich will verdammt sein, wenn dich mir irgendwer vor der Nase wegschnappt.«

»Niemand wird mich ›wegschnappen‹. Du bist ja verrückt. Hast du mehr getrunken, als ich dachte? Solltest du überhaupt fahren?«

»Ich bin nicht betrunken, nicht einmal angeheitert. Und du hast recht – niemand wird dich wegschnappen, weil du mit mir zusammen sein wirst. Und noch etwas. Du wirst den ganzen Abend kein einziges Bier trinken. Du hasst es. Ich verstehe, dass du einer der Jungs sein willst, wenn du mit deinen Kollegen unterwegs bist, aber wenn du mit mir ausgehst, wirst du trinken, was dir schmeckt.«

Als sie darauf nichts erwiderte, lächelte Boone sie an. »Willst du dich trotzdem noch mal mit mir treffen?«

Haydens Stimme war leise und ernst. »Auch wenn ich der Meinung bin, dass du wahnsinnig bist, ja, ich glaube, das will ich.«

»Gut.«

Sie saßen einen Moment lang regungslos da, bevor Hayden sprach. »Ich denke, ich sollte reingehen.«

»Ja, aber zuerst möchte ich dich wirklich küssen ... wenn das für dich in Ordnung ist.«

Sie sagte nichts, nickte bloß und leckte sich erwartungsvoll über die Lippen.

Boone ließ sich Zeit. Er hatte das Gefühl, dass dieser Kuss sein Leben verändern würde. Sie hatte ihn richtig eingeschätzt, als sie ihm sagte, dass er wie ein Mann wirkte, der einer Frau nachging. Er genoss es sehr, sie zu erobern. Zu wissen, dass er etwas sah, was die anderen nicht erkannten, machte es nur noch aufregender.

Er übte mit der Hand, die an Haydens Kopf lag, etwas Druck aus und zog sie zu sich. Sie stützte sich mit beiden Händen auf den Ledersitz, um das Gleichgewicht zu halten, und hob das Kinn, als sie sich ihm entgegenstreckte.

Unmittelbar bevor ihre Lippen sich berührten, schloss sie die Augen. Er strich einmal sanft mit den Lippen über ihre. Dann noch einmal. Beim dritten Mal leckte er über ihre Unterlippe. Sie öffnete den Mund für ihn und er zögerte nicht, ihre Einladung anzunehmen.

Er stieß die Zunge in ihren Mund und spürte, wie sie unter ihm zitterte, als er die vollkommene Kontrolle über den Kuss übernahm. Mit der anderen Hand ergriff er ihren Kopf und neigte ihn noch weiter nach hinten, um einen besseren Winkel zu haben. Boone spürte, wie sie die Hände hob und sich an seinen Handgelenken festhielt, als er damit fortfuhr, sie zu streicheln und ihren Geschmack kennenzulernen.

Er zog sich zurück, bevor er dazu bereit war, aber das hier sollte nur ein einfacher Gutenachtkuss sein. Er wollte mehr. Viel mehr. Boone glaubte, dass Hayden es eventuell genauso ginge, aber er wollte sie nicht drängen. Sie war eine Ansammlung von Widersprüchen, von denen er sich angezogen fühlte wie eine Motte vom Licht.

Er wartete, bis Hayden die Augen öffnete. Als sie es tat, stöhnte er beinahe auf, denn sie leckte sich mit der Zunge über die Lippen, als wollte sie den letzten Rest seines Geschmacks aufsaugen, den er an ihr hinterlassen hatte.

»Wow.«

Boone lächelte und strich mit dem Daumen über ihre nun feuchten Lippen. »Ja, wow. Danke, dass du mich heute Abend eingeladen hast mitzukommen, Hay. Ich hatte Spaß.«

»Ich auch.«

Boone lehnte sich widerwillig zurück und griff in die Tasche, um sein Handy zu zücken. »Kann ich deine Nummer haben? Ich werde dich anrufen und dann können wir sehen, wann du das nächste Mal Zeit hast, um auszugehen.«

»Äh, ja, natürlich. Wahrscheinlich ist das klug, für den Fall, dass etwas dazwischenkommt.« Hayden zog ihr Handy aus der Gesäßtasche und sie tauschten Nummern aus.

»Bleib sitzen, ich werde rumkommen und dich zur Tür bringen.«

»Das ist nicht nötig.«

»Für mich ist es das.«

Hayden zuckte mit den Schultern und blieb sitzen, als er ausstieg und zu ihrer Seite des Wagens herumging. Er öffnete die Tür und sie rutschte aus dem Wagen heraus. Er ergriff ihre Hand und sie gingen gemeinsam zu ihrer

Wohnungstür. Sie schloss sie auf und drehte sich noch einmal zu ihm um.

Boone beugte sich hinunter und küsste sie leicht auf die Lippen. Er erlaubte es sich nicht, den Kuss zu vertiefen, und zog sich schließlich zurück. »Ich melde mich bei dir, Hay.«

»Ja, okay. Das wäre schön.«

»Tschüss.«

»Tschüss, Boone.«

Boone wartete, bis sie die Tür zugemacht hatte und er hörte, wie das Bolzenschloss einrastete. Er ging zurück zu seinem Wagen und fühlte sich so unbeschwert und glücklich wie seit Monaten nicht mehr. Ausnahmsweise machte er sich keine Sorgen darüber, was Dana wohl als Nächstes vorhaben könnte. Er konnte einzig an Hayden denken und daran, wie verdammt süß sie war. Er konnte es nicht erwarten, mehr über sie zu erfahren.

KAPITEL ACHT

Die nächste Arbeitswoche verging für Hayden ganz normal ... so normal sie für einen Hilfssheriff eben sein konnte. Boone hatte ihr einige SMS geschrieben. Sie waren alle unverbindlich gewesen, er hatte sie gefragt, wie ihr Tag gewesen war und Ähnliches. Aber jede von ihnen hatte dafür gesorgt, dass sich ihr der Magen zusammenzog. Noch nie zuvor hatte ein Mann um sie geworben, und genau so fühlte es sich jetzt an.

Hayden rollte über sich selbst mit den Augen. Sie war dreiunddreißig Jahre alt, viel zu alt, um in die Falle zu tappen und sich blauäugig zu freuen, wenn ein Junge ihr Nachrichten schrieb. Aber da es ihr noch nie zuvor passiert war, fühlte es sich gut an. Richtig gut.

Sie hatte Boone gefragt, ob er Dana noch einmal gesehen oder etwas von ihr gehört hatte, und er hatte es verneint, doch Hayden war sich nicht sicher, ob sie ihm glaubte oder nicht. Sie hielt Boone weder für schwach noch für weniger männlich, weil er – ihr fiel kein besseres Wort ein – von Dana missbraucht worden war.

Er war sicherlich stark genug, um die Rinder auf seiner Farm zu bezwingen, wenn er sie dazu bringen musste, das zu tun, was sie tun sollten, und war darüber hinaus einer der männlichsten, zupackendsten, direktesten Kerle, die sie kannte.

Aber er hatte ihr klipp und klar gesagt, dass er sich gegen Dana nicht verteidigen würde, sollte sie beschließen, ihn zu attackieren. Und tief im Inneren wusste Hayden, dass Dana nicht aufgegeben hatte. Boone war ein verdammt guter Fang. Und wenn Dana nur halb so verrückt war, wie Hayden annahm, würde sie ihm weiter nachstellen und Wutanfälle wie ein Kleinkind bekommen.

Das einzig Schlimme an ihrer Woche war der halb regelmäßige Anruf ihrer Eltern. Ihre Mom hatte angerufen, um sie daran zu erinnern, dass sie in zwei Wochen bei ihnen zum Essen eingeladen war. Hayden fühlte sich wegen der lieblosen Gedanken schrecklich, mit denen sie ihre Eltern bedachte, und würde ihnen gegenüber nicht respektlos sein, indem sie sich weigerte, sie zu sehen. Etwa einmal im Monat plante ihre Mom ein Abendessen, zu dem Hayden ihre Eltern besuchte. Hayden hatte keine Ahnung, wie ihre Eltern wegen dieser Mahlzeiten empfanden, aber für sie waren sie eine Qual.

Hayden sprach nie mit ihrem Vater am Telefon. Er unterhielt sich nicht gern mit ihr, wenn sie sich nicht gegenübersaßen, doch sie wusste, dass er von ihr erwartete, wie ein braves, pflichtbewusstes Kind zu den Abendessen zu erscheinen.

Hayden schob das bevorstehende Essen für den Moment aus ihren Gedanken. Morgen Abend würde sie mit Boone ins *Cow Town Stampede* gehen. Sie war erst einmal in dieser riesigen Country-Western-Kneipe gewesen, als sie dienstlich wegen eines Zwischenfalls dorthin gerufen wurde. Sie hatte an nichts anderes gedacht, als dafür zu sorgen, dass alle Gäste und selbstverständlich auch ihre Hilfssheriff-Kollegen und sie selbst in Sicherheit waren und den außer Kontrolle geratenen Betrunkenen aus dem Gebäude zu schaffen. Er war tatsächlich ein netter Kerl gewesen. Er hatte an jenem Tag nur zu viel getrunken, weil er versucht hatte, die Trauer über seine geplatzte Verlobung zu ertränken.

Hayden war wegen dieser Verabredung nervös. Sie wäre dort vollkommen außerhalb ihrer Komfortzone und wenngleich es ihr in Uniform gut gefiel, sich neuen Situationen zu stellen, war es für sie etwas ganz anderes, sich außer Dienst in einer neuen und unbekannten Umgebung wiederzufinden.

Sie war tatsächlich eingeknickt und hatte Dax von ihrer Verabredung mit Boone erzählt und dass sie nervös war, weil sie nicht wusste, was sie in dieser Country-Kneipe anziehen sollte. Offensichtlich hatte er es seiner Freundin Mackenzie erzählt, denn Hayden hatte am Tag zuvor einen Anruf von Mack erhalten. Sie hatte angeboten, zu ihr zu kommen und ihr beim Zurechtmachen behilflich zu sein.

Aus Gewohnheit hätte Hayden beinahe abgelehnt, aber sich daran erinnert, wie sie sich gefühlt hatte, als sie sich für ihre erste Verabredung mit Boone fertig gemacht hatte. Sie hätte sich eine Freundin gewünscht, die ihr bei der Kleiderwahl behilflich war. Also hatte sie Macks Hilfsangebot angenommen. Sie würde später am

Abend vorbeikommen und ihr mit Rat und Tat zur Seite stehen.

Hayden hatte als Kind und auch als Teenager nie besonders viele Freundinnen gehabt. Es war ihr nicht erlaubt gewesen, zu den Geburtstagen ihrer Klassenkameradinnen zu gehen, und Übernachtungen bei ihnen hatten vollkommen außer Frage gestanden. Hayden war während ihrer Schulzeit nie zu einem Highschool-Ball eingeladen worden, aber als die Zeit dafür gekommen war, hatte es ihr nicht einmal gefehlt. Sie war zu beschäftigt damit gewesen, den Erwartungen ihres Vaters gerecht zu werden ... und hatte sich gefühlt, als würde sie versagen.

So wie sie aufgewachsen war, war ihr die Freude genommen worden, die Teenagermädchen erlebten. Hayden nahm an, sie solle deswegen verbittert sein, aber das war sie nicht. Sie hatte ein gutes Leben, einen Job, der ihr Spaß machte, und gute Freunde. Es wurde Zeit, dass sie zum ersten Mal in ihrem Leben versuchte, ein paar *Freundinnen* zu finden. Jetzt gab es niemanden, der sie aufhalten konnte.

Hayden machte gegen achtzehn Uhr Feierabend und fuhr schnell nach Hause. Mack hatte gesagt, sie würde gegen neunzehn Uhr bei ihr sein. Nachdem sie Käse-Makkaroni aus der Mikrowelle verschlungen hatte, stand sie vor ihrem Kleiderschrank und dachte darüber nach, was Mack wohl von ihrem Klamottengeschmack halten würde. Bevor sie weitergrübeln konnte, klingelte es an ihrer Tür.

Hayden schaute durch den Spion und öffnete die Tür, als sie sah, dass es Mackenzie war. Mack drehte sich um und winkte Dax zu, der in seinem Wagen saß und gewartet hatte, bis sie sicher in der Wohnung war. Wieder spürte Hayden dieses Ziehen in der Brust, als sie sah, wie beschützerisch Dax sich Mack gegenüber verhielt. Niemand hatte sich je dafür interessiert, ob sie irgendwo sicher ankam, nachdem sie dort abgesetzt worden war. Sie vergrub ihre Eifersucht ganz tief im Inneren, wo sie auch bleiben sollte, und hieß Mack willkommen.

»Hey, Mack. Danke, dass du vorbeigekommen bist.«

»Kein Problem! Ich freue mich wahnsinnig, dass du mich eingeladen hast. Ernsthaft. Du bist sehr gut mit Dax befreundet und jeder von Dax' Freunden ist auch mein Freund.«

Hayden lächelte Mackenzie an. Die andere Frau war etwas älter als sie, aber Hayden war ein paar Zentimeter größer. Als sie jedoch neben ihr stand, fühlte Hayden sich altbacken. Mack hatte die Kurven, bei denen alle Kerle, mit denen Hayden zusammenarbeitete, das Sabbern anfingen. Hayden war kräftig und muskulös und hatte nicht einmal annähernd Macks Rundungen.

»Ich weiß nicht, ob das eine gute Idee war.« Ohne es zu wollen, hatte Hayden die Worte ausgesprochen und errötete über ihre untypische Offenheit.

Mack schien die Panik in ihrer Stimme nicht zu bemerken, und wenn sie es tat, so ignorierte sie sie. »Aber natürlich war es das.«

»Ich habe keine mädchenhaften Anziehsachen.«

Mack drehte sich zu Hayden um und musterte sie von oben bis unten. »Hayden, ich habe gesehen, wie die Jungs dich behandeln, und ich muss gestehen, dass ich es ihnen gleichgetan habe, aber glaub mir, wenn ich dir sage – du bist ein *totales* Mädchen.«

Hayden schnaubte abfällig. »Ja, genau. Sieh mich doch an.« Sie deutete auf ihren Oberkörper und ihre Hüften und dann zu Mack. »Und jetzt schau dich an.«

Mackenzie hielt nicht einmal inne. »Und sieh dir dein Haar an im Vergleich zu meinem. Du hast wunderschönes, volles rotes Haar – gut, du trägst es die meiste Zeit zusammengebunden, aber es sieht wunderbar aus, wie es gewellt über deine Schultern hängt. Ich habe blödes hellbraunes Haar, das sich nie so frisieren lässt, wie ich es will.«

Als ihr klar wurde, dass sie zu der anderen Frau nicht wirklich durchdrang, versuchte Mack es erneut. »Hayden, du bist wirklich hübsch. Ich weiß, du kannst es nicht sehen, aber ich bin absolut begeistert, dass Boone es tut. Ich habe gesehen, wie er dich neulich Abend angeschaut hat. Er konnte den Blick nicht von dir abwenden. Du hast nicht die gleiche Körbchengröße wie ich und deine Hüften sind schmaler, aber meine Güte, Mädchen, du hast einen absolut scharfen Körper! Das Foto von dir in meinem Wohltätigkeitskalender war eins der beliebtesten Bilder. Ich glaube, die Hälfte von Dax' Abteilung hat diesen Kalender und ich schwöre, er hängt bei allen von ihnen im Büro ... mit dem Monat, in dem dein Foto zu sehen ist. Ernsthaft, du hast kein Gramm Fett zu viel an deinem Körper. Du wurdest dafür geschaffen, kurze Röcke und tief ausgeschnittene Oberteile zu tragen.«

Hayden rollte mit den Augen und ignorierte die Bemerkung über den Kalender. Es war ihr so peinlich, dass sie zugestimmt hatte, sich für den Wohltätigkeitskalender ablichten zu lassen. Auch wenn sie nicht der Meinung war, ein Troll zu sein, dachte sie ebenso wenig, dass das Foto sehr nach ihr aussah. »Und in meinem Schrank habe ich weder das eine noch das andere.«

Mack ignorierte das Augenrollen und sagte ernsthaft: »Ich behaupte von mir nicht, der Modefreak des Jahres zu sein, aber vertrau mir, dir dabei zu helfen, etwas zu finden, das du morgen Abend anziehen kannst und das nicht nur Boone aus den Socken hauen wird, sondern auch jeden anderen Kerl im *Cow Town*. Ich werde mit dir sogar eine Wette eingehen.«

»Was für eine Wette?«

»Ich wette, dass fünf Typen – Boone ausgenommen – dich fragen werden, ob du mit ihnen tanzen willst.«

Hayden schnaubte vor Lachen. »Die Wette wirst du ganz sicher verlieren. Wenn ich sie einginge, wäre es so einfach, wie einem Baby den Lutscher abzunehmen. Mich hat noch niemals ein Mann gefragt, ob ich mit ihm tanzen will.«

Mack verschränkte die Arme vor der Brust. »Dann gilt die Wette also?«

»Wie lautet der Einsatz?«

»Wenn ich gewinne, gehe ich mit dir Klamotten kaufen.«

Hayden verzog angewidert das Gesicht.

»Ja, das dachte ich mir bereits, du hasst es, einkaufen zu gehen. Ich bin zwar nicht bereit, nach New York City zu fahren und es mit der Modewelt aufzunehmen, aber ich bin überzeugt, dass ich ein paar tolle Teile für dich finden kann. Das sind meine Bedingungen.«

»Und wenn ich gewinne?«

»Das entscheidest du.«

Hayden dachte darüber nach. Sie wusste, dass kein Typ sie zum Tanzen auffordern würde. Sie war schon oft ausgegangen und kein einziger Mann hatte auch nur einmal in ihre Richtung geblickt. Sie hasste es, darüber eine Wette einzugehen, weil sie wusste, dass sie sich wie eine Verliererin fühlen würde, aber sie hatte immer schon Wettbewerbseifer gehabt und konnte nicht widerstehen.

Es gab nichts auf der Welt, das sie weniger mochte, als Klamotten zu kaufen. Hayden wusste nie, was sie kaufen sollte, und hatte absolut keinen Sinn für Mode. Es war einfacher, im Kaufhaus Jeans und T-Shirts zu besorgen oder sie online zu bestellen. Einen Tag damit zu verschwenden, Klamotten anzuprobieren und so zu tun, als wisse sie, was sie tat? Folter. Aber da sie auf keinen Fall verlieren würde, fühlte Hayden sich sicher, der Wette zuzustimmen.

»Wenn ich gewinne, musst du dich für meinen Selbstverteidigungskurs für Frauen anmelden, den ich nächsten Monat anfange ... und du musst mindestens fünf andere überzeugen, dich zu begleiten.«

»Einverstanden.« Macks Antwort war schnell und bestimmt. »Und nur, dass du es weißt, ich hatte sowieso vorgehabt zu kommen. Also, vielen Dank für die dämliche Wette.«

Die Frauen grinsten einander kurz an, bevor Hayden fragte: »Willst du was trinken?«

»Immer doch. Was hast du da?«

Hayden ging zu ihrem Kühlschrank. »Kalorienreduzierte Limonade, Wasser, Eistee und aromatisiertes

Wasser.« Sie schob einige Dinge aus dem Weg, dann sagte sie aufgeregt: »Oh, und ich habe diese Weinschorlen ... mit Wassermelonengeschmack.«

»Oh, auf jeden Fall trinke ich die Schorle mit Wassermelone. Ich muss nicht fahren.«

Beide lachten und Hayden erhob sich mit den Getränken in der Hand. Sie drehte den Verschluss von den Flaschen ab und beide Frauen nahmen große Schlucke des süßen alkoholischen Gebräus.

»Mann, das schmeckt so verdammt lecker«, sagte Mack seufzend.

»Oh ja«, stimmte Hayden zu. Alles, was süß war und Alkohol enthielt, war ihr Lieblingsgetränk. Sie würgte zwar Bier hinunter, wenn sie mit den Jungs ausging, fand den Geschmack aber absolut widerlich.

»Los, lass uns schauen, womit wir es zu tun haben«, sagte Mack.

»Mach dir keine Hoffnungen«, warnte Hayden sie lachend.

»Ich bin mir sicher, dass ich etwas finden werde, was du anziehen kannst.«

»Wenn du Jeans und T-Shirts meinst, dann ganz bestimmt.«

Mack lachte bloß und trank noch einen Schluck von ihrer Schorle. »Sehen wir nach, was wir finden können.«

Hayden folgte Mack in ihr Schlafzimmer und wusste, dass sie buchstäblich eine gute Fee mit einem Zauberstab bräuchten, um in ihrem Kleiderschrank etwas ausfindig zu machen, das auch nur annähernd sexy war.

Nach zwei Stunden Gelächter und weiteren alkoholischen Getränken stand Hayden vor dem Spiegel, der an ihrer Schranktür befestigt war, und starrte sich verblüfft an.

Es schien, als hätte Mackenzie auch ohne Zauberstab magische Fähigkeiten.

Nachdem sie etwa zwanzig Minuten lang in den Tiefen von Haydens Schrank gesucht und keinen einzigen Rock gefunden hatte, hatte Mack die Sache selbst in die Hand genommen und Hayden aufgefordert, eine alte Jeans anzuziehen. Dann hatte sie angefangen, die Jeans so weit abzuschneiden, dass aus ihr Shorts wurden. Wirklich *kurze* Shorts. Sehr viel kürzer als alles, worin Hayden sich wohlfühlen würde. Kürzer als die Shorts, die sie neulich getragen hatte, als sie mit Boone Mittagessen war und der dämliche Typ in der Wache gedacht hatte, sie sei eine Prostituierte.

Sie hatte versucht zu protestieren und gesagt, dass nur Teenager oder Nutten Shorts tragen würden, die so viel entblößten, und dass sie sehr viel kürzer waren, als ihr lieb war, aber Mack hatte bloß abgewinkt. Haydens einziger Trost hatte darin bestanden, dass ihre Arschbacken nicht hervorschauten … aber nur ganz knapp. Mack hatte Schrank und Schubladen durchwühlt, bis sie eine Bluse fand, die Hayden vor einigen Jahren aus einer Laune heraus gekauft hatte.

Sie war dunkelgrün und hatte kurze Ärmel, die ihre Schultern bis zu ihren Oberarmen bedeckten. Das Rückenteil war tief ausgeschnitten – so tief, dass Hayden darunter auf keinen Fall einen BH tragen konnte. Eigentlich brauchte sie auch keinen. Ihr B-Körbchen war klein genug, dass sie ohne BH rausgehen konnte, aber nicht so klein, dass sie kein hübsches Dekolleté hätte, wenn sie einen Push-up-BH anzog.

Die Vorderseite des locker sitzenden Oberteils war hoch geschnitten und reichte ihr fast bis zum Hals. Das Material war seidig, schillerte und lag nirgends eng an. Es hatte weder Knöpfe noch Reißverschlüsse oder Rüschen, es hing einfach nur über ihrem Körper und überließ das, was sich darunter verbarg, der Fantasie.

Hayden bewegte sich nervös vor dem Spiegel. Sie konnte fast nicht glauben, dass sie die Person war, die sie in der Reflexion erblickte. Sie sah ... gut aus. Weiblich. Hayden konnte sich nicht erinnern, wann sie sich das letzte Mal so hübsch gefühlt hatte.

»Und du musst dein Haar offen tragen ... also zumindest teilweise. Es ist dicht und ich wette, dir wird schnell heiß und du wirst in einer Kneipe sein, aber frisiere es vielleicht einfach ein wenig aus dem Gesicht und lass es hinten offen. Und Schuhe. Diese Cowboystiefel, die du neulich Abend anhattest, stehen dir super, aber ich glaube nicht, dass sie zu diesem Outfit passen werden.«

Hayden drehte sich um und sah amüsiert zu, als Mack auf alle viere ging und ihre Schuhe durchwühlte. Sie hatte keine Ahnung, wonach die andere Frau suchte.

»*Aha!*« Mack setzte sich im Fersensitz hin und hielt ein Paar Riemchensandalen hoch. Sie hatten keine hohen Absätze, denn Hayden konnte auf keinen Fall Schuhe tragen, die mehr als fünf Zentimeter hoch waren, aber sie hatte die Schuhe vermutlich in dem Zeitraum gekauft, in dem sie auch das Oberteil erworben hatte, das sie gerade trug. Es waren schwarze Zehensandalen mit Riemchen, die um ihre Fußgelenke befestigt wurden.

»Zieh sie an. Ich will das gesamte Outfit sehen«, sagte Mack.

Hayden tat, wie von ihr gewünscht wurde, und schaute sich erneut ungläubig im Spiegel an. Die Schuhe betonten ihre kräftigen Wadenmuskeln und die fünf Zentimeter, die sie nun größer war, ließen ihre Beine sogar noch länger erscheinen, als wenn sie barfuß war. Sie zeigte sehr viel Haut, aber als Hayden sich umdrehte, um ihren Hintern zu begutachten, wurde ihr klar, dass sie sich gut fühlte. Richtig gut.

»Oh mein Gott. Es ist perfekt!«

Hayden lächelte Mack an und war nun ganz aufgeregt, dass sie für den kommenden Abend etwas zum Anziehen hatte.

»Wir werden den ganzen Tag *so was* von einkaufen gehen, wenn du diese Wette verlierst!«

Hayden zog eine Grimasse.

»Hey, ich werde dich schonen, versprochen«, lachte Mack.

»Was ist mit Ohrringen?«, fragte Hayden und berührte ihr Ohrläppchen mit der Hand.

»Ich habe ein Paar, das toll zu deinem Outfit passen würde, wenn du es dir leihen willst. Es sind Ohrhänger und ich glaube, das Grün wäre perfekt.«

Hayden dachte nicht einmal nach. »Ja.«

»Du weißt nicht einmal, wie sie aussehen.«

Hayden streckte die Arme zur Seite aus und deutete auf die Klamotten, die wahllos im Raum verteilt lagen. »Mack, sieh dich doch mal um. Ich bin unfähig. Ich habe absolut keinen Sinn für Mode. Wenn du mir sagst, dass sie perfekt sind, dann werden sie perfekt sein.«

»Gut, wunderbar. Ich werde morgen zur Wache fahren und sie für dich abgeben.«

Hayden drehte sich zu Mack um, die immer noch auf dem Boden kniete. In ihr breiteten sich Gefühle von Dankbarkeit und Wertschätzung aus. Sie hatte noch nie eine Freundin gehabt, die bei ihr saß und Klamotten mit ihr anprobierte. »Danke, Mackenzie. Ich weiß das hier mehr zu schätzen, als dir klar ist.«

Mack erhob sich graziös und nahm Hayden in die Arme. »Mir geht es genauso. Wirklich. Das war lustig. Ich hoffe, wir können es wiederholen ... und das werden wir, nachdem wir einkaufen waren und dir einen Haufen neuer Mädchensachen zum Anziehen besorgt haben, die Boone verrückt machen werden. Ich weiß, wovon ich spreche. Nicht in Bezug auf Boone, sondern auf Dax. Es ist lächerlich, denn der Mann sieht mich jeden Tag nackt. Er weiß, wie ich aussehe, aber sobald ich ein sexy Kleid anziehe, scheint er sich nicht mehr unter Kontrolle zu haben und will es mir so schnell wie möglich ausziehen. Männern gefällt es zwar, wie wir ohne unsere Anziehsachen aussehen, aber sie mögen es, wenn wir unsere Körper bedecken und sie ein bisschen scharf machen. Boone wird den Verstand verlieren, wenn er dich sieht, genau wie jeder andere Mann in der Kneipe morgen Abend.«

Hayden lachte, denn sie war froh, dass Mack die angespannte Stimmung durchbrochen hatte. »Ich glaube weiterhin, dass du unrecht hast. Du kannst mich zwar schick anziehen, aber ich bleibe weiterhin ich.«

Mack zögerte keine Sekunde. »Und *du* wirst Boone

umhauen. Morgen Abend wird er diese Cowboys körperlich abwehren müssen.«

Hayden rollte mit den Augen. »Wie du meinst.«

»Okay, zieh dich um und dann betrinken wir uns, bis Dax kommt, um mich abzuholen.«

»Ich muss morgen arbeiten.«

»Oh, Mist. Ich auch. Okay, nun, dann unterhalten wir uns einfach.«

Hayden nickte, zog ihre Kleidung aus und legte sie für den kommenden Abend sorgfältig gefaltet auf ihre Kommode. Sie streifte sich T-Shirt und Jogginghose über, band ihr Haar zu einem Pferdeschwanz zusammen und die beiden Frauen gingen zurück ins Wohnzimmer. Ehe Hayden sichs versah, war es für Mack Zeit zu gehen.

Als Dax an die Tür klopfte, ließ Hayden ihn herein. Er hob das Kinn zur Begrüßung in Haydens Richtung, bevor er Mack liebevoll anlächelte, die umhereilte, um ihre Sachen einzusammeln. Mack erinnerte Hayden noch einmal daran, dass sie die Ohrringe vorbeibringen würde, dann verließ sie mit Dax' Arm um ihre Schultern und ihrem Arm um seine Taille die Wohnung.

Hayden sah zu, wie Dax die Wagentür für Mack öffnete und sie dann über seinen Arm nach hinten beugte, um sie so lange zu küssen, bis ihr der Atem wegblieb. Es kam ihr vor, als hätten die beiden sich seit Monaten nicht mehr gesehen und nicht nur seit wenigen Stunden. Hayden schloss die Wohnungstür, um ihnen Privatsphäre zu geben – nun, so viel Privatsphäre, wie sie auf einem vollen Parkplatz eben haben konnten.

Sie seufzte und schaltete den Fernseher aus. Sie

vergewisserte sich, dass die Türen abgeschlossen waren, und ging durch den Flur ins Schlafzimmer. Sie machte sich bettfertig und überprüfte, dass ihre Dienstwaffe geladen auf dem Nachttisch lag. Dann kuschelte sie sich mit Ellie dem Elefanten unter die Decke und vergrub ihr Gesicht im Bauch des Kuscheltiers.

Morgen hatte sie eine Verabredung mit Boone. Eine echte Verabredung. Sie war zuvor schon mit Männern ausgegangen, aber sie hätte das nicht als Verabredungen bezeichnet ... es waren lediglich Vorläufer zum Sex gewesen. Hayden hatte sich darauf eingelassen, wohlwissend, was die Männer wollten, und sie hatte das Gleiche gewollt.

Aber Boone war anders. Hayden mochte ihn wirklich, und das bereitete ihr furchtbare Angst. Bislang hatte es den Anschein, als würde er mehr sehen als nur die Mannsweib-Polizistin, aber ob es tatsächlich so war, würde nur die Zeit zeigen. Das weibliche, sexy Outfit anzuziehen, das Mack für sie ausgesucht hatte, war so weit außerhalb ihrer Komfortzone, dass es nicht mehr lustig war, aber zumindest würde sie nicht zufällig auf einen ihrer Arbeitskollegen treffen. Dass einer von ihnen sie vollkommen aufgetakelt sah, war nun wirklich das Letzte, was sie wollte. Sie hatte lange und hart darum gekämpft, von ihnen als kompetente Polizistin angesehen zu werden, und wusste, dass ihnen ihre kurzen Shorts und ihr rückenfreies Oberteil unangenehm wären und sie sich ihr gegenüber vermutlich anders verhalten würden.

Als Hayden einschlief, träumte sie von den Küssen,

die sie mit Boone ausgetauscht hatte, und hoffte, dass sie morgen Abend mehr davon bekommen würde. Beim Aufwachen dachte sie ebenfalls sofort an Boone. Der Tag würde sich hinziehen, sie wusste es.

KAPITEL NEUN

Der Tag war beschissen gewesen. Hayden war zur Verstärkung gerufen worden, um sich um einen betrunkenen Mann zu kümmern, der sich ordnungswidrig verhalten hatte. Als sie dort ankam, hatte der Mittzwanziger sich der Festnahme widersetzt. Ohne zu zögern, hatte Hayden sich daraufhin auf ihn gestürzt. Drei Minuten und einen Tritt seines strampelnden Fußes in ihr Gesicht später war er überwältigt und auf die Rückbank von Juans Streifenwagen befördert worden.

Juan hatte ihr für ihre Hilfe gedankt und war mit dem protestierenden und fluchenden Mann davongefahren.

Der Rest ihrer Schicht war nicht viel besser gewesen. Einige Tage waren nun einmal so. Es gab mehr aufgebrachte Menschen als die, die für den Schutz eines Hilfssheriffs dankbar waren.

Um dem Ganzen die Krone aufzusetzen, war Hayden später als üblich nach Hause gekommen, weil sie aus Versehen einen Bericht gelöscht hatte, mit dem sie kurz zuvor fertig geworden war, und ihn noch einmal schreiben musste. Es war fast zwanzig Uhr dreißig und sie war gerade erst aus der Dusche gestiegen und hatte ihr Haar getrocknet, als es an der Tür klingelte.

Sie zog den abgewetzten Bademantel an, den sie so gut wie nie trug, und eilte zur Wohnungstür. Nachdem sie sich vergewissert hatte, dass es Boone war, öffnete sie die Tür und entschuldigte sich bereits, bevor sie vollständig geöffnet war.

»Es tut mir so leid, Boone. Ich bin noch nicht fertig. Die Arbeit war heute extrem scheiße und ich bin erst vor einer halben Stunde nach Hause gekommen. Komm rein und mach es dir bequem. Ich bin bald fertig, gib mir einfach noch zehn, fünfzehn Minuten, okay?«

»Was zur Hölle, Hay?«

Hayden schaute überrascht zu Boone auf. »Hä?«

Er legte einen Finger unter ihr Kinn und hob ihren Kopf an. »Was ist mit deinem Gesicht passiert?«

»Oh.« Hayden zuckte mit den Schultern. »Das gehört zum Job.«

»Hast du Eis draufgetan?«

»Eis?«

»Ja, Hay. Eis.«

»Nein. Dazu hatte ich keine Zeit. Es ist schon in Ordnung. Ich werde einfach –« Sie konnte den Satz nicht zu Ende sprechen, da Boone sich bereits bewegt hatte.

Er ließ ihren Kopf los und griff nach ihrer Hand. Nachdem er sie fest umschlossen hatte, zog er sie in Richtung Küche.

»Wirklich, Boone. Es ist schon gut. So was passiert ständig. Ich muss mich fertig machen.«

Hayden prallte mit Boones Rücken zusammen, als er

auf dem Weg zur Küche plötzlich und ohne Vorwarnung anhielt. »Das passiert ständig?«

Mist. Hayden nickte, senkte aber die Stimme und versuchte, ihn zu beruhigen. »Ja, aber es geht mir gut. Es ist keine große Sache. Ich bekomme schnell blaue Flecke. Morgen früh wird es schon besser sein.«

Boone setzte sich wieder in Bewegung, bis er in der Küche ankam. Er zog einen Stuhl hervor. »Setz dich.«

Hayden sagte kein Wort und setzte sich wie aufgefordert auf den Stuhl. Sie hätte ihre Hand jederzeit aus seinem Griff befreien können, aber sie hatte nicht das Gefühl, dass Boone eine Gefahr für sie darstellte, außerdem amüsierte sie sich. Hayden stützte die Ellbogen auf der Arbeitsfläche ab und beugte sich nach vorn, während sie ihm zusah, wie er ihren Kühlschrank öffnete, eine Eiswürfelform herausnahm, einige Eiswürfel auf ein Geschirrtuch legte, das an der Seite ihres Kühlschranks hing, und es zusammendrehte. Er kam zu ihr und setzte sich auf den Stuhl neben sie. Mit seiner freien Hand drehte er ihren Kopf in seine Richtung.

Als sie sich nicht widersetzte und auch nichts tat, um ihn aufzuhalten, drückte er den provisorischen Eisbeutel vorsichtig auf ihr Gesicht. Als Hayden die Hand hob, um das Tuch selbst festzuhalten, schob er sie beiseite. »Ich mache das schon.«

Hayden wusste nicht, was sie sagen sollte. Sie fühlte sich unbehaglich und angespannt. Das hier lag so weit außerhalb ihrer Komfortzone, sie hätte sich genauso gut auf einem anderen Planeten befinden können.

»Wie ist das passiert?«

Da Hayden wusste, was er meinte, gab sie ihm eine kurze Zusammenfassung von der Begegnung mit dem betrunkenen Mann an jenem Tag.

Als sie fertig war, sagte er nicht sofort etwas, nickte aber irgendwann. »Tut es weh?«

Hayden schüttelte den Kopf und wusste, dass sie das Thema wechseln musste. »Wie geht es *dir*? Gab es noch mehr Drama mit Dana?«

»Nein. Ich glaube, sie hat es endlich kapiert.«

Äußerlich widersprach Hayden ihm nicht, wenngleich sie bezweifelte, dass die verrückte Frau tatsächlich aufgegeben hatte. An jenem Tag in Boones Haus hatte sie ihr in die Augen gesehen … Dana würde Boone nicht kampflos aufgeben. Hayden hatte es bereits zu oft gesehen. Sie ließ es gut sein.

Ihr gefiel das Gefühl seiner Hand an ihrer Hüfte, während er mit der anderen den Eisbeutel an ihr Gesicht drückte und fragte: »Also dann, wen werde ich heute Abend kennenlernen?«

»Mein bester Freund Tucker sollte dort sein. Er arbeitet als Feuerwehrmann auf der Westseite der Stadt. Wir sind zusammen auf die Highschool gegangen. Er ist ein paar Jahre jünger als ich. Ich glaube, zwei meiner Mitarbeiter werden ebenfalls dort sein, und wahrscheinlich werden wir einige der Männer sehen, mit denen ich Geschäfte mache, sowie ein paar Bekannte.«

»Okay.«

Boone, der ihre Nervosität offensichtlich spüren konnte, beruhigte sie. »Sie werden dich lieben, Hayden. Mach dir keine Sorgen.«

»Hmm-hmm.«

Boone lächelte sie an. Er hob den Eisbeutel und beugte sich zu ihr, um einen Blick auf ihre verletzte Wange zu werfen.

Hayden atmete tief ein. Er war ihr so nahe, sie müsste sich nur einige Zentimeter nach vorn beugen, dann würden ihre Lippen sich berühren.

»Es sieht schon besser aus. Es gefällt mir ganz und gar nicht, aber hoffentlich wird das Eis dafür sorgen, dass die Verletzung nicht allzu lila wird.« Er strich sanft mit den Fingern über ihre leicht verfärbte Wange.

Bei seiner Berührung stockte Hayden der Atem. Er hatte keine weichen Hände. Sie waren rau von der täglichen Farmarbeit, aber irgendwie sorgten die Schwielen an seinen Händen dafür, dass die Hitze ihr direkt zwischen die Beine schoss. Sie rutschte unruhig auf dem Stuhl herum. »Ich sollte vermutlich aufstehen und mich fertig machen«, sagte sie atemlos.

»Ja.« Doch Boone bewegte sich nicht.

»Boone?«

Er sagte nichts, beugte sich aber erneut zu ihr und küsste sie genau dort auf ihre lädiere Wange, wo sie ins Gesicht getreten worden war. Doch er hörte nicht auf. Geistesabwesend legte er den Eisbeutel auf die Arbeitsfläche und nahm ihr Gesicht in beide Hände. Er küsste ihre Stirn, ihr anderes Auge, ihre Nase, bevor er schließlich seine Lippen auf ihre presste.

Hayden konnte den leisen, bedürftigen Laut nicht unterdrücken, der ihr entfuhr, als sie sofort den Mund öffnete, um ihm Einlass zu gewähren. Sie beugte sich nach vorn und legte die Hände auf seine Oberschenkel, während sie ihre Münder erkundeten. Vage spürte sie, wie Boone sich kurz bewegte, bevor er den Kopf hob.

»Oh Gott, Weib. Du bringst mich dazu, vergessen zu wollen, wohin ich heute Abend mit dir gehen will ... außer in dein Bett.«

Hayden war immer noch vollkommen benommen von dem Kuss, andernfalls hätte sie vielleicht nachgedacht, bevor sie gesprochen hätte. »Für mich klingt das gut.«

Boone lachte leise. »Oh nein. Ich werde mit dir ausgehen. Ich will mit dir angeben. Aber das Gefühl deiner Fingernägel, die sich in meine Oberschenkel bohren, werde ich so schnell nicht vergessen.«

»Oh!« Hayden schüttelte den Kopf und plötzlich wurde ihr klar, wo sie war und was sie soeben getan hatte. Sie nahm die Hände von seinem Schoß, als ihr bewusst wurde, dass sie *tatsächlich* die Finger in seine Beine gedrückt hatte.

Boone nahm eine ihrer Hände und legte sie wieder auf seinen Oberschenkel. »Ich mag das. Ich mag es zu wissen, dass ich diese Wirkung auf dich habe.« Als er überaus entzückt sah, wie sie errötete, lachte Boone leise und hatte Mitleid mit ihr. »Los, zieh dich an, Hay. Es war mir ernst, als ich sagte, ich will mit dir ins Bett gehen, aber mein Wunsch, mit dir anzugeben, ist größer ... zumindest in diesem Moment. Wenn du mich später noch einmal fragst, werde ich mir vermutlich in den Hintern treten wollen, dass ich dich heute Abend zur Fleischbeschau geschleppt habe. Unmittelbar nachdem wir angekommen sind, werde ich darum kämpfen müssen, dich für mich zu behalten.«

Hayden ließ Boone los und schüttelte den Kopf. »Ich weiß nicht, warum du und Mack das ständig sagt. Ich bin bloß ich. Niemand hat mich zuvor auch nur zweimal angeschaut. Das wird heute Abend nicht anders sein, ganz egal, welche Kleidung ich anziehe, um mich aufzuhübschen.«

Boone stand von seinem Stuhl auf und küsste Hayden auf die Stirn. »Es wird mir Spaß machen, dabei zuzusehen, wie viele Leute ›bloß dich‹ unwiderstehlich finden.«

Hayden rollte mit den Augen, erhob sich und strich den Bademantel glatt, um sicherzugehen, dass sie bedeckt war. »Gibst du mir zehn Minuten?«

»Nimm dir so viel Zeit, wie du brauchst, Hay. Wir haben keine Eile.«

»Okay, danke. Ich werde dich nicht allzu lange warten lassen.«

Boone nickte und sah zu, wie Hayden durch den Flur verschwand, wobei er den Anblick ihrer Rückseite genoss, als sie sich von ihm entfernte.

Zwanzig Minuten später – etwa zehn Minuten bevor er erwartet hatte, sie zu sehen – schaute Boone sprachlos zu, wie Hayden aus ihrem Schlafzimmer trat.

»Tut mir leid. Ich hatte nicht vorgehabt, so lange zu brauchen. Ich habe mein Haar einfach nicht hinbekommen und dann konnte ich die Ohrringe nicht finden, die Mack mir heute Nachmittag gegeben hat.« Sie hielt im Türrahmen zum Wohnzimmer an und sah zu Boone, der sie stumm anstarrte. »Was ist? Sehe ich halbwegs vorzeigbar aus?«

Boone ging langsam auf Hayden zu und konnte fast nicht glauben, dass er derselben Person gegenüberstand, neben der er vor zwanzig Minuten noch gesessen hatte. Sie trug Shorts, die ihre muskulösen und straffen Beine zur Geltung brachten. Er hatte ihre Beine zuvor schon gesehen, aber die Shorts, die sie heute Abend trug, waren kürzer als die, die sie zum Mittagessen angehabt hatte. Er konnte sehen, wie wohlgeformt ihre Schenkel waren, und die Vorstellung dieser Muskeln, die sich anspannten, während sie ihn ritt, breiteten sich in seinem lusterfüllten Verstand aus.

Die Sandalen mit dem winzigen Absatz, die sie trug, betonten nur noch mehr, wie lang und sexy ihre Beine waren. Er konnte nicht anders, als sich vorzustellen, wie ihre Beine sich um seine Hüften anfühlen würden, wenn er in ihren warmen, willigen Körper stieß. Er spürte sogar beinahe, wie sich die Absätze, die sie anbehalten würde, in seinen Hintern bohrten, während er sie durchnahm. Es war unpassend, aber er konnte den Gedanken einfach nicht aufhalten. Boone ließ den Blick an Haydens Körper hinauf zu ihrem Haar wandern. Es war größtenteils offen, sie hatte es einzig aus dem Gesicht frisiert und mit einer Spange einige Strähnen am Hinterkopf fixiert. Auf ihrer Brust unter dem Schlüsselbein ruhten dichte Locken und er wusste einfach, dass sie ihr ebenfalls über den Rücken hängen würden. Die grüne Farbe ihres Oberteils sah zusammen mit ihrem roten Haar phänomenal aus. Bei dem Anblick, der sich ihm bot, lief ihm tatsächlich das Wasser im Mund zusammen. Ganz plötzlich wurde ihm klar, was sie ihn gefragt hatte.

»Ob du halbwegs vorzeigbar aussiehst?«, wiederholte Boone ungläubig.

Hayden nickte unsicher.

Boone sah, dass sie es hasste, sich unsicher zu fühlen, war aber nur zwei Sekunden davon entfernt, sie in seine Arme zu ziehen und seine vorherige Drohung wahrzumachen, sie über den Flur und zu ihrem Bett zu tragen. Sein Schwanz war so steif, dass es ihn überraschte, dass Hayden nicht angewidert vor ihm zurückwich und ihn als Perversen beschimpfte. Er leckte sich über die Lippen und sagte: »Ja, Hay. Du siehst toll aus.« Die Worte waren unpassend, aber das Blut in seinem Schwanz machte es ihm offensichtlich schwer, klar zu denken.

Hayden wandte sich von ihm ab und sagte: »Okay, gut. Ich werde nur schnell meinen Ausweis aus dem Portemonnaie nehmen. Mack hat mir so eine kleine Handtasche gegeben, die ich heute Abend benutzen kann. Ich werde meinen Ausweis und etwas Geld hineintun und dann bin ich auch schon – Boone!«

Ihre Worte wurden abgeschnitten, als Boone sie am Handgelenk packte und schwungvoll an sich zog. Er drehte sie so, dass die beiden sich gegenüberstanden. Selbst mit den fünf Zentimeter hohen Absätzen, die sie trug, war er größer als sie. Erstaunt schaute sie zu ihm auf.

»Ob du halbwegs vorzeigbar aussiehst? Herrgott, Hay. Ich dachte, du siehst absolut umwerfend aus ... bis du dich umgedreht hast.«

Boone streichelte mit einer Hand über ihren nackten Rücken und ließ die andere gefährlich weit hinuntergleiten. Hayden spürte, wie er mit dem kleinen Finger erst unter dem Hosenbund ihrer Shorts anhielt. Innerlich verfluchte sie sich, als sie spürte, wie ihr Gesicht errötete. Sie hatte tatsächlich vergessen, wie wenig Stoff sich an der Rückseite ihres Oberteils befand, doch Boones Hände, mit denen er sie streichelte, waren eine deutliche Erinnerung.

»Du wirst mir heute Abend nicht von der Seite weichen. Das hier ist das verdammt noch mal aufreizendste Oberteil, das ich je gesehen habe. Von vorn ist es sittsam und züchtig und bedeckt dich vom Hals bis zur Hüfte, aber von hinten ist es die reine Sünde.« Er fuhr damit fort, mit den Händen über ihren entblößten Rücken zu streicheln. Als sie bei seiner Berührung eine Gänsehaut bekam, lächelte er.

Er nahm eine Hand weg, ließ die andere jedoch, wo sie war, und schob die Finger noch ein Stück tiefer unter ihren Hosenbund. Dann legte er den Finger unter ihr Kinn und bog ihren Kopf nach oben. »Bitte verzeih mir für mein lahmes Kompliment vorhin. Du siehst nicht toll aus, du siehst absolut umwerfend aus, Hayden. Aber das liegt nicht an deinen Anziehsachen ... es liegt an dir.«

»Boone –«

»Ja, dein Haar sieht wundervoll aus und dieses Oberteil ist so wahnsinnig aufregend, dass ich an nichts anderes denken kann, als dich dort rauszuholen, aber ganz ehrlich? *Du* bist es, von der ich mich am meisten angezogen fühle. Deine Hartnäckigkeit, deine Loyalität gegenüber deinen Freunden und deiner Arbeit und deine Entschlossenheit. Aber ich sehe noch mehr. Ich sehe den weichen, zarten Teil von dir, den du versuchst, vor der Welt zu verstecken.« Boone nahm die Hand von ihrem Kinn und legte sie auf die Wölbung ihrer linken Brust. »Ich spüre in dir einen tiefen Schmerz, genau hier, tief in deinem Herzen. Aber es ist dieser Schmerz, der dich zu dem Menschen gemacht hat, der du heute bist ... eine Frau voller Widersprüche, die ich besser kennenlernen will.«

Boone sah, wie ihre Augen sich mit Tränen füllten. »Nicht weinen, Hay. Ich sage das nicht, um dich zum Weinen zu bringen. Offensichtlich habe ich es vermasselt. Aber trotzdem, ja, du siehst ›halbwegs vorzeigbar‹ aus. Du siehst mehr als nur halbwegs vorzeigbar aus.«

Sie schniefte und riss sich zusammen, bevor sie schließlich nickte und sagte: »Gut.«

Boone lächelte. Sie war so verdammt niedlich. »Sollen wir gehen?«

»Ja.«

Boone ließ sie nicht los, sondern schaute sie weiter von oben an.

»Boone? Du musst mich loslassen, wenn wir gehen wollen.«

»Dies ist keine gute Idee.«

»Was meinst du?«

»Mit dir heute Abend in die Kneipe zu gehen.«

Hayden zog verwirrt die Augenbrauen zusammen. »Wieso? Ich dachte, du wolltest dorthin gehen.«

»Weil dich jeder Mann dort nur einmal ansehen und sich dann vorstellen wird, wie du ausgebreitet auf seinem Bett aussiehst.«

»Boone«, protestierte Hayden, »das stimmt nicht!«

»Doch. Aber du bist mit mir unterwegs.«

Jetzt wurde Hayden langsam sauer. Sie hatte sich weich und weiblich gefühlt, aber jetzt war sie wütend. Energisch befreite sie sich aus seiner Umarmung und trat einen Schritt zurück. »Boone Hatcher, das ist nicht cool.

Ernsthaft? Willst du mich an die Leine legen und mich in der Kneipe zur Schau stellen? Oder noch besser, du könntest mich vielleicht einfach anpinkeln, damit die anderen Kerle wissen, dass ich dein Eigentum bin.«

»Hayden –«

»Vielleicht sollte ich zurück ins Schlafzimmer gehen und meine Uniform anziehen. Würdest du dich dann besser fühlen? Warte, ich hab's. Ich werde einfach ein altes, ausgeleiertes T-Shirt und eine Jogginghose tragen und –« Hayden kreischte, als sie sich plötzlich über Boones Schulter hängend wiederfand, als dieser mit ihr ins Wohnzimmer ging. »Boone!«

Hayden wusste, dass sie sich aus seinem Griff befreien konnte, aber verdammt, er war eins neunzig und es würde wehtun, wenn sie aus dieser Höhe auf den Boden knallte. Abgesehen davon würde Boone sie nicht fallen lassen. Sie beschloss, ihre Polizeitricks für ein anderes Mal aufzuheben.

Als er am Sofa ankam, beugte er sich nach vorn und legte sie mit dem Rücken ab, sodass ihre Beine über der Armlehne hingen und ihr Unterkörper hochgelagert war. Sofort beugte er sich über sie.

Hayden legte beide Hände auf seinen Oberkörper und stemmte sich gegen ihn. »Meine Güte, Boone, war das nötig?«

»Es war mir ernst, als ich sagte, dass ich mit dir angeben will, aber es fällt mir schwer zu glauben, dass du mit *mir* zusammen bist, Hayden. Du bist großartig. Nicht nur wegen deines Aussehens, sondern wegen deiner Persönlichkeit. Ich bin ein einfacher Viehzüchter. Ich bin mit meiner Farm und mit meinem Leben zufrieden. Ich weiß, dass ich nicht schlecht aussehe, aber ich weiß auch, dass es da draußen viele andere Männer gibt, die eine unwiderstehliche Wirkung auf Frauen haben. Ich ertappe mich dabei, wie ich jedem Kerl eine reinhauen will, der dich nur *ansieht* ... und wir haben noch nicht einmal deine Wohnung verlassen. Es tut mir leid, dass ich mich so schlecht ausgedrückt habe, aber ich fühle mich zu dir hingezogen. Ich will dich. Ich will mich so tief in dir vergraben, dass du nicht weißt, wo ich aufhöre und du anfängst. Ich habe in der Vergangenheit schon Frauen hinterhergelüstet, aber das hier fühlt sich nach mehr an. Nach viel mehr. Ich weiß, dass es noch zu früh ist, aber ich will, dass du es weißt. Du musst verstehen, dass es keine vorübergehende Sache ist. Zumindest nicht für mich.«

»Boone –«

»Und der Gedanke daran, dass andere Männer dich anschauen und all deine sexy Haut sehen, macht mich verrückt. Vielleicht solltest du eine Jeans anziehen.«

»Ich will mit keinem anderen Mann zusammen sein. Und ich glaube immer noch nicht, dass sich überhaupt jemand die Mühe machen wird, mich anzusehen, ganz egal, ob ich Shorts, Jeans oder einen Minirock trage. Hast du darüber nachgedacht, dass *ich* mir Sorgen darüber mache, dass andere Frauen *dich* anstarren? Du sagst, du weißt, dass du ›nicht schlecht aussiehst‹, aber Boone, ich muss sagen, du bist ein eins neunzig großer, scharfer und sexy Cowboy.« Sie nestelte an dem roten Hemd herum, das er trug. »Ich kann einzig daran denken, dieses Hemd aufzureißen, um deine breite Brust zu sehen. Und ich weiß, wenn *ich* das denke, dann tun andere Frauen es auch.«

Boone lächelte Hayden an und war erleichtert, mit seinen lusterfüllten Gedanken nicht allein zu sein. »Wie wäre es, wenn wir eine Abmachung treffen?«

»Was für eine Abmachung?«

»Du hältst andere Frauen von mir fern und ich halte die Männer von dir fern.«

»Einverstanden.«

»Verdammt, Hay, du hast nicht einmal gezögert.«

»Nein, du hast mir nicht zugehört. Ich mag dich, Boone. Ich bewundere die Tatsache, dass du dein eigenes Unternehmen hast. Du arbeitest hart, du bist groß und attraktiv und du bist eifersüchtig, wenn andere Männer mich nur ansehen. Die Chemie zwischen uns ist einfach sensationell … so etwas habe ich noch nie zuvor mit irgendjemand anderem empfunden. Was könnte ein Mädchen noch wollen?«

Sie sah, wie sein Gesichtsausdruck ernst wurde. »Ich habe eine Vorgeschichte.«

Hayden winkte mit der Hand durch die Luft. »Dana? Pah.«

»Ich weiß, es fällt dir schwer zu verstehen, warum ich zugelassen habe, dass sie mir das alles antut.«

»Schon okay.«

»Es ist nicht okay, aber darüber werden wir uns ein anderes Mal unterhalten. Jetzt wartet ein Kneipenabend auf uns … wenn du noch ausgehen willst.«

»Ich will noch ausgehen.«

Boone erhob sich und streckte Hayden die Hand hin,

um ihr aufzuhelfen. »Okay, dann lass uns gehen. Und Hay?«

»Ja?«

Er beugte sich hinunter und küsste sie leicht auf die Lippen. »Du siehst absolut umwerfend aus.«

Hayden lächelte ihn an. »Danke, du auch.«

Hayden nahm ihren Ausweis, Geld und ihr Handy und steckte alles in die winzige Handtasche, die Mack ihr gegeben hatte. Es gefiel ihr nicht, ohne ihre Dienstwaffe auszugehen, aber sie hatte keinen Ort, an dem sie sie aufbewahren konnte. In der Hoffnung, sie nicht benötigen zu müssen, und mit einem nackteren Gefühl ohne die Waffe als in dem Oberteil, das sie trug, verriegelte Hayden die Tür hinter sich und steckte ihren Schlüssel ebenfalls in die kleine Handtasche.

Als sie schweigend zu Boones Wagen gingen, war Hayden die Wärme seiner Hand auf der nackten Haut an ihrem Rücken noch bewusster. Sie zitterte. Sie hatte nicht durchdacht, was es bedeutete, solch ein Oberteil zu tragen. Sie hatte keine Ahnung, wie sehr es sie antörnen würde, wenn Boone ihre Haut berührte.

Es versprach, ein langer Abend zu werden.

KAPITEL ZEHN

Hayden nippte an dem Screwdriver, den Boone ihr bestellt hatte, und sah sich in Erwartung von Ärger in der Kneipe um. Sie war noch nie in der Lage gewesen, den Arbeitsmodus einfach so auszuschalten, ganz besonders nicht in einer vollen Kneipe wie dem *Cow Town*.

»Möchtest du tanzen?«

Hayden drehte sich zu der Stimme um und unterdrückte eine Grimasse. Am Anfang hatte sie es überraschend und schmeichelhaft gefunden, zum Tanzen aufgefordert zu werden, aber nachdem der fünfte Kerl gefragt und sie ihre Wette gegen Mack verloren hatte, war es langweilig geworden.

Jetzt jedoch schien es einfach nur respektlos zu sein. Sie saß mit Boone sehr eng an einem hohen Tisch, an dem sie Händchen hielten und die Gegenwart des anderen und die Atmosphäre genossen, doch zwischendurch kam immer wieder ein Mann zu ihr und fragte sie direkt vor Boone, ob sie tanzen wolle. Es reichte ihr.

»Hör zu, Cowboy. Ich habe keine Ahnung, wieso du denkst, es sei in Ordnung, mich anzubaggern, während ich hier neben meiner Verabredung sitze. Er hat den ganzen Abend lang nicht die Finger von mir lassen können und ich denke, es ist ziemlich offensichtlich, dass wir zusammen sind. Dass du also herkommst und mich zum Tanzen aufforderst, ist einfach nur unhöflich und anmaßend.«

Hayden glaubte, ihm damit eine ordentliche Abfuhr verpasst zu haben, war jedoch verblüfft, als der Mann lachte und Boone auf den Rücken klopfte. »Da hast du dir ja ein wildes kleines Pferdchen angelacht. Genieße den Ritt.«

»Habe ich vor«, war alles, was Boone entgegnete, als der Mann ihm zunickte, sich an den Hut tippte und verschwand.

»Was zur Hölle war das, Boone? Genieße den Ritt?«, fragte Hayden und warf dem Mann neben sich einen finsteren Blick zu.

Boone beugte sich zu ihr. »Du bist im Cowboy-Land, Hayden.«

»Ja. Und?«

»Es bedeutet, dass sie fragen können, ich aber derjenige sein muss, der zustimmt.«

»Aha. Dann macht es dir also nichts aus, dass sie mich zum Tanzen auffordern, obwohl es offensichtlich ist, dass wir zusammen unterwegs sind? Und sie fragen *mich*, ob ich mit ihnen tanzen will, aber *du* darfst darauf antworten?«

»Jup.«

»Okay, das ist durchgeknallt. Wurden wir irgendwie ins achtzehnte Jahrhundert zurücktransportiert? Ich wünschte, ich würde meine Uniform tragen. Zumindest hätten diese Kerle dann etwas Respekt vor mir.«

Boone bedeckte ihre Hand auf dem Tisch mit seiner und wartete, bis sie zu ihm aufsah. »Sie respektieren dich, Hayden. Wenn sie es nicht täten, würden sie einfach zu dir kommen, dich packen und auf die Tanzfläche zerren.«

»Ich möchte sehen, wie das jemand versucht. Nur einmal. Bevor er wüsste, was los ist, würde er sich auf dem Rücken wiederfinden.«

»Du blutrünstiges, kleines Ding.«

»Und noch was. Warum bezeichnen mich alle als klein? Das geht mir auch auf die Nerven.«

»Weil du im Vergleich zu mir und vielen anderen Kerlen in dieser Kneipe klein *bist*.«

»Hm.« Hayden hätte es nicht zugegeben, auch nicht unter Folter, aber sie fand es toll, dass Boone sie als klein ansah. Sie fühlte sich dadurch weiblicher. Irgendwie ließ ihre Uniform sie größer erscheinen, als sie war. Männer hatten sie noch nie als »klein« bezeichnet, wenn sie sie trug.

»Möchtest du tanzen?«

Bei den sinnlichen Worten blickte Hayden auf und beschloss, die Sache selbst in die Hand zu nehmen. Das Maß war voll. »Herrgott noch mal.« Die nuttig aussehende Frau, die neben ihrem Tisch stand, sabberte beinahe, als sie Boone ansah. »Nein, er möchte nicht tanzen. Er gehört mir. Er hat seine Hand beinahe in meiner Hose, ich sitze halb auf seinem Schoß. Er gehört verdammt noch mal *mir*, und jetzt verzieh dich gefälligst.«

Die Frau rollte mit den Augen, entfernte sich aber. »Okay, meine Güte.«

»Komm her, Hay.«

Hayden stand von ihrem Barstuhl auf und machte einen Schritt, um sich seitlich an Boone zu schmiegen. Sie war noch nie eifersüchtig gewesen, aber zu sehen, wie die große, dünne Frau sich an Boone heranmachte, während sie direkt neben ihm saß, hatte ihr Blut zum Kochen gebracht.

Sie kreischte ein wenig, als er sie hochhob und so auf ihren Schoß zog, dass sie quer über seinen Beinen saß. »So, vielleicht lassen uns die Leute jetzt in Ruhe.«

Hayden lachte und entspannte sich an Boone. Er hatte eine Hand an ihrem Rücken und streichelte mit den Fingern an ihrem Hosenbund entlang, ihren Rücken hinauf und wieder nach unten zu ihrer Taille. Die andere Hand hatte er locker über ihre Schenkel gelegt. Ab und zu hob er sie an, um einen Schluck von seinem Bier zu trinken, doch wenn er damit fertig war, legte er sie sofort wieder auf ihre nackten Beine. Hayden schlang einen Arm um seine Schulter und legte die andere Hand auf seinen Unterarm, der auf ihrem Schoß ruhte. Sie kuschelte sich in seine Umarmung und genoss das Gefühl, das diese Berührung in ihr hervorrief.

»Hey, Boone. Wie zur Hölle hast du dir *so* eine Frau geschnappt?«

Hayden schaute auf und sah einen weiteren großen Mann – einen weiteren *scharfen* großen Mann. Wäre sie nicht mit Boone hier, hätte sie bei ihm vielleicht ein zweites Mal hingeschaut. Sie schätzte, dass er kleiner war als Boone, jedoch nicht viel. Er trug schwarze Jeans, Cowboystiefel, die schon bessere Zeiten gesehen hatten, einen schwarzen Stetson und ein schwarzes Hemd, das aussah, als hätte es Schnallen anstelle von Knöpfen. Ganz in Schwarz gekleidet hätte er lächerlich aussehen sollen, aber stattdessen wirkte er in seinem Outfit finster und gefährlich.

»Hey, Tucker, wie geht es dir?« Boone hob zur Begrüßung das Kinn und schüttelte dem anderen Mann die Hand.

Als Tucker den Stuhl, den Hayden frei gemacht hatte, näher heranzog, antwortete er: »Gut. Alles beim Alten.«

»Hayden, das ist mein Freund Tucker Jacobs, aber alle nennen ihn ›Moose‹. Er ist der Feuerwehrmann, von dem ich dir erzählt habe. Moose, das hier ist Hayden Yates. Sie ist ein Hilfssheriff.«

»Warte ... Moose? *Du* bist das?«

»Hilfssheriff Yates? Mist, ich habe dich überhaupt nicht erkannt!«

»Ihr beide kennt euch?«, fragte Boone verwirrt.

Hayden errötete. Ja, sie kannte Moose und viele der anderen Männer, die in Wache sieben arbeiteten. »Ja. Wir sind uns bei Einsätzen begegnet. Wenn sie wegen medizinischer Probleme zu häuslichen Einsätzen geschickt werden, brauchen sie manchmal Verstärkung durch die Polizei. Vor einigen Wochen habe ich einem der Jungs von seiner Wache ausgeholfen, als in sein Haus eingebrochen wurde und seine Freundin nicht aufzufinden war. Erinnerst du dich, dass ich dir von Beth und Cade erzählt habe?«

»Mist, stimmt ja. Aber es geht ihr gut, nicht wahr?«

Hayden nickte. »Ja. Sie hat sich aus dem Haus geschlichen, obwohl sie an schwerer Agoraphobie leidet, und sich in dem dahinterliegenden Waldstück versteckt.«

»Wow.«

»Ja, Beth ist großartig«, sagte Moose nickend. »Sledge hat mir erzählt, dass du Detective Chambers bei der Trainingsrunde neulich ordentlich in den Arsch getreten hast. Er war höchst beeindruckt.«

»Danke. Ich hatte Glück.«

»Das bezweifele ich. Cade wirft nicht einfach so mit Komplimenten um sich. Übrigens ... du siehst gut aus, Hayden«, sagte der große Feuerwehrmann grinsend und zwinkerte ihr zu.

Boone warf seinem Freund einen finsteren Blick zu und verstärkte den Griff um Haydens Taille.

Der andere Mann lachte bloß und hob kapitulierend die Hände. »Hände weg. Ich verstehe schon. Keine Sorge, ich habe bereits ein Auge auf eine andere Frau geworfen, ich brauche deine nicht zu stehlen. Hayden, was machst du hier mit diesem Schurken?«

Hayden lachte und drückte Boones Arm. »Er hatte Mitleid mit mir und wollte mir zeigen, was echte Cowboys und Cowgirls machen, wenn sie Spaß haben wollen.«

Hayden war tatsächlich froh, dass Moose da war. Sie kannte ihn nicht besonders gut, aber die Tatsache, dass er Feuerwehrmann war, half ihr dabei, sich weitaus entspannter zu fühlen. Sie fühlte sich wohler in der Gegenwart von Personen, die wie sie in der Dienstleistungsindustrie arbeiteten. Sie hatte einige Leute kennengelernt, die zum Tisch gekommen waren, um Boone Hallo zu sagen, aber Moose war der Erste, bei dem sie das Gefühl hatte, sie selbst sein zu können.

»Tatsächlich war sie diejenige, die zu mir nach Hause kam, als ich neulich das Problem mit Dana hatte.« Es überraschte Hayden, dass Boone so ehrlich war.

»Oh. Macht dir dieses Miststück immer noch Probleme?«

»Nicht wirklich.«

»Wenn du damit Hilfe benötigst, brauchst du es nur zu sagen. Du weißt, dass ich für dich da bin, Mann.«

»Ich weiß das zu schätzen, Moose. Vielen Dank, aber ich habe es unter Kontrolle.«

»Moose ... darf ich dich um einen Gefallen bitten?«, fragte Hayden, wohlwissend, dass sie ihre Grenzen überschreiten würde, doch sie wollte Boone schützen, so gut es ihr möglich war.

»Für eine hübsche Polizistin tue ich alles.«

Hayden rollte mit den Augen, sprach aber weiter. »Ich heiße Gewalt gegen Frauen nicht gut, aber Boone wird sich gegen Dana nicht verteidigen. Ich verstehe warum, aber sie ist verrückt. Sie könnte ihn verletzen.« Sie sah Moose durchdringend an in der Hoffnung, dass er verstände, was sie sagte.

»Du weißt, dass ich nicht auf dieser Seite der Stadt arbeite.« Mooses Stimme war leise und ernst. Er verstand sie.

»Leute ...«

Hayden ignorierte Boone. Sie beugte sich nach vorn, doch Boone ließ ihren Körper nicht los. Sie konnte seine schwieligen Finger spüren, als sie sich bewegte. »Dann sprich mit deinen Freunden, die auf dieser Seite arbeiten. Sorge dafür, dass sie wissen, was los ist. Wenn sie die Polizei ruft oder ein Feuer legt oder ihm auch nur ein Haar krümmt, will ich dokumentiert wissen, dass *sie* es getan hat und nicht Boone.«

»In Ordnung.« Mooses Antwort kam umgehend und von Herzen.

»Wartet mal kurz –«

Boone wurde erneut das Wort abgeschnitten, als Moose ihm sagte: »Sie gefällt mir, Boone. Sie ist verdammt gut in ihrem Job und jeder, der dieses Miststück aufhalten will, ist meiner Ansicht nach in Ordnung. Lass sie nicht gehen. Eine Frau, die in einem normalerweise männerdominierten Feld arbeitet, hat einfach etwas an sich, das unheimlich sexy ist.«

Hayden lehnte sich zurück und musterte den groß gewachsenen Feuerwehrmann. Sie glaubte nicht, dass er sie tatsächlich anbaggerte, aber irgendetwas an seinem Tonfall hatte sehr persönlich geklungen. Da sie es in diesem Moment jedoch nicht herausfinden würde und außerdem ihre Verabredung genießen wollte, entspannte sie sich wieder an Boone. Sie griff zu ihrem Getränk, nahm einen großen Schluck und drückte dabei beruhigend Boones Arm.

»Möchtest du noch etwas trinken, Hayden?«, fragte Moose.

»Ja, ich denke schon. Ich muss nicht fahren.«

»Denk gar nicht erst darüber nach, Moose«, sagte Boone mit halbernster Stimme. »Sie gehört mir, kapiert?«

Moose lachte, denn er wusste, dass Boone ihn bloß aufzog ... obwohl seine Worte einen leicht ernsten

Unterton hatten. »Kein Problem. Wie gesagt, ich habe schon jemand anderen im Blick – und mit ihr habe ich definitiv alle Hände voll zu tun.«

Hayden hatte den Blick nicht von Boone abgewendet und sah seinen kurzzeitig irritierten Gesichtsausdruck, der sich in Erleichterung verwandelte, als Moose sagte, er sei an jemand anderem interessiert. Sie ignorierte das Kribbeln in ihrem Bauch, das sie bei Boones beschützerischer Haltung und seinen besitzergreifenden Worten empfand. »Während du mir noch ein Getränk besorgst, He-Man, werde ich mal für kleine Mädchen gehen«, sagte sie zu ihm, da sie von den lusterfüllten Gedanken an Boone eine Pause benötigte.

»Pass auf, dass du durch die Tür gehst, an der ›Stutfohlen‹ steht, nicht durch die mit der Aufschrift ›Stiere‹«, warnte Moose lachend.

»Ja, ich glaube, ich habe es verstanden. Ich bin vielleicht ein Grünschnabel, aber ich kenne den Unterschied zwischen einem Stier und einem Stutfohlen. Danke.«

Boone half Hayden beim Aufstehen und beugte sich hinunter, um sie kurz zu küssen. »Ich werde warten, bis du zurück bist, bevor ich neue Getränke hole. Ich will unseren Platz nicht verlieren.«

Sie konnte das Bier auf seinen Lippen schmecken, das er getrunken hatte, und ausnahmsweise fand sie den Geschmack nicht widerlich. An Boones Lippen war er wunderbar. »Okay. Ich bin gleich wieder da.«

Als Hayden sich vom Tisch entfernte, hörte sie Moose leise pfeifen. Sie schüttelte bloß den Kopf und ging weiter. Der Feuerwehrmann würde sie absolut in Verlegenheit bringen, wenn er ihr das nächste Mal bei einem

Einsatz begegnete, aber in gewisser Weise fühlte es sich gut an, zur Abwechslung einmal als weiblich angesehen zu werden.

Sie betrat die Damentoilette, erledigte ihr Geschäft und wusch sich gerade die Hände, als sie gewaltsam gegen den Waschtisch gestoßen wurde.

Dank ihres Trainings reagierte Hayden sofort und ohne nachzudenken.

Sie trat im Umdrehen mit dem Bein aus und fegte die Beine der Frau zur Seite, die hinter ihr stand und sie gegen das Porzellan geschubst hatte. Sie würde auf keinen Fall zulassen, dass irgendeine Kneipenschlampe ihr zuvorkäme.

»Dana. Ich hätte es wissen sollen«, sagte Hayden und schaute nach unten auf die wütende Frau, die sich vom dreckigen Toilettenboden wieder aufrappelte.

»Halte dich von ihm fern, Hure! Er gehört mir.«

»Du darfst dich ihm nicht mehr als fünfzig Meter annähern, Dana. Allein dadurch, dass du dich in demselben Gebäude aufhältst, verstößt du bereits gegen die Schutzanordnung. Wenn du deinen Arsch nicht innerhalb von zehn Sekunden hier rausbewegst, zeige ich dich an«, drohte Hayden, die wusste, dass sie Dana sowieso anzeigen würde.

Dana ignorierte die Drohung, stemmte die Hände in die Hüften und starrte Hayden böse an. »*Du* bist diejenige, die verschwinden muss. Boonie gehört *mir*. Ich bin die Einzige, die seinen Schwanz lutschen darf, und ich bin die Einzige, in die er seinen großen Schwanz stecken sollte. Er hat mir erzählt, dass er noch nie etwas so Heißes und Enges wie meine Fotze gespürt hat.«

Hayden versuchte, ruhig zu bleiben, wenngleich der bloße *Gedanke* daran, dass Boone mit diesem verrückten Miststück vor sich intim sein könnte, in ihr den Wunsch erweckte, Dana die Haare auszureißen und dann zurück in die Kneipe zu stürmen, um Boone zu fragen, was zur *Hölle* er sich dabei gedacht hatte, sich mit ihr einzulassen. Die andere Frau war verzweifelt und schlug verbal um sich, indem sie sie daran erinnerte, dass sie und Boone miteinander intim gewesen waren. Hayden wusste, dass Boone kein Mönch war, dass er ein Leben hatte, bevor die beiden sich begegnet waren, eins, das leider eine Beziehung mit Dana beinhaltete.

Hayden versuchte, vernünftig zu sein. »Ich glaube nicht einmal, dass du Boone überhaupt *magst*, Dana. Lass ihn gehen. Such dir jemanden, der dich so liebt, wie du bist.«

Ohne sie zu beachten, fuhr Dana mit ihrem hasserfüllten Wutausbruch fort. »*Boone* liebt mich so, wie ich bin, und du wirst es bereuen, wenn du ihn nicht in Ruhe lässt. Niemand lässt mich einfach so sitzen! *Niemand.*«

»Das reicht. Ich rufe die Polizei.« Hayden griff in ihre Gesäßtasche, um ihr Handy herauszunehmen, und fluchte, als ihr klar wurde, dass es in der kleinen Tasche war, die sie auf dem Tisch liegen gelassen hatte.

Ohne ein Wort zu sagen, starrte Dana Hayden einfach nur an, bevor sie abrupt auf dem Absatz kehrtmachte und die Toilette verließ. Hayden folgte ihr nach draußen und sah zu, wie sie rasch in die entgegengesetzte Richtung von Boone und Moose ging und in der Menschenmenge verschwand.

Hayden seufzte erleichtert auf. Ein Kräftemessen in

einer Kneipe zu schlichten war nun wirklich das Letzte, was sie wollte, sie würde Dana wegen des Verstoßes gegen die einstweilige Verfügung aber trotzdem anzeigen. Sie wollte, dass jeder einzelne Verstoß zur Anzeige gebracht wurde, Boone zuliebe.

Schnell ging sie zurück zum Tisch und sah, dass sich zwei weitere Männer zu Boone und Moose gesellt hatten.

Als sie sich näherte, streckte Boone die Hand aus und Hayden ergriff sie. Er beugte sich zu ihr und gab ihr einen Kuss, dann schlang er den Arm um ihre Taille und zog sie an sich, bevor er sich den anderen Männern zuwandte. »Hayden, das sind Bub und Tommy, sie arbeiten bei mir auf der Farm.«

Hayden schüttelte beiden die Hand und verstand, dass der rasche Kuss und die Art, wie er sie fest an sich drückte, dazu dienten, seinen Mitarbeitern zu signalisieren, dass sie tabu war. »Freut mich, euch kennenzulernen.« Hayden hatte eine ganze Reihe Männer getroffen, die entweder für oder mit Boone arbeiteten. Jeder von ihnen war höflich gewesen und hatte ausschließlich Gutes über ihn zu sagen gehabt.

»Ebenso.«

»Angenehm.«

Hayden sah Boone an. »Ich muss dir etwas erzählen.«

»Ist mit dir alles in Ordnung?«

»Ja, natürlich.«

»Kann es warten, bis ich uns neue Getränke geholt habe?«

Sie grinste ihn an. Er musste das mit Dana wissen, aber da sie an einem öffentlichen Ort waren, würde sie es nicht wagen, irgendwas zu machen. Sie hatte also Zeit, ihm von seiner verrückten Ex zu berichten. »Ja.«

Boone lächelte sie erneut von oben an, dann sah er zu Moose auf. »Du hast es im Griff?«

»Sicher.«

»Was hat er im Griff?«, fragte Hayden und schaute verwirrt zwischen den beiden Männern hin und her. Es kam ihr vor, als würden sie in ihrer eigenen Geheimsprache reden.

»Er will neue Getränke holen, will dich hier aber nicht allein lassen. Deshalb werde ich auf dich aufpassen, bis er zurückkommt«, sagte Moose zu ihr und nahm einen Schluck von seinem Bier, als hätte er sie nicht soeben zurück in den Wilden Westen katapultiert, wo Männer Frauen stehlen und wegtragen konnten.

Hayden stemmte die Hände in die Hüften und drehte sich mit gerunzelter Stirn zu Boone um. »Das ist verrückt. Ich kann sehr gut auf mich allein aufpassen, Boone.«

Er beugte sich zu ihr. »Schon möglich, dass du in einer gefährlichen Situation allein auf dich aufpassen kannst oder wenn du einen Betrunkenen angehen und überwältigen musst, aber hier, wo jeder Kerl dich seit mindestens zwei Stunden anstarrt und nur auf eine Gelegenheit wartet, dich in die Finger zu bekommen, werde ich dich keine Sekunde lang allein lassen, Hay.«

Hayden rollte mit den Augen und winkte mit der Hand ab. »Wie du meinst, Boone. Geh einfach. Ich habe Durst.«

Er grinste sie an. »Ich bin gleich zurück.« Dann beugte er sich hinunter, berührte mit den Lippen die

Haut hinter ihrem Ohr und flüsterte: »Halte mir meinen Platz warm, ja?«

Hayden zitterte, als die warme Luft seines Atems sie am Ohr berührte, und nickte. Sie kletterte auf den Stuhl, auf dem Boone gesessen hatte, und nachdem er ihr mit dem Finger einen Stups auf die Nase gegeben hatte, ging er zur Bar, um neue Getränke zu holen. Obwohl Hayden das Gefühl liebte, das er in ihr erweckte, schob sie es beiseite und wandte sich seinen Freunden zu. Sie kam gleich zur Sache. Sie hatte nur kurz Zeit, mit ihnen zu sprechen, bevor er wieder da wäre. Sie würde Boone nicht verheimlichen, was Dana zu ihr gesagt hatte, beschloss aber spontan, es ihm zu Hause zu erzählen, nicht wenn sie unterwegs waren und sich amüsierten.

Sie setzte ihre ernste Polizistinnenstimme auf und schaute jedem Mann in die Augen, bevor sie sich geschlossen an die Gruppe wandte. »Hört zu, ich bin Dana in der Toilette begegnet. Sie ist vollkommen durchgeknallt und wird ihn nicht in Ruhe lassen. Ich denke, ihr wisst es alle, selbst wenn Boone es nicht wahrhaben will. Sie hat bereits versucht, Boone verhaften zu lassen, indem sie sich selbst verletzt und behauptet hat, es sei Boone gewesen. Ihr beide«, Hayden sah Bub und Tommy an, »müsst wachsam und konzentriert sein. Wenn euch auf der Farm irgendetwas Ungewöhnliches auffällt, ruft die Polizei.«

Hayden sah Moose an. »Und ich meine es ernst. Sprecht mit euren Freunden in den anderen Wachen. Ich traue ihr nicht, dass sie sich fernhalten wird. Sie hat irgendetwas vor, und es gefällt mir nicht. Ich kann mit meinen Freunden im Gesetzesvollzug und den anderen in Wache sieben sprechen … ich bin der Meinung, je mehr Menschen die Augen offen halten, desto besser.«

Die Männer am Tisch nickten ernüchtert.

»Er wird sich gegen sie nicht verteidigen. Ich kenne nicht die ganze Geschichte – verdammt, ihr Jungs wisst vermutlich mehr als ich –, aber genau deswegen riskiert er es, ernsthaft verletzt zu werden oder Schlimmeres. In meinem Beruf habe ich schon zu viele Menschen gesehen, die Stein und Bein geschworen haben, auf sich selbst aufpassen zu können, nur um am Ende auf dem Tisch meines Freundes Calder zu landen, der dann versucht hat, die exakte Todesursache zu ermitteln. Versprecht mir, dass ihr die Augen offen halten werdet.«

»Das werden wir. Ich arbeite schon seit Boones Kindheit für Hatcher Farms. Sein Vater war ein toller Chef, aber er hat jahrelang den Missbrauch seines Freundes an dessen Frau ignoriert, der direkt vor seinen Augen stattgefunden hat. Boone ist besser als sein Vater. Er sorgt sich um jeden einzelnen Mitarbeiter und würde es nicht zulassen, dass jemandem unter seiner Aufsicht so etwas widerfährt wie das, was Chris mit Lizzy gemacht hat. Ich habe auch zuvor noch niemanden gesehen, der so gut mit dem Vieh umgeht.« Bubs Worte waren ernst und kamen von Herzen. »Und im Gegensatz zu Chris würde er *niemals* einer Frau wehtun.«

Hayden nickte. Ihr gefiel, wie sein Mitarbeiter ihn verteidigte, und sie fühlte sich in Bezug auf die Dana-Situation etwas besser, da sie wusste, dass diese Männer hinter Boone standen. Die Haare in ihrem Nacken stellten sich auf und sie hatte gelernt, dieses Gefühl niemals zu ignorieren. Irgendetwas stimmt nicht, aber sie konnte Dana nirgends sehen und hatte keine Ahnung, was es sonst sein könnte. Sie sah Boone an der vollen Bar, doch noch mal, Dana war nicht in seiner Nähe.

Moose beugte sich zu ihr. »Ich schwöre, ich werde alles tun, um dafür zu sorgen, dass ihm nichts passiert.«

»Danke. Wirklich.«

»Du bist also Polizistin, was?« Das kam von Tommy.

Hayden lächelte. Wie sie *dieses* Gespräch führen musste, wusste sie. »Jup ... ich bin mittlerweile seit fast zehn Jahren Hilfssheriff.«

Sie unterhielten sich darüber, was sie gesehen hatte, und über die extremsten Situationen, in denen sie sich wiedergefunden hatte, bis Boone zurück an den Tisch kam. Er hatte ein Bier und noch einen Screwdriver für Hayden in der Hand. Sie rutschte von dem Barstuhl und machte es sich auf sein Drängen hin erneut auf seinem Schoß bequem, nachdem er wieder Platz genommen hatte.

»Willkommen zurück. Irgendwelche Probleme?«

»Welche Probleme sollte ich damit haben, zwei Getränke zu besorgen?«, fragte Boone und zog eine Augenbraue hoch.

Hayden versuchte, lässig mit den Schultern zu zucken, war sich aber nicht sicher, wie gut es ihr gelang. »Anscheinend gar keine.«

Die fünf unterhielten sich noch etwa zwanzig Minuten, bis Hayden etwas schlecht wurde.

»Hey, ich glaube, es wird Zeit, nach Hause zu fahren«, sagte sie zu Boone.

Er sah sie besorgt an. »Geht es dir gut?«

»Ja«, versicherte Hayden ihm, obwohl es ihr ganz und

gar nicht gut ging. »Mir ist nur ein wenig schlecht.« Sie liebte es, wie er seine Hand auf ihrem Rücken beließ und ihn beruhigend rieb.

»Okay, kein Problem. Es ist sowieso schon spät. Sehen wir uns demnächst?«, fragte Boone seine Freunde.

»Ja, wir sollten uns öfter treffen«, entgegnete Moose.

Boone schüttelte ihm die Hand. »Definitiv.«

Er hob das Kinn in Tommys und Bubs Richtung. »Ich werde Hayden nach Hause bringen, aber danach fahre ich zurück zur Farm. Wir sehen uns morgen früh.«

Hayden gefiel, dass Boone weder davon ausging, bei ihr zu übernachten, noch dass sie bei ihm schlafen würde. Obwohl sie eine unfassbar intensive Verbindung zueinander hatten, ließ er es langsam angehen und setzte nichts voraus. Auch das gefiel ihr.

»Na klar, Chef. Bis morgen.«

Boone half Hayden beim Aufstehen und runzelte die Stirn, als sie sich sofort krümmte. »Hayden?«

Alle Gedanken daran, wie beeindruckt sie von Boone war, verschwanden mit ihren starken Magenkrämpfen. »Oh Gott, ich habe Magenschmerzen. Ich muss etwas Schlechtes gegessen haben. Das wird schon wieder.« Sie versuchte, Boones Sorge abzuwinken. »Wirklich, sobald ich zu Hause bin, werde ich mich hinlegen und dann geht es mir gut.«

Boone ignorierte ihre offensichtliche Lüge und hob sie hoch. Hayden hätte protestiert, aber es fühlte sich so gut an, in Boones Armen zu liegen und zur Abwechslung einmal umsorgt zu werden, außerdem tat ihr Magen tatsächlich weh. Sie war sich nicht sicher, ob sie es geschafft hätte, den Weg zum Wagen allein zu gehen.

Moose legte ihr die Handtasche in den Schoß und Boone bahnte sich seinen Weg durch die Menschenmenge zum Ausgang. Sie traten hinaus in die kühle Nachtluft und Hayden seufzte erleichtert auf. Oh Gott, es fühlte sich so gut an, die verrauchte Kneipe zu verlassen.

Boone hielt Hayden an seiner Brust und genoss das Gefühl ihres Körpers an seinem. Im Gegensatz zu ihm war sie wirklich ein kleines Ding. Ihr Gewicht entsprach einem wenige Monate alten Kalb auf seiner Farm. Ihr würde der Vergleich vermutlich nicht gefallen, aber er stimmte. Er hob sie etwas höher und zuckte zusammen, als sie aufstöhnte.

»Hayden?«

»Ich will auf dem Bodn schwafen.«

»Was, Liebes?« Boone beugte sich zu Hayden, um sie besser hören zu können.

»Der Bodn. Teppich is weich und zauber.«

»Oh Scheiße.« Boones Worte waren bestürzt. Sie klang völlig neben der Spur und konnte die Worte nicht richtig aussprechen. Etwas stimmte ganz und gar nicht. »Hayden, sieh mich an.« Boone veränderte ihre Position in seinen Armen. »Kannst du mich ansehen, Hay?« Als sie ihm in die Augen blickte, konnte Boone erkennen, dass ihre Pupillen geweitet waren. Sie versuchte, mit einer Hand sein Gesicht zu berühren, aber sie fiel nutzlos in ihren Schoß, bevor sie seine Wange erreicht hatte.

»Wo sind die Shweine? Sie sind so nielich. Babyshweine. Ich will Babyshweine sehn.«

Boone öffnete die Beifahrertür seines Wagens und setzte Hayden vorsichtig auf den Sitz. Sofort lehnte sie sich zur Seite und fuhr damit fort, Blödsinn zu plappern, während sie dort lag. Boone nahm sein Telefon zur Hand und schrieb Moose eine SMS, da er wusste, dass seine Sanitäterausbildung ihnen jetzt überaus nützlich wäre.

Ich brauche dich draußen an meinem Wagen. Sofort.

Moose antwortete innerhalb weniger Sekunden. *Bin auf dem Weg.*

Boone beugte sich zu Hayden und setzte sie aufrecht hin. »Komm schon, Hay. Sieh mich an.«

Sie rollte die Augen in seine Richtung. Mit vollkommen klarer Stimme, was beängstigend war, da sie ihre Worte soeben noch gelallt hatte, verkündete sie: »Ich muss kotzen.«

Boone trat schnell zur Seite und half Hayden, sich nach vorn zu beugen. Sie übergab sich auf den Boden neben seinem Wagen, als Moose angelaufen kam.

»Was ist los?«

»Ich glaube, jemand hat ihr etwas ins Getränk getan.«

»Was?«, fragte Moose ungläubig. »Was zur Hölle?«

Hayden schaute zu Moose auf. »Moosch! Deine Hoos is schwaz und dein Hemt auch.«

»Herrgott noch mal. Wie ist das passiert?«, fragte Moose, ohne auf Haydens willkürliches Geplapper einzugehen. Er beugte sich zu ihr, um sie zu begutachten. Während Boone antwortete, hob der Feuerwehrmann jedes ihrer Augenlider an.

»Ich habe keine Ahnung. Es muss das letzte Getränk gewesen sein, das ich ihr gebracht habe. Davor ging es ihr gut.«

Moose sah Boone an. »Sie hat uns erzählt, dass sie Dana in der Toilette begegnet ist. Ich weiß nicht, worüber die beiden gesprochen haben, aber ich würde mein gesamtes Geld verwetten, dass dieses Miststück irgendwas damit zu tun hat.«

Boone ballte die Fäuste, zeigte darüber hinaus aber keine weitere äußerliche Reaktion. »Verdammt. Als ich an der Bar war, ist ein Mädel mit mir zusammengestoßen und wäre beinahe hingefallen. Ich habe unsere Getränke auf den Tresen gestellt, um mich zu vergewissern, dass mit ihr alles in Ordnung ist. Sie war sehr betrunken und dachte, ich würde sie anbaggern. Ich habe die Sache schnell klargestellt, aber es gab einen kurzen Moment, in dem ich unsere Getränke nicht im Auge hatte. Dana war nicht in meiner Nähe, aber sie könnte jemanden dazu überredet haben, etwas in ihr Getränk zu tun, während ich abgelenkt war. *Scheiße.* Was glaubst du, wurde ihr gegeben? Oh Scheiße, pass auf, Moose!«

Hayden beugte sich erneut nach vorn und die Männer konnten in letzter Sekunde ausweichen, bevor sie sich wieder übergab. Boone drehte sich zu ihr, packte Haydens Haar und hielt es zurück, während sie spuckte und würgte. Sie stöhnte auf und Boone kniff wütend die Augen zusammen.

»Boo? Mir üst ibel.«

Boone brauchte einen Moment, aber dann wurde ihm klar, dass sie die Anfangsbuchstaben der letzten beiden Worte vertauscht hatte. Er streichelte ihr sanft über den Kopf. »Ich weiß, Hay. Wir werden uns darum kümmern.«

»Wenn ich raten müsste, würde ich vermutlich auf Liquid Ecstasy tippen«, teilte Moose Boone nüchtern mit und nahm sein Telefon zur Hand.

»Dann waren es also keine K.-o.-Tropfen?«, fragte

Boone besorgt und schaute zu seinem Freund, ohne jedoch den Kontakt zu Hayden zu verlieren.

»Ich bezweifele es. Rohypnol wirkt weitaus schneller. Sie hat sich mindestens zwanzig Minuten unterhalten, bevor sie irgendetwas gespürt hat. Außerdem lösen K.-o.-Tropfen beim Opfer für gewöhnlich kein schwallartiges Erbrechen aus, wie es bei ihr der Fall ist. Die Opfer werden normalerweise schneller ohnmächtig … deshalb wird es auch als Vergewaltigungsdroge bezeichnet. Liquid Ecstasy kann dafür sorgen, dass jemand unartikuliert spricht, sich erbricht und manchmal sogar halluziniert. In kleinen Dosen nehmen Personen es ein, um high zu werden, aber in hohen Dosen kann es sehr gefährlich sein.«

»Scheiße.«

»Ja. Sie wird irgendwann ohnmächtig werden und eine Zeit lang bewusstlos sein, und höchstwahrscheinlich wird sie sich an wenig von dem erinnern, was heute Abend passiert ist, wenn überhaupt. In dieser Hinsicht ist Liquid Ecstasy dem Rohypnol sehr ähnlich.« Moose hielt sich das Telefon ans Ohr und Boone konnte hören, wie er mit der Polizei sprach. Er beugte sich erneut hinunter zu Hayden.

»Hay?«

Sie sah zu ihm auf. »Mir ischt übbel«, wiederholte sie elendig, während ihr die Tränen aus den Augen liefen.

Er streichelte ihr mit der Hand über den Kopf. »Ich weiß, Hay«, säuselte er. »Keine Sorge. Ich werde mich um dich kümmern.«

»Wirst du das? Um mich hat sich boch mie wer gekümmert. Ich kon auf michselbs aufpasn.«

Boone verstand sehr gut, was sie meinte ... und es versetzte seinem Herzen einen Stich. »Das weiß ich. Aber heute Abend musst du das nicht, okay?«

»Kay. Hast du Ellie?«

Ihre Worte waren erstaunlich deutlich. »Ellie?«

»Ellie. Mein Elefon.«

»Nein, aber ich werde sie für dich holen.«

»Hause.«

»Ellie ist zu Hause?« Boone war sich nicht sicher, wer oder was Ellie war ... Elefon ergab keinen Sinn. Aber wenn sie Ellie haben wollte, wer oder was auch immer es war, würde er alles tun, um es für sie zu besorgen.

»Ja. Will Hause fahrn.«

Moose legte auf und sagte, die Sanitäter seien zusammen mit der Polizei bereits auf dem Weg.

Boone nickte, ohne von Hayden wegzusehen. »Ich werde dich demnächst nach Hause fahren, okay? Aber zuerst werden die Sanitäter einen Blick auf dich werfen.«

Hayden lehnte den Kopf wieder ans Polster und Boone streichelte ihr mit der Hand seitlich übers Gesicht. Sie schwitzte und atmete schnell, während die Droge sich einen Weg durch ihren Körper bahnte. Oh Gott. Diese verdammte Dana. Es war eine Sache, *ihm* wehzutun, aber jemand anderem zu schaden, weil sie Wahnvorstellungen hatte, dass sie immer noch ein Paar waren? Auf keinen Fall.

»Kay. Boo?«

»Ja, Hay? Ich bin hier.«

»Mag.«

»Mag?« Ihre Worte waren nun schwieriger zu verstehen. »Was magst du?«

»Dich.«

»Ich mag dich auch, Hayden.«

Ihre eindrucksvolle Verkündung wurde von plötzlichem Husten und einem weiteren Schwall Erbrochenem ruiniert, der auf ihrem Schoß und seinem Sitz landete.

Als Boone die Sirenen des Rettungswagens in der Ferne hörte, seufzte er erleichtert auf. Gott sei Dank.

KAPITEL ELF

Hayden rollte sich auf die andere Seite und stöhnte auf. Sie fühlte sich absolut beschissen. Sie hatte keine Ahnung, warum es ihr so schlecht ging. Sie öffnete die Augen und schloss sie schnell wieder. Verdammt, das war vielleicht hell. Hatte sie einen Kater? Sie erinnerte sich nicht.

Dieses Mal öffnete sie die Augen nur einen Spaltbreit und sah sich um.

Was zur Hölle? Wo war sie? Das Zimmer kam ihr irgendwie bekannt vor, aber sie konnte es nicht einordnen. Panisch setzte Hayden sich auf und schaute sich um.

Sie befand sich auf einem großen Doppelbett und war mit einer weichen dunkelgrünen Decke zugedeckt gewesen. Sie schaute an sich herunter und sah, dass sie ein riesiges T-Shirt mit einer Kuhzeichnung trug. Über der Kuh war eine Sprechblase, in der stand: *Denk an Hühner.*

Hayden war verwirrt und das Denken tat ihr fast

schon weh. Sie wusste, dass sie kein T-Shirt besaß wie das, was sie derzeit anhatte. Sie trug keine Hose, hatte aber ihren Slip an. Sie war barfuß und ihr Haar war im Nacken zu einem tief sitzenden Pferdeschwanz zusammengebunden. Sie fühlte sich schmutzig und hatte einen Geschmack im Mund, als sei etwas hineingekrochen und dort verendet.

Hayden schwang die Beine seitlich aus dem Bett und saß einen Moment lang da, während sie versuchte, die Kraft aufzubringen, um aufzustehen und den Ort zu verlassen, an dem sie sich befand – wo auch immer *der Ort* war. Sie schaute nach hinten, wo sie gelegen hatte, und sah Ellie den Elefanten. Sie lehnte sich zurück, nahm ihr wertvolles Kuscheltier und drückte es sich an die Brust.

Oh mein Gott ... was zur Hölle ging hier vor?

Hayden hörte ein Geräusch von der anderen Seite des Zimmers und schaute schnell auf, bereit ... etwas zu tun. Sie hatte keine Ahnung was, aber sie würde nicht herumsitzen und ein Opfer sein.

»Hey, Hay. Wie fühlst du dich?«

Es war Boone. Er lehnte im Türrahmen, die Beine an den Fußgelenken überkreuzt, und sah cool und entspannt aus, aber als Hayden erneut hinschaute, erkannte sie dunkle Ringe unter seinen Augen und die Sorge in seinem Blick, als er sie ansah.

»Verwirrt.«

Boone nickte. »Das habe ich mir schon gedacht. Möchtest du duschen?«

»Hm-hm.«

»Okay, du kannst einfach reinspringen«, sagte Boone zu ihr und deutete auf eine Tür an der Seite. »Ich habe dir etwas zum Anziehen hingelegt und neben dem Waschbecken findest du eine neue Zahnbürste. Wenn du fertig bist, komm in die Küche. Wir werden reden, nachdem du etwas gegessen hast.«

»Ich bin in deinem Haus?« Hayden stellte die Frage, doch ihr wurde plötzlich klar, warum es ihr bekannt vorgekommen war, als sie die Augen geöffnet hatte. Sie erkannte es nun von dem Tag, an dem sie sich hier umgesehen hatte, um Beweise zu finden, dass Dana gelogen hatte.

»Ja.«

Hayden musterte Boone. Er hatte sich nicht bewegt und gab sich große Mühe, dafür zu sorgen, dass sie sich wohlfühlte. Sie war sich nicht sicher, ob es funktionierte, aber sie wusste seine Anstrengungen zu schätzen. Er sah müde und ängstlich aus und war ganz sicher nicht entspannt.

»Hayden?«

Sie schaute auf. »Ja?«

Boone schwieg kurz und fuhr sich mit der Hand durchs Haar, bevor er sie ansah und zurückhaltend fragte: »Würde es dir etwas ausmachen, wenn ich dich in den Arm nehme?«

Hayden konnte bloß mit dem Kopf schütteln. Nein, es machte ihr nichts aus. Eine Umarmung klang wunderbar. Sie *brauchte* Boones Arme, die sie umschlangen.

Er ging auf sie zu und setzte sich neben sie auf die Matratze. Er streckte die Arme aus und zog sie vorsichtig an sich. Hayden schmolz in seiner Umarmung dahin und schlang die Arme um seine Taille. Ellie fiel zu Boden, aber keinem von ihnen schien es aufzufallen.

Boone vergrub sein Gesicht seitlich an ihrem Hals und drückte sie fest an sich. Problemlos legte er die Arme um ihren Rücken und zog sie fest an sich. Keiner von ihnen sagte ein Wort, in Haydens Fall, weil sie derzeit ein riesiger Feigling war. Sie hatte furchtbare Angst herauszufinden, was genau los war.

Endlich löste Boone sich von ihr. Er nahm ihr Gesicht in seine großen Hände und lächelte sie an. »Geh duschen, Hay. Wir sehen uns in der Küche, wenn du fertig bist.«

Er stand auf, bückte sich, um ihren Plüschelefanten aufzuheben, und hielt ihn Hayden hin. Beschämt nahm sie ihn. Boone ignorierte ihre Scham und beugte sich hinunter, um sie auf die Stirn zu küssen. »Lass dir nicht ewig Zeit.«

Hayden blitzte ihn böse an. Bis jetzt war er so nett gewesen. »Ich werde mir nicht ewig Zeit lassen. Meine Güte.«

Boone lächelte sie bloß an und ging rückwärts zur Tür. »Ich werde etwas zu essen machen.«

»Boone?«, rief Hayden, als er aus ihrem Blickfeld verschwunden war. Aus irgendeinem Grund hasste sie es, von ihm getrennt zu sein, und versuchte, sich etwas einfallen zu lassen, um seine Anwesenheit etwas zu verlängern.

Er steckte den Kopf zur Tür hinein, gerade als er sie schließen wollte. »Ja, Hay?«

Hayden ergriff etwas von dem Stoff des T-Shirts, das

sie anhatte, und zog daran, als sie fragte: »Denk an Hühner?«

Sie liebte das erleichterte Lächeln, das sich auf seinem Gesicht ausbreitete. Erleichtert darüber, dass sie einen Witz machen konnte? Sie wusste es nicht. Doch er zuckte bloß mit den Schultern. »Für einen Viehzüchter ist es passend, findest du nicht?«

Hayden nickte und sah zu, wie er die Tür hinter sich schloss. Dann grinste sie. Dieses T-Shirt würde sie ihm auf jeden Fall klauen. Mit zitternden Beinen stand sie auf und ging ins Badezimmer. So hatte sie sich nicht unbedingt vorgestellt, Zeit in Boones wunderbarer Dusche zu verbringen, aber sie würde es so hinnehmen.

Zwanzig Minuten später trat sie heraus, ohne eine bessere Ahnung zu haben, wie sie in Boones Haus gelandet und was am Abend zuvor passiert war. Sie erinnerte sich dunkel daran, dass sie in der Country-und-Western-Kneipe waren, aber das war auch schon fast alles. Es erschreckte sie mehr, dass es bereits vierzehn Uhr war. Sie hätte beinahe einen Herzinfarkt bekommen, als sie auf ihre Armbanduhr sah, die im Badezimmer auf dem Waschtisch lag. Das große schwarze Loch in ihrer Erinnerung war furchterregender, als sich einem bewaffneten Verbrecher zu stellen, der sich unbedingt der Strafverfolgung entziehen will.

In ihrem gesamten Leben hatte sie noch nie Drogen genommen. Sie hatte nie das Bedürfnis gehabt herauszufinden, was angeblich so toll daran war. Sie hatte gesehen, wie Drogen das Leben der Menschen zerstörten, und hatte kein Verlangen, das Zeug überhaupt zu probieren. Es war eine heikle Situation, von der zu viele

Menschen glaubten, sie mit nur einem Schuss, einem Joint kontrollieren zu können. Hayden gefiel es nicht, die Kontrolle über ihre körperlichen und geistigen Fähigkeiten zu verlieren, und war allen bewusstseinsverändernden Substanzen ferngeblieben. Aus diesem Grund konnte sie nicht verstehen, was jetzt vor sich ging.

Außerdem stellte sich die Frage, wie ihr kostbares Kuscheltier in Boones Haus gekommen war und wieso eine ihrer Jeans und ein T-Shirt mit V-Ausschnitt – neben einem sauberen BH und Slip – in Boones Badezimmer auf sie warteten. Hayden hatte in dieser Hinsicht überhaupt kein gutes Gefühl.

Sie verließ das Schlafzimmer, ging den Flur entlang und legte eine Hand auf ihren Magen, als er bei dem Geruch von Speck knurrte. Als sie die Küche betrat, sah sie, wie Boone am Herd stand und in der heißen Pfanne zischende Speckstreifen wendete. Auf einem Teller neben ihm lagen zwei Scheiben Brot, die mit Salat und Tomatenscheiben belegt waren.

»Ein Sandwich mit Speck, Salat und Tomaten, was?«

»Ja. Ist das in Ordnung?«

»Oh ja. Ich liebe Sandwiches mit Speck, Salat und Tomaten. Aber machst du keins für dich?«, fragte Hayden.

»Ich habe schon gegessen.«

Hayden nickte und zog unter dem kleinen Küchentisch einen Stuhl hervor. Sie sah zu, wie Boone den Speck briet und einige Streifen davon auf das Sandwich legte.

»Mayo?«

»Ranch-Dressing, wenn du welches hast.«

Boone nickte und holte das Dressing aus dem Kühlschrank. Er stellte den Teller und die Flasche mit dem Dressing vor ihr auf den Tisch. Dann durchquerte er die Küche erneut, nahm eine Flasche mit kaltem Wasser aus dem Kühlschrank und stellte sie ebenfalls vor ihr ab.

Als Hayden nicht anfing zu essen, sondern ihn lediglich beäugte, sagte er zu ihr: »Los, iss. Dann reden wir.«

»Du weißt schon, dass du mich absolut nervös machst, nicht wahr?«

»Es ist alles in Ordnung, Hay. Vertrau mir. Wir werden uns unterhalten, nachdem du etwas gegessen hast. Ich weiß, dass du Hunger haben musst.«

Hayden schaute ihn noch eine Sekunde länger an, dann nickte sie. Sie schlang das Sandwich herunter und ihr war, als sei es die beste Mahlzeit, die sie je gegessen hatte. Sie trank die Hälfte des Wassers und als Boone ihren leeren Teller zur Spüle brachte, sagte er ihr, sie solle das restliche Wasser mitnehmen und sich aufs Sofa setzen. Er käme sofort nach.

Hayden ging in das andere Zimmer und sah sich ausgiebig um. Selbstverständlich war sie schon einmal in seinem Haus gewesen, aber dieses Mal konnte sie sich Zeit lassen und ihre Neugier befriedigen.

Boones Sofa war aus dunkelbraunem Leder. In der Mitte des Zimmers stand ein Couchtisch und an der Wand hing ein großer Fernseher. An den Wänden hingen zwei gerahmte Bilder, beide zeigten Kühe. Auf den Bücherregalen an der anderen Wand standen weitere gerahmte Fotos, auf denen höchstwahrscheinlich seine Eltern abgebildet waren. Auf einem Foto stand ein junges Paar neben der Scheune auf dem Grundstück von Hatcher Farms. Die beiden hatten die Arme um die Taille des jeweils anderen geschlungen und sahen einander mit so viel Liebe an, dass Hayden es durch das alleinige Betrachten des Bildes beinahe spüren konnte.

Es war schwer zu glauben, dass Boones Vater seine Frau so anschauen und trotzdem zulassen konnte, dass irgendwer in seiner Nähe einen anderen Menschen missbrauchte.

Auf einem anderen Foto stand ein kleiner Junge zwischen dem Paar, vermutlich war es einige Jahre später aufgenommen worden. Er schaute in die Kamera und lächelte mit der Art von ungezwungener Freude, die nur Kinder ausstrahlen, und seine Eltern schauten ihn von oben an und lächelten ebenfalls.

»Setz dich.«

Hayden zuckte überrascht zusammen und war entsetzt über sich selbst, so abgelenkt gewesen zu sein, dass sie Boones Eintreten nicht bemerkt hatte. Das sah ihr ganz und gar nicht ähnlich.

Sie ließ sich auf dem erstaunlich bequemen Sofa nieder und balancierte das Wasser auf ihrem Knie.

»Bitte, Boone. Sag mir, was zum Teufel gestern Abend passiert ist. Wie bin ich hier gelandet? Und haben wir ...?« Hayden sprach den Satz nicht zu Ende, da sie sich dumm vorkam, überhaupt fragen zu müssen.

»Woran erinnerst du dich?«

Hayden hatte Angst, dass er das fragen würde. »Ich erinnere mich daran, dass ich mit dir in der Kneipe war. Deine Freunde waren da ...« Sie konnte jedoch nicht sagen, worüber sie sich unterhalten hatten.

»Erinnerst du dich daran, Dana gesehen zu haben?«

»Dana?« Hayden zog konzentriert die Augenbrauen

zusammen. Dana war dort gewesen? Nein. Nichts. Sie schüttelte den Kopf.

Boone beugte sich nach vorn und stützte sich mit den Ellbogen auf den Knien ab, sah Hayden jedoch weiterhin an. »Anscheinend hattet ihr beide einen Streit, als du zur Toilette gegangen bist.« Als sich in ihren Augen keine Erinnerung zeigte, sprach Boone weiter. »Wir wissen nicht, worüber ihr gesprochen habt. Du hast es nicht erzählt, als du Tommy, Bub und Moose gebeten hast, auf mich aufzupassen.«

Hayden zuckte mit den Schultern und bedeutete ihm mit einer Handgeste, er solle fortfahren. Sie bemerkte, dass er verärgert war, aber sie würde es sofort wieder tun. Sie hatte mit ihnen sprechen wollen, seit er die einstweilige Verfügung beantragt hatte. Wenn sie gestern Abend etwas zu ihnen gesagt hatte, umso besser.

»Anscheinend hatte Dana uns beobachtet und war darüber nicht allzu glücklich. Sie muss jemanden bezahlt haben, dir etwas ins Getränk zu tun. Es tut mir so leid, Hay. Ich habe mich an der Bar ablenken lassen, als ich unsere letzte Runde Getränke besorgt habe, und habe sie aus den Augen gelassen.«

Hayden setzte sich kerzengerade hin und sagte entsetzt: »Das ist nicht deine Schuld, Boone. Ernsthaft? Und wirklich? Dana hat mir etwas ins Getränk getan? Dieses verdammte Miststück!«

Boone musste beinahe lachen. Beinahe. Denn nichts an dem, was ihr zugestoßen war, war komisch. »Ich freue mich, dass du fast wieder die Alte bist.«

»Was haben die Ärzte gesagt? Hat sie mir K.-o.-Tropfen gegeben?«

»Moose und die Ärzte in der Notaufnahme haben gesagt, dass es Liquid Ecstasy war.«

»Notaufnahme? Meine Güte. Ich erinnere mich an nichts davon.« Hayden verzog das Gesicht, denn offenbar wusste sie rein gar nichts von ihrem Krankenhausbesuch.

»Ja.« Boone senkte die Stimme. »Ich habe Moose gebeten, rauszukommen und einen Blick auf dich zu werfen, dann haben wir die Polizei gerufen. Die Rettungssanitäter haben dich untersucht und ins Krankenhaus gefahren. Du hast dich dreimal übergeben, was tatsächlich geholfen hat, die Droge schneller aus deinem Körper zu bekommen, als es sonst der Fall gewesen wäre. Außerdem hast du vollkommen undeutlich gesprochen. Du warst bis etwa drei Uhr heute Nacht in der Notaufnahme. Ich habe dein Handy genommen und gesehen, dass du Mackenzies Nummer eingespeichert hast. Ich habe sie angerufen und Dax kommen lassen. Er war nicht allzu glücklich darüber, dass du unter Drogen gesetzt wurdest. Obwohl es mitten in der Nacht war, sind er und Mackenzie zu dir nach Hause gefahren und haben Anziehsachen für dich geholt. Als du endlich entlassen wurdest und die Ärzte mir versicherten, dass du wieder in Ordnung kommen und die restliche Wirkung der Droge ausschlafen würdest, habe ich dich hiergebracht, dich ins Bett gelegt ... und hier sind wir nun.«

Hayden dachte darüber nach, was Boone ihr erzählt hatte. Es waren sehr viele Informationen und keine davon gefiel ihr besonders gut. »Haben sie Dana gefunden?«

Boone schüttelte den Kopf. »Ja, aber sie sagte, sie hätte keine Ahnung, wovon die Polizisten sprechen. Sie hatte Dutzende Zeugen, die ausgesagt haben, sie hätte sich auf der anderen Seite der Kneipe aufgehalten. Anscheinend war sie einfach zu identifizieren gewesen, weil sie mit jedem Mann getanzt hat, der sie aufgefordert hat, und sich auf der Tanzfläche an ihnen gerieben hat. Und da es keine Beweise gab, dass sie dafür gesorgt hat, dass Drogen in dein Getränk gegeben werden, konnte die Polizei nichts tun.«

»Was ist mit der Person, die mir Drogen ins Getränk getan hat? Konnte sie nicht identifiziert werden?«, fragte Hayden frustriert. »Was ist mit den Kameras in der Kneipe?«

Boone versuchte, sich zu entspannen, denn es gefiel ihm, dass sie wieder die Alte war. Zu sehen, dass ihre Detektivseite zum Vorschien kam, erleichterte und beruhigte ihn dahingehend, dass sie wieder normal werden würde, mehr als alles andere, was sie hätte sagen oder tun können. »Fehlanzeige. Der Besitzer sagte, er hätte Probleme mit stehlendem Kneipenpersonal, deshalb waren sie auf den Alkohol und die Kassen hinter dem Tresen gerichtet, nicht auf die Gäste.«

»Schöner Mist. Selbst wenn die Polizisten jeden Gast in der Kneipe befragt hätten, gäbe es immer noch keine Garantie, dass die Person, die es getan hat, überhaupt noch dort gewesen wäre. Wenn sie klug ist, hat sie sich direkt nach der Tat aus dem Staub gemacht. Es tut mir leid, Boone. Die Person zu schnappen, die Dana angeheuert hat, hätte sehr viel dazu beigetragen, dafür zu sorgen, dass sie strafrechtlich verfolgt wird und sich von dir fernhält.«

Boone nickte zustimmend, war jedoch fasziniert

darüber, dass Hayden anscheinend nur über seine Probleme mit Dana besorgt war und sich nicht dafür interessierte, was die Frau *ihr* angetan hatte.

Hayden schaute zu Boone auf. »Liquid Ecstasy, was? Habe ich irgendwas Seltsames gesagt?« Das leichte Grinsen, das sich auf Boones Gesicht ausbreitete, gefiel ihr nicht. Sie hatte ganz sicher etwas Seltsames gesagt.

Doch er klärte sie nicht auf. Stattdessen nahm sein Gesicht einen angestrengten Ausdruck an und er sagte: »Ich habe mich mehr darüber gesorgt, dass du nicht aufhören konntest, dich zu übergeben.«

»Oh Gott.« Beschämt legte Hayden ihr Gesicht in die Hände. »Das tut mir so leid.«

»Was tut dir leid? Dass du unter Drogen gesetzt wurdest? Dass ich es mir gestattet habe, mich ablenken zu lassen, und dummerweise jemandem die Gelegenheit gegeben habe, Drogen in dein Getränk zu geben? Dass ich eine durchgeknallte Ex-Freundin habe? *Ich* bin derjenige, der dich um Verzeihung bitten sollte.«

»Dann eben danke.«

»Ich frage dich noch mal, wofür?«, fragte Boone und schüttelte ungläubig den Kopf.

»Nun, für alles. Dafür, dass du die Polizei gerufen hast und mit mir im Krankenhaus geblieben bist. Dass du Mackenzie angerufen hast. Mich hierhergebracht hast ... obwohl ich zu Hause auch klargekommen wäre.«

»Ich hätte dich doch nicht in deine Wohnung gebracht und dort zurückgelassen!« Boones Stimme war entsetzt und sogar ein wenig wütend. »Du warst nicht einmal bei Bewusstsein. Ich kann nicht glauben, dass du überhaupt denken könntest, ich würde so etwas tun.«

»Es liegt nur daran, dass ich –«

»Ich weiß, was dieses ›nur‹ ist. Du bist es nicht gewohnt, dass sich irgendwer um dich kümmert. Nun, ich bin hier, um dir zu sagen, dass ich mich um dich kümmern werde, ob es dir passt oder nicht.«

»Ich –«

»Und noch etwas. Es gefällt mir nicht, dass du mir nichts von deinem Aufeinandertreffen mit Dana in der Toilette erzählt hast.«

Er war jetzt in Fahrt und auch wenn es einem Teil von ihr gefiel, dass er sich um sie kümmern wollte, konnte sie die letzte Anschuldigung nicht kritiklos hinnehmen. »Boone, ich erinnere mich nicht daran, sie gesehen zu haben, aber ich hatte vermutlich vor, es dir zu erzählen. Ich würde dir so etwas nicht verheimlichen. Verdammt, du hättest zumindest wissen müssen, dass sie sich dort herumgetrieben hat. Aber ich würde es wahrscheinlich wieder genauso tun. Ich gehe davon aus, dass wir einen netten Abend hatten?« Als er nickte, fuhr sie fort: »Gut. Also, obwohl ich mich nicht erinnern kann, was mich sauer macht, denn ich erinnere mich *sehr wohl* daran, dass du gestern Abend verdammt gut ausgesehen hast und dass es meine erste Verabredung in einer Country-Kneipe war, wollte ich vermutlich dafür sorgen, dass wir uns weiterhin amüsieren, und hatte vorgehabt, es dir zu erzählen, nachdem wir gegangen waren.«

Boone schüttelte den Kopf und seine Wut verpuffte, als sei sie gar nicht erst zum Vorschein getreten. »Du denkst immer nur an die anderen, nicht wahr?« Er stand auf und setzte sich neben Hayden aufs Sofa. Er legte die Hand auf ihr Bein und beugte sich zu ihr. »Ich sehe schon, ich werde dafür sorgen müssen, dass ich dich im Auge behalte, damit du dich um dich selbst kümmerst. Und wenn du das nicht tust, werde ich es für dich tun müssen.«

Hayden beschloss, diese Unterhaltung zu beenden. Er meinte es nicht ernst. Er würde sie schon früh genug satthaben. Für einen fürsorglichen Mann wie ihn war sie viel zu selbstständig. »Mack hat also die Sachen für mich gepackt?«

»Ja.« Er ließ sie das Thema wechseln.

»Wie ist sie in meine Wohnung gekommen?«

»Dax hat mit deinem Vermieter gesprochen.«

»Ah.« Hayden wusste nicht, was sie sonst sagen sollte. Sie war sich sicher, dass ihr Vermieter nicht allzu erfreut gewesen war, mitten in der Nacht aufgeweckt zu werden, aber eine Dienstmarke, ganz besonders die eines Texas Rangers, war in dieser Hinsicht bestimmt eine gute Motivation gewesen.

Boone beugte sich zu ihr und flüsterte ihr ins Ohr: »Und ich muss sagen, ich habe nicht viel darüber nachgedacht, aber wenn ich es getan hätte, hätte ich deine Wohnung gestern Abend auf keinen Fall verlassen. Wir hätten es nicht einmal in diese Kneipe geschafft.«

»Was? Wieso?« Hayden legte den Kopf zur Seite, um Boone mehr Platz zu geben.

Er küsste die empfindliche Haut unter ihrem Ohr. »Mir war nicht klar, dass du unter diesem Oberteil nichts anhattest. Ich habe mit den Händen über deinen Rücken gestreichelt, aber mir ist nicht aufgefallen, dass du keinen BH getragen hast. Ich habe das Gefühl deiner warmen Haut zu sehr genossen. Bis ich es dir in meinem Bett bequem gemacht habe, hatte ich keine Ahnung.«

Hayden atmete hörbar ein und versuchte, von Boone wegzurücken. Er hob eine Hand, legte sie in ihren Nacken und hielt sie mit einer einfachen Bewegung fest. Beide wussten, dass sie seinem Griff innerhalb von einer Sekunde entkommen könnte, doch sie tat es nicht.

»Und um die Frage zu beantworten, die du vorhin nicht vollständig gestellt hast, Hay – nichts ist passiert. Ich würde auf keinen Fall die Situation ausnutzen, wenn du so hilflos bist, wie du es gestern Abend warst. Wenn wir zum ersten Mal miteinander schlafen, wirst du dir vollkommen bewusst darüber sein, was passiert, und voll und ganz mitmachen. Ich will sehen, wie du aus deinen hübschen grünen Augen leidenschaftlich zu mir aufsiehst, und ich will spüren, wie deine Beine sich fester um mich schlingen, wenn ich dich in den Abgrund stoße. Du hast ja keine Ahnung, wie sehr ich mich danach sehne, diese langen, hübschen Beine um meinen Körper zu spüren.«

»Boone.« Haydens Stimme war nur ein Flüstern.

»Als ich dir gestern Abend geholfen habe, dich ins Bett zu bringen, war ich ein Gentleman, aber ich sage dir, Hayden, du bist so verdammt schön. Jeder Zentimeter von dir ist Perfektion. Angefangen bei deinen definierten Bauchmuskeln über deine Brüste in der idealen Größe bis hin zu deinen endlosen Beinen.«

»Äh, danke.«

»Und ich weiß, dass sich hinter Ellie eine Geschichte verbirgt ... und ich möchte sie hören. Ich will alles über dich erfahren.«

»Oh mein Gott. Bitte erschieß mich.« Hayden weigerte sich, ihm in die Augen zu schauen. Wie zur Hölle Mack gewusst hatte, ihren Plüschelefanten in die Tasche legen zu müssen, war ihr ein Rätsel. Aber es war ihr schrecklich peinlich. Welche andere Dreiunddreißigjährige schlief mit einem Kuscheltier?

Boone drehte Haydens Kopf, sodass sie keine andere Wahl hatte, als ihn anzusehen. Er küsste sie kurz, dann sagte er: »Ich weiß, dass es dir unangenehm ist, aber das sollte es nicht sein. Es ist unheimlich niedlich, dass du mit Ellie schläfst. Du bist voller Widersprüche. Nach außen hin knallhart und in deinem Inneren ein entzückendes, kleines Mädchen, das darum bettelt, dass sich jemand um sie kümmert.«

»Ich brauche niemanden, der sich um mich kümmert.«

»Ja, ja.«

»Boone! Ich brauche niemanden. Ich bin eine erwachsene Frau, die zufällig in der Lage ist, jedem in den Arsch zu treten.«

»Bist du bereit, der Polizei gegenüberzutreten?«

Er wechselte das Thema, aber Hayden sah, dass darüber noch nicht das letzte Wort gesprochen war. Auch egal. Solange er nur jetzt nicht mehr darüber sprach. Sie war in der Lage, fast jedem in den Arsch zu treten ... zumindest solange sie nicht völlig unter Drogen stand. Abgesehen davon hatte sie kein Verlangen, sich zusätzlich zu allem anderen auch noch über Ellie zu unterhalten. »Ja, kein Problem.«

»Die Beamten wollten mit dir sprechen, sobald du

aufgewacht bist, aber ich wollte erst dafür sorgen, dass du etwas im Magen hast.«

Hayden war weiterhin erstaunt darüber, dass Boone sich um sie kümmern wollte. Es war ein seltsames Gefühl. Sie nickte. Von ihr war immer erwartet worden, sie solle sich um sich selbst kümmern ... selbst als sie noch ganz klein war. Bis sie sieben oder acht war, hatte ihr Vater dafür gesorgt, dass sie ihre eigene Wäsche machen und sich um sich selbst kümmern konnte. Die Tatsache, dass Boone absichtlich die Polizei ferngehalten hatte, bis sie etwas gegessen hatte, bereitete ihr ein seltsames Gefühl. Es war auf eine gute Art seltsam, aber seltsam war es trotzdem. »Ich bin bereit. Ich muss ebenfalls mit ihnen sprechen. Ich will wissen, was sie herausgefunden haben und welches der nächste Schritt ist, um dafür zu sorgen, dass Dana so etwas nicht noch mal tut.«

»Wunderbar. Ich werde dich zur Wache fahren und dich nach Hause bringen, wenn du fertig bist. Ich erinnere mich, dass du mir erzählt hast, du hättest heute frei, stimmt's?«

Hayden versuchte, sich ihren Dienstplan ins Gedächtnis zu rufen. Sie nickte. »Ja, aber ich muss den Sheriff anrufen und ihm mitteilen, was los ist.«

»Das ist klug.«

Sie grinste ihn an und fühlte sich etwas mehr wie sie selbst. »Das bin ich. Miss Neunmalklug.«

Boone zog Hayden an sich und küsste sie auf die Stirn. »So sehr ich dein Lächeln auch liebe, Hay, ich muss sagen, du hast mir Angst gemacht.«

Hayden rutschte so weit nach hinten, bis sie ihre Stirn an seine Brust lehnen konnte. Es fühlte sich nicht seltsam an … und das machte sie nervös. Sie wollte nichts lieber, als den Rest des Tages zusammengekuschelt mit Boone zu verbringen … wo sie einfach nur Hay sein konnte. Nicht Hayden Yates, die knallharte Polizistin.

»Mach das nicht noch mal«, sagte Boone leise.

Beide wussten, dass sie dahingehend nichts garantieren konnte, da es nicht ihre Schuld gewesen war, trotzdem nickte sie. Sie saßen noch lange dort zusammen und genossen das Gefühl des anderen.

KAPITEL ZWÖLF

Hayden ließ sich aufs Sofa fallen und schloss die Augen. Verdammt, sie war vielleicht müde. Sie hatte soeben eine Zwölfstundenschicht hinter sich gebracht, in der sie zu zwei Verkehrsunfällen – einem mit einem Todesopfer –, zwei Einsätzen wegen Ruhestörung und zwei Einsätzen wegen Trunkenheit in der Öffentlichkeit ausrücken musste. *Und* sie hatte den ganzen Tag ertragen müssen, von Jimmy, Troy und Brandon wegen Boone aufgezogen zu werden. Ihr war alles zu viel.

Sie hatte nicht einmal ihre Ausrüstung abgelegt, als sie nach Hause gekommen war. Sie war direkt zum Sofa gegangen und dort eingeschlafen. Sie döste, als ihr Handy klingelte.

»Hallo?«

»Hayden, hier ist deine Mutter.«

»Oh. Hey, Mom.«

»Ich rufe nur an, um dich daran zu erinnern, dass wir dich morgen Abend bei uns zum Essen erwarten.«

Hayden unterdrückte einen Seufzer. Sie hatte es nicht

vergessen, aber wegen allem anderen, was passiert war, hatte sie es in ihrem Kopf zur Seite geschoben. »Ich weiß, Mom. Ich werde da sein.«

»Gut.«

Hayden redete, bevor sie richtig darüber nachgedacht hatte. »Ich würde gern jemanden mitbringen ... einen Mann ... wenn das in Ordnung ist?«

Es folgte eine schockierte Pause, bevor ihre Mutter antwortete: »Ich werde deinen Vater fragen, aber ja, ich denke, es wird zulässig sein.«

»Danke. Also dann ... gleiche Zeit wie immer?«

»Ja, wir erwarten dich und deinen Freund um neunzehn Uhr.«

»Okay, bis dann.«

»Auf Wiederhören.«

»Tschüss, Mom.«

Hayden schaltete den Bildschirm ihres Handys aus und ließ den Arm aufs Sofa fallen, wobei sie das Telefon weiterhin krampfhaft festhielt. Sie schloss die Augen und versuchte, Energie und Lust aufzubringen, um aufzustehen und sich etwas zu essen zu machen. Zu wissen, dass morgen das monatliche Essen mit ihren Eltern stattfand, machte sie nur noch erschöpfter. Ganz egal, was sie tat, und ganz egal, wie sehr sie sich anstrengte, für ihren Vater war es nie ausreichend. Sie konnte seinen Erwartungen nicht gerecht werden. Seit sie aus dem Leib ihrer Mutter gekommen war, enttäuschte sie ihn.

Ihr Telefon vibrierte in ihrer Hand erneut. Ohne darauf zu schauen, hielt Hayden es sich müde ans Ohr und hob nicht einmal den Kopf vom Rückenpolster des Sofas an.

»Hallo?«

»Hi. Hier ist Boone.«

»Hey. Ist alles in Ordnung?«

»Warum gehst du immer davon aus, dass etwas nicht stimmt, wenn ich anrufe?«

Seine Worte waren unerwartet, aber sie stimmten. »Ich weiß es nicht«, gestand sie mit leicht beschämtem Unterton.

»Ich weiß, wie wir uns begegnet sind, Hay, aber ich kann auf mich selbst aufpassen.«

»Ich weiß, dass du das kannst. Aber seit zwei Wochen haben wir nichts von Dana gehört. Das macht mich verrückt. Ich erwarte ständig, dass sie irgendwas tut ... etwas Großes ... und dass es jeden Tag so weit sein könnte.«

»Und dich unter Drogen zu setzen war nichts Großes?«

»Du weißt, was ich meine.«

»Nein, Hay, das weiß ich tatsächlich nicht.«

Hayden seufzte. Sie senkte die Stimme und schloss die Augen, während sie versuchte zu erklären: »Boone, ich habe so etwas schon einmal gesehen, okay? Der Täter hält sich eine Zeit lang bedeckt, damit sein Opfer sich entspannt und denkt, alles sei wieder in Ordnung. Dann schlägt er zu, wenn es am wenigsten damit rechnet. Manchmal kommt es damit davon, nur erneut verprügelt zu werden. Andere Male muss es ins Krankenhaus eingeliefert werden. Und es gibt auch die Male, bei denen es nicht davonkommt und getötet wird.«

»Sie wird mich nicht töten.« Boones Stimme war fest.

Haydens hingegen war traurig, als sie entgegnete:

»Auch das habe ich schon gehört. Dann musste ich zusehen, wie ein zusammengeschlagener und gebrochener Körper in den Wagen des Gerichtsmediziners geschoben und zur Leichenhalle gebracht wird.«

Einen Moment lang schwieg Boone. Dann überraschte er sie und sagte: »Du bist müde. Hast du gegessen?«

Hayden seufzte. »Ich *bin* müde. Ich hatte einen furchtbaren Tag. Ich bin zu erschöpft, um zu essen. Sobald wir aufgelegt haben und ich die Kraft aufgebracht habe, meinen Hintern vom Sofa zu heben, werde ich ins Bett gehen.«

»Hast du Hunger?«

»Ja, aber ich bin mehr müde als hungrig und mein Bett ruft nach mir.«

»Ich bin in Kürze bei dir.«

»Boone, ernsthaft. Es geht mir gut. Ich werde einfach nur schlafen.«

»Chinesisch oder Pizza?«

»Was?«

»Willst du Chinesisch oder Pizza?«

Hayden hörte an seiner Stimme, dass er sich nicht umstimmen lassen würde. Verdammt, sie stritt nicht mit ihm darüber, weil sie ihn sehen wollte. »Pizza.«

»Peperoni?«

»Auf keinen Fall. Das ist für Weicheier. Ich will die mit Peperoni, Speck, Hackfleisch und Wurst.«

Boone lachte leise und Hayden hätte schwören können, dass sie es zwischen ihren Beinen spürte.

»Eine Frau ganz nach meinem Geschmack. Ich bin in etwa dreißig Minuten bei dir. Ist das für dich ausreichend

Zeit, um runterzukommen, zu duschen und dich umzuziehen, bevor ich eintreffe?«

»Vielleicht.«

»Vielleicht?«

»Ja. Das hängt davon ab, ob mein Hintern mit dem Sofa verbunden ist oder nicht. Ich glaube, meine Knochen sind mit dem Polster verschmolzen.«

Hayden liebte den Klang von Boones Lachen. »Nun, wenn du im Sofa verschwunden bist, wenn ich ankomme, werde ich dich dort rausholen.«

»Danke, Boone.« Haydens Stimme war leise und ernst und sie meinte nicht, dass er ihren geschmolzenen Körper aus dem Polster ziehen würde.

»Mit Vergnügen, Liebes. Zieh dich um und mach es dir bequem. Ich werde schneller mit dem Essen bei dir sein, als dir bewusst ist.«

»Okay. Bis gleich.«

»Bis gleich.«

»Tschüss.«

»Tschüss.«

Zum zweiten Mal an diesem Abend schaltete Hayden den Bildschirm des Handys aus und versuchte, Kraft zum Aufstehen aufzubringen. Nachdem sie beinahe wieder eingenickt wäre, zwang sie sich endlich dazu, sich in Bewegung zu setzen. Sie ging ins Schlafzimmer und zog Waffengürtel, Uniformhose und -hemd, die kugelsichere Weste und schließlich BH und Slip aus und ließ alles wie üblich auf einem Haufen im Schlafzimmer liegen. Sie stakste ins Bad, schaltete das Wasser ein und ließ es warm werden, während sie zur Toilette ging und sich die Zähne putzte.

Unter die heiße Dusche zu treten war himmlisch und Hayden fühlte sich fast wieder normal, als sie fertig war. Sie ging zurück ins Schlafzimmer, zog sich ein übergroßes Schlaf-T-Shirt über den Kopf und eine Hose, die sie als ihre »Fetthose« bezeichnete. Sie bestand aus elastischer Baumwolle und saß locker an ihren Beinen. Nachdem sie ebenfalls weiche Socken angezogen hatte, ging sie zurück durch den Flur, um auf Boone zu warten.

Sie saß an ihrem kleinen Tisch, als es an der Tür läutete. Nachdem sie sich vor dem Öffnen vergewissert hatte, dass es Boone war, lächelte Hayden ihn an. Er stand vor ihrer Tür und hielt zwei große Pizzaschachteln sowie einen Sechserpack des alkoholischen Mischgetränks, das sie mochte, in den Händen.

»Hi. Komm rein.«

Boone lächelte sie an und betrat die Wohnung, während Hayden die Tür hinter ihm schloss.

»Oh Gott, Hayden, du siehst erschöpft aus«, sagte Boone mit sorgenvollem Blick.

»Ich habe dir doch gesagt, dass ich einen furchtbaren Tag hatte.«

»Komm, setz dich. Ich hole die Teller.«

»Scheiß auf Teller. Stell die Schachteln einfach auf den Tisch, wir können mit den Fingern essen.«

Hayden entging das zärtliche Lächeln, das Boone ihr zuwarf, als sie sich zum Wohnzimmer umdrehte und auf den Tisch zusteuerte.

»Wenn ich noch länger warten muss, fange ich vielleicht an, mir die Hand abzunagen, deshalb ist es besser, mich einfach reinhauen zu lassen.«

»Ich will ja nicht, dass du dir wehtust«, sagte Boone und lachte leise.

Hayden liebte es, wie wohl sie sich mit Boone fühlte. Es war in gewisser Weise, wie sie sich in Gegenwart ihrer männlichen Arbeitskollegen fühlte ... nur anders.

Beinahe hätte sie geschnaubt. Selbstverständlich war es nicht so. Sie wollte keinen der Männer auf der Wache anspringen und ihnen die Kleider vom Leib reißen, und genau das wollte sie mit Boone tatsächlich tun. Aber sie ließ ihn das Tempo vorgeben. Auch wenn sie nach außen hin wie eine selbstbewusste, selbstsichere, unabhängige Frau wirkte, die sich für das andere Geschlecht nicht interessierte – sie war bei mehr als nur einer Gelegenheit als Lesbe bezeichnet worden –, war es in Wahrheit jedoch so, dass sie aus Angst vor Zurückweisung ihre sexuellen Gefühle immerzu unterdrückt hatte.

Es war ihr mittlerweile in Fleisch und Blut übergegangen, aber tief im Inneren sehnte sie sich nach einer echten Beziehung, genau wie jede andere Frau auch. Der Vibrator in ihrer Nachttischschublade kam sehr häufig zum Einsatz, doch das hätte sie niemals zugegeben.

Hayden sah zu, wie Boone die Pizzaschachteln auf den Tisch legte und den Verschluss von einem der Getränke abdrehte, bevor er es vor sie hinstellte. Die restlichen Flaschen brachte er in die Küche und stellte sie in den Kühlschrank. Er nahm für sich eine Flasche Wasser heraus und kam zurück an den Tisch. Als er sich setzte, sagte er: »Los, hau rein. Ich dachte, du hättest Hunger.«

Hayden konzentrierte sich auf das Essen und tat, wozu er sie aufgefordert hatte. Sie nahm ein Stück Pizza, das mit so viel Wurst, Speck, Hackfleisch, Peperoni und

Käse belegt war, um ein kleines Drittweltland zu ernähren, und biss hinein.

»Mmmmm«, stöhnte sie. »Oh Gott, das schmeckt so gut.« Sie sah Boone von der Seite an. Er war mit seinem Pizzastück auf halbem Weg zum Mund erstarrt und schaute sie einfach nur an. »Was ist?«

»Äh, nichts.« Er rutschte nervös auf seinem Stuhl herum.

Hayden zuckte mit den Schultern und fuhr damit fort, ihre Pizza zu verspeisen. Sie wusste, dass sie das Abendessen bei ihren Eltern ansprechen musste. Sie hatte ihrer Mutter gesagt, sie würde jemanden mitbringen, und sollte tatsächlich besser jemanden an ihrer Seite haben, wenn sie morgen Abend dort hinfuhr, sonst würde es kein gutes Ende nehmen. Aber jetzt, da sie mit Boone zusammensaß, wusste sie nicht genau, wie sie das Gespräch beginnen sollte.

Endlich lehnte Hayden sich auf dem Stuhl zurück und stöhnte. »*Warum* stopfe ich mich immer so voll, wenn wir zusammen essen?«

»Weil du mit dem Essen immer zu lange wartest und dann verhungert bist?«

Hayden blitzte Boone an. »Das war eine rhetorische Frage, Boone.«

Er lachte und tätschelte ihr Knie. »Los, du bist ja völlig fertig. Trink aus und geh schlafen.«

»Aber du bist doch gerade erst angekommen.«

»Ja, und ich habe dir Essen mitgebracht. Du brauchst mich nicht zu bespaßen, Hay.«

»Aber ich möchte es.«

Boone lächelte strahlend. »Und ich weiß das zu schätzen, aber du bist erschöpft. Du wirst mich noch andere Male bespaßen können. Komm mit.«

Das war auf einer langen Liste von Dingen eine weitere Sache, die ihn ihr noch sympathischer machte. Er hatte sein Haus verlassen, ihr Essen besorgt und sich einen Arm ausgerissen, um es ihr zu bringen und dafür zu sorgen, dass sie etwas aß. Im Gegenzug erwartete er nichts dafür. Er hatte es getan, weil er wusste, dass sie hungrig war und das Abendessen ausfallen lassen würde. Niemand gab ihr das Gefühl, sie so sehr wertzuschätzen, wie Boone es tat.

Er stand auf, dann hielt er ihr die Hand hin, die Hayden ergriff. Er half ihr beim Aufstehen, und erneut wurde Hayden klar, wie klein sie sich neben ihm fühlte. Er war tatsächlich ein riesiger Mann. Mit eins neunzig überragte er so gut wie jeden, sie eingeschlossen.

»Können wir uns kurz unterhalten, bevor du gehst?«, platzte sie heraus.

Sie standen neben dem Küchentisch und Boone hielt immer noch ihre Hand fest. Er musterte sie kurz, dann nickte er. »Natürlich.«

Sie gingen zum Sofa, Hayden setzte sich und Boone machte es sich neben ihr bequem. Bevor sie verstand, was passierte, hatte er sie so gedreht, dass ihre Füße auf seinem Schoß ruhten und sie mit dem Rücken auf dem Sofapolster lag. Sie versuchte, sich aufzusetzen, aber er drückte sie sanft wieder nach unten. »Entspann dich, Hay. Lass mich das machen.«

Hayden legte sich wieder hin und stöhnte, als Boone anfing, ihre Füße zu massieren. »Großer Gott, ich hatte ja keine Ahnung, dass es sich so gut anfühlen würde. Gibt es eigentlich irgendwas, was du nicht kannst?«

Sie hatte nicht beabsichtigt, dass er diese Frage hörte, aber er antwortete trotzdem. »Ich kann nicht glauben, dass du noch niemals eine Fußmassage hattest. Es ist mir ein Vergnügen, dein Erster zu sein.« Seine Stimme war leise und hatte einen neckenden Unterton, doch der Blick aus seinen Augen war glühend heiß. »Und um deine Frage zu beantworten, ich kann sehr vieles, aber mich erfolgreich von Dana zu trennen gehört nicht dazu.«

Hayden kicherte, obwohl es eigentlich nicht lustig war. Sie lag auf dem Sofa und genoss es, einen Moment lang abzuschalten und sich geborgen zu fühlen. Nur einen Moment, dann würde sie wieder Super-Hayden sein. Endlich, ohne ihn anzusehen, rückte sie damit heraus, was sie ihn fragen musste. »Jeden Monat fahre ich zum Abendessen zum Haus meiner Eltern. Das wird von mir erwartet. Ich weiß, wir kennen uns noch nicht sehr lange ... erst etwa einen Monat ... und es besteht kein Druck, aber ich habe meine Mutter gefragt, ob ich morgen Abend jemanden mitbringen dürfe, und sie hat zugestimmt. Es wird keinen Spaß machen; meine Eltern sind bestenfalls schwierig. Ich verstehe mich nicht wirklich mit meinem Vater und wir müssen auch nicht besonders lange bleiben und ich bin dir danach einen riesigen Gefallen schuldig, aber –«

»Natürlich.«

»Hä?«

»Wenn du mich fragst, ob ich dich zum Abendessen

bei deinen Eltern begleiten will, lautet meine Antwort darauf natürlich. Es würde mich freuen.«

»Oh, okay. Super.« Innerlich seufzte Hayden erleichtert auf. Sie wusste, dass sie die Frage vermasselt hatte, aber zum Glück hatte er trotzdem zugestimmt.

»Und Hayden, wir sind *zusammen*.«

Als er das sagte, öffnete sie die Augen. Boone hatte aufgehört, ihre Füße zu massieren, und hielt sie lediglich sanft in seinen großen Händen. Sie konnte spüren, wie die Wärme seiner Hände in ihre Knochen eindrang und ihre Beine hinaufstieg. Es fühlte sich himmlisch an. »Oh, äh ... sind wir das? Ich wollte nichts voraussetzen, für den Fall, dass wir nur ... befreundet sind.«

Boone lächelte sie mit einem geduldigen Gesichtsausdruck an. »Ja, wir sind zusammen. Und wir sind zwar Freunde, aber ich hoffe, dass wir noch mehr sind. Ich schreibe Frauen, mit denen ich nicht zusammen bin, nicht täglich SMS, um zu hören, wie es ihnen geht. Ich lasse mit der fadenscheinigen Ausrede, Essen vorbeizubringen, auch nicht alles stehen und liegen, wenn ich genau weiß, dass meine Freundin sehr wohl in der Lage ist, sich selbst etwas zu kochen. Ich sitze nicht auf dem Sofa und massiere die Füße einer Frau, wenn ich nicht mit ihr zusammen bin. Und ganz sicher bekomme ich wegen einer Frau, die ich mehr begehre als jede Frau zuvor in meinem Leben, keine Erektion, wenn ich nicht mit ihr zusammen bin.«

»Oh.« Hayden kam sich dumm vor. Ihr Herz klopfte so laut, dass sie glaubte, es würde ihr aus der Brust springen, und zum ersten Mal konnte sie seinen harten Schwanz unter ihren Füßen spüren. Sie hatte keine

Ahnung, wie es ihr bislang nicht aufgefallen war … es sei denn, sie war eine Idiotin. Sie wusste nicht, was sie sagen sollte.

»Komm her, Hay.« Boone zog sie nach oben und Hayden drehte sich um, bis sie sich an ihn kuschelte. Sie legte vorsichtig einen Arm um seinen Bauch und verschränkte den anderen vor sich an seiner harten Flanke.

»Du hattest noch nicht viele Beziehungen, oder?«, fragte Boone zurückhaltend.

Hayden versuchte, reif zu klingen. »Natürlich hatte ich Beziehungen.«

»Dann warst du mit Idioten zusammen.«

Hayden wusste nicht, was sie darauf entgegnen sollte, denn er hatte vermutlich recht.

Boone sprach weiter und streichelte mit einer Hand über ihren Unterarm, der auf seinen Bauchmuskeln ruhte, während er mit der anderen Hand mit ihrem Haar auf dem Rücken spielte. »Ich mag alles an dir, Hay. Dein knallhartes Temperament, deine Freundschaft zu den Männern, mit denen du zusammenarbeitest, die Art und Weise, wie du dich an mich schmiegst, so wie du es gerade tust, wie deine Stimme tiefer wird, wenn dir klar wird, dass ich am Telefon bin, dass du dich von mir umsorgen lässt, obwohl ich weiß, dass du für dich selbst sorgen kannst, dass ich weiß, wann du aufrichtig lächelst und wann du es nur aufsetzt, wie du dir Sorgen um mich machst und Dana für mich in den Arsch treten willst, dass du mit dem niedlichsten Kuscheltier schläfst, das ich je gesehen habe, wie sexy du sowohl in deiner Uniform als auch in diesen kurzen Shorts aussiehst und sogar in dem, was du gerade trägst. Ernsthaft, ich finde, du bist voller Widersprüche und jedes Mal, wenn ich mit dir zusammen bin, bekomme ich einen besseren Einblick in das, was dich zu dem Menschen macht, der du bist. Und mir gefällt, was ich sehe, Hayden.«

»Ich mag dich auch, Boone«, entgegnete Hayden, die nicht wusste, was sie mit dem anfangen sollte, was er ihr soeben gesagt hatte.

Er lachte leise, als ihm klar wurde, dass sie nicht auf seine Worte eingehen würde ... in keiner Weise. »Und genau das ist ebenfalls der Grund, warum wir zusammen sind. Du spielst keine Spielchen mit mir. Du bist nicht auf Komplimente aus, du sagst, was du denkst, du redest nicht um den heißen Brei herum. Es ist erfrischend.«

Hayden schaute zu Boone auf. »Ich bin nicht gut im Bett, Boone.«

»Was?«

»Bett. Ich bin nicht gut darin. Ich habe Angst, dich zu enttäuschen. Ich glaube, ich besitze keine weiblichen Gene, die dafür sorgen, dass ich problemlos zum Höhepunkt komme. Keiner der Kerle, mit denen ich zusammen war, war davon beeindruckt. Ich kann nicht –«

»Pssst.« Boone legte den Finger auf ihre Lippen. »Noch mal, wir haben bereits festgestellt, dass du mit Idioten zusammen warst.«

»Boone, wirklich«, murmelte Hayden an seinem Finger und schob ihn mit der Hand zur Seite, um ihn erneut zu warnen. »Es gefällt dir doch, dass ich dir sage, was ich denke, und genau das versuche ich gerade zu tun. Es macht mir keinen Spaß, einem Mann einen zu blasen. Es schmeckt komisch und ich muss viel zu schnell würgen. Ich mag es nicht einmal besonders, wenn Männer *mich* oral befriedigen. Es ist mir unangenehm und weil ich nicht weiß, was ich machen soll, liege ich normalerweise einfach nur da. Mir wurde bereits gesagt, ich sei wie ein schlaffer Fisch ...« Peinlich berührt verstummte sie. »Ich dachte nur, das solltest du wissen.«

Boone sagte nichts, sondern legte einen Finger unter ihr Kinn und hob ihren Kopf. »Mach die Augen zu, Hay.«

Als sie ihn weiter anstarrte, lachte er leise und wiederholte: »Mach die Augen zu.«

Sie tat es und hielt den Atem an. Als nach einigen Sekunden nichts passierte, öffnete sie die Augen und sah, dass Boones Lippen nur wenige Millimeter von ihren entfernt waren. »Boone?«

»Mach die Augen zu und halte sie geschlossen. Ich bin genau hier. Ich gehe nicht weg.«

Hayden war verwirrt, tat aber, was Boone von ihr verlangte. Sie presste ihre Augenlider fest zusammen, atmete tief durch und vertraute ihm. Sie spürte seinen Finger unter ihrem Kinn und seinen warmen Atem an ihrem Gesicht.

Boone wartete, bis Haydens Atem gleichmäßig geworden war, und spürte, wie ihre Muskeln sich an ihm entspannten, dann nahm er sich Zeit, sie zu betrachten. Sie würde niemals ein Aushängeschild für Weiblichkeit sein, aber wenn ihre harte Schale aufbrach, war sie unwiderstehlich. Jedes Mal wenn er etwas für sie tat, schmolz sie dahin. Es war offensichtlich, dass noch nie jemand etwas aus dem einfachen Grund für sie getan hatte, weil er es wollte ... Boone war unheimlich begeistert, der Erste zu sein. Es wurde schnell zu seiner Lebensaufgabe, dafür zu sorgen, dass Hayden wusste, wie sehr er sie wertschätzte und es genoss, Sachen für sie zu tun ... einfach nur, weil es ihm möglich war. Das schloss ihre Sexualität mit ein. Er würde sich im Schlafzimmer und außerhalb davon um sie kümmern.

Boone machte sich um Haydens Sinnlichkeit absolut keine Sorgen. Sie hatten eine unfassbar gute Verbindung zueinander und Boone verspürte ein größeres Verlangen nach ihr als nach jeder anderen Frau, der er je begegnet war. Er hatte keinen Zweifel, dass es fantastisch wäre, wenn sie miteinander schlafen würden.

Mit dem Männerjob, den sie ausübte, und der Kleidung, die sie meistens trug, Kleidung, die ihren Körper vor der Welt verbarg, war Hayden die interessanteste Frau, die er je getroffen hatte. Sie hatte keine Ahnung, wie anziehend sie war und wie sehr er sich um sie kümmern wollte, ob es ihr nun bewusst war, dass man sich um sie kümmerte, oder nicht.

Er beugte sich zu ihr und fuhr sanft mit den Lippen über ihr linkes Auge, dann über ihr rechtes. Er hörte nicht auf, als sie hörbar einatmete und sich mit den Fingern in sein T-Shirt krallte. Er hob den Arm, der hinter ihrem Rücken war, bis er über ihre Schultern hing, dann bewegte er sich so lange, bis sie ihm noch näher war. Als Nächstes küsste er ihre Nasenspitze und widmete sich dann ihrer Wange. Er küsste ihren Wangenknochen, bevor er zu ihrem Ohr überging. Boone legte seine freie Hand seitlich an ihren Hals und liebte es, wie sie scheinbar perfekt in seinen Griff passte.

Er fuhr mit der Zunge sanft über ihr Ohrläppchen, verweilte jedoch nie lange an einer Stelle und versuchte, jeden Teil von ihr zu verehren. Er saugte ihr Ohrläppchen kurz in den Mund, bevor er weitermachte. Er widmete sich ihrem Kopf, den er noch weiter nach hinten bog, damit er mehr Platz hatte. Er strich ihr das Haar von der Schulter und blies an ihren Hals, als er sich nach unten vorarbeitete.

Er lächelte über die Gänsehaut, die sich auf ihrer Haut bildete, hörte jedoch nicht auf. Boone leckte über die Haut hinter ihrem Ohr und freute sich über das leise Stöhnen, das ihrem Mund entwich.

»Boone ...«

»Pssssst«, murmelte er, als er weitermachte. Er widmete sich erneut ihrem Gesicht und streichelte mit dem Daumen über ihre Unterlippe, während er sprach. »Du bist wunderschön, Hayden. Ich kann den Puls an deinem Hals schlagen sehen, dein Atem geht schneller und die Gänsehaut an deinem Körper hat dich ebenfalls verraten. Du bist sinnlicher als jede andere Frau, die ich kenne. Ich nehme an, dass die Arschlöcher, mit denen du zusammen warst, einfach auf dich raufgeklettert sind und angefangen haben zuzustoßen. Und ich wette, sie haben nur einen flüchtigen Versuch gestartet, dich zu lecken, und du hast es bemerkt. Aus diesem Grund war es selbstverständlich nicht gut für dich ... und sie haben dir die Schuld gegeben.« Boone erzeugte tief in seiner Kehle einen angewiderten Laut.

»Wenn wir miteinander ins Bett gehen, werde ich mir Zeit lassen und jeden Zentimeter von dir verehren. Deine Zehen. Deine Knie, deinen Bauchnabel, deine wundervollen Brüste ... es wird keine Stelle an deinem Körper geben, die ich nicht gestreichelt, geleckt oder geküsst habe ... und das alles, bevor wir miteinander schlafen. Hayden, es liegt in der Verantwortung eines Mannes, dafür zu sorgen, dass seine Frau bereit für ihn ist. Dass sie ihn mehr will als ihren nächsten Atemzug. Wir werden es langsam angehen lassen. Wir werden nur das tun, was sich für uns beide richtig anfühlt. Aber ich habe nicht den geringsten Zweifel, dass du alles andere als ein schlaffer Fisch sein wirst, Liebes.«

Ohne ihr die Gelegenheit zum Antworten zu geben, drückte Boone seine Lippen auf ihre ... endlich. Er leckte erst über ihre Unter-, dann über die Oberlippe. Als sie sich für ihn öffnete, versiegelte er ihre Münder miteinander. Sie leckten und erforschten, während ihre Zungen sich miteinander duellierten. Hayden mochte fügsam gewesen sein, als er geredet hatte, doch jetzt war sie alles andere als fügsam. Mit den Händen krallte sie sich noch fester in sein T-Shirt und versuchte, ihn näher an sich zu ziehen.

Boone veränderte die Position und zog sie auf seinen Schoß, sodass sie rittlings auf ihm saß. Sie löste den Mund von ihm und sah ihn an, dann beugte sie sich langsam nach vorn, bis ihre Lippen sich erneut berührten. Boone nahm ihr Gesicht in beide Hände und hielt sie so fest, wie er es wollte. Er spürte, wie Hayden die Arme um ihn schlang. Eine Hand ruhte auf seinem oberen Rücken und mit der anderen hielt sie ihn im Nacken fest.

Sie wandten sich in der Umarmung des anderen, bis er an nichts anderes denken konnte als an ihren Geschmack, ihre Lippen und wie gut sie sich in seinen Armen anfühlte. Boones Schwanz war steinhart und er stöhnte, als Hayden sich an ihm rieb. Selbst durch seine und ihre Hose hindurch ritt sie seinen Schwanz. Es war das Erregendste, was er jemals erlebt hatte. Sie waren beide vollständig bekleidet, aber er stand noch nie so kurz davor zu kommen, wie er es jetzt tat … allein durch die Reibung ihrer wilden Bewegungen auf ihm. Vermutlich war es nur seine Fantasie, aber Boone schwor, dass er ihre Hitze durch seine Jeans und ihre Jogginghose spüren konnte.

Schließlich versuchte er, den Mund von ihr zu lösen, da er wusste, dass er sich zurückziehen musste, weil er sie sonst aufs Sofa werfen, ihr die Hose runterreißen und sie an Ort und Stelle vernaschen würde – was er bei ihrem ersten Mal nicht tun wollte. Boone wollte das, was er ihr eben gesagt hatte. Wenn sie das erste Mal miteinander schliefen, wollte er ihren Körper verehren, nicht seinen Schwanz tief in sie hineinschieben, während sie beide halb angezogen auf dem Sofa lagen.

Boone versuchte, den Kuss zu unterbrechen, aber Hayden ließ das nicht zu. Sie packte ihn fester im Nacken und weigerte sich, seinen Mund aufzugeben. Er lächelte und verstärkte den Griff an ihrem Gesicht. Endlich gelang es ihm, die Lippen von ihren zu lösen, doch er lehnte sich nur einen Zentimeter zurück.

»Einfach verdammt großartig, Hay.«

»Mmmmmm.«

Sein Lächeln wurde breiter. »Mach die Augen auf.«

Sie öffnete sie und Boone sah, dass ihr Blick benommen und lusterfüllt war … aber er erkannte ebenfalls die Erschöpfung, die sie den ganzen Abend versucht hatte, vor ihm zu verbergen.

»Um wie viel Uhr müssen wir morgen Abend dort sein?«

Hayden versuchte, sich zusammenzureißen. Sie hatte noch nie so etwas empfunden wie das, was sie gerade in Boones Armen gefühlt hatte. Sie konnte seine harte Erektion unter sich spüren und rutschte auf seinem Schoß hin und her, wollte ihm näher sein, ihre Klitoris an seinem steifen Schwanz reiben, bis sie kam. Sie lehnte sich zurück, schaute zwischen Boone und sich nach unten und stöhnte. Oh Gott, sein Schwanz war riesig. Sie sah den Umriss seiner Erektion durch seine Hose zwischen ihren Beinen. Wären sie nackt, hätte sie sich nur einige Zentimeter aufrichten müssen und –

»Hay. Um wie viel Uhr?«

Sie schaute zu Boone auf und errötete. »Oh. Äh. Neunzehn Uhr.«

»Soll ich dich um achtzehn Uhr dreißig abholen? Haben wir damit genügend Zeit, um pünktlich dort anzukommen? Ich weiß nicht, wo deine Eltern wohnen.«

Eine Unterhaltung über ihre Eltern reichte aus, um sie von ihrem glücklichen Ort zu verscheuchen, an dem nur Boone und sie existierten. Sie seufzte und antwortete: »Ja, das passt.« Sie machte die Arme von Boone los und legte sie unbeholfen auf seine Schultern. Jetzt, da sie sich nicht mehr küssten, fühlte sie sich unwohl.

»Hey, sieh mich an.«

Hayden schaute Boone in die Augen und biss sich nervös auf die Lippe.

»Es braucht dir nicht peinlich zu sein. Wir sind zusammen. Wir dürfen auf dem Sofa rumknutschen«, scherzte er unbeschwert.

Immer noch unbehaglich, lächelte Hayden, versuchte jedoch, es zu verbergen. »Ja.«

»Los, es wird Zeit, dass ich gehe, und du musst jetzt schlafen.«

Hayden nickte, denn sie war tatsächlich müde … und sie musste etwas Zeit ohne Boone verbringen, um zu verarbeiten, was soeben passiert war. Unbeholfen schwang sie ihr Bein über seinen Schoß und stand mit zitternden Knien auf. Boone erhob sich und ergriff ihre Hand. Die beiden gingen zur Wohnungstür, wo er anhielt, bevor er sie öffnete.

»Wie sieht dein Dienstplan für nächste Woche aus?«

Hayden versuchte, nicht mehr an Boones Küsse und die Hitze zwischen ihren Beinen zu denken und sich stattdessen auf ihre Arbeitsschichten zu konzentrieren. »Ich habe morgen frei, dann habe ich drei Tage regulären Achtstundendienst, dann zwei Tage Zwölfstundenschichten. Dann habe ich zwei Tage frei.«

»An einem deiner freien Tage will ich mit dir ausgehen – eine echte Verabredung. Ist dir das recht?«

Hayden schaute Boone an. Es war ihr derzeit ein Rätsel, wieso dieser wundervolle Mann an ihr interessiert war, aber sie würde sich darauf einlassen. »Ja. Das ist mir mehr als recht.«

Boone lächelte. »Keine Spielchen. Ich liebe es.«

»Du weißt bereits, wie sehr ich dich mag. Ich glaube, hier auf meinem Sofa habe ich es noch deutlicher gemacht.« Sie nickte mit dem Kopf dorthin, wo sie soeben noch geknutscht hatten.

»Ich war anwesend, Hay. Ich glaube, ich lasse mir dieses Sofa mit Bronze überziehen.« Er grinste sie an.

»Wir sehen uns morgen um achtzehn Uhr dreißig.« Er beugte sich hinunter und küsste sie, wobei er ihr die Hände ins Kreuz legte, um ihr Halt zu geben, als sie sich auf Zehenspitzen stellte, um ihn besser erreichen zu können.

»Schlaf gut, Liebes.«

»Fahr vorsichtig. Schreibst du mir, wenn du zu Hause bist?«

»Ich will dich nicht aufwecken.«

»Ich schlafe wie ein Stein. Ich werde deine SMS hören und sofort wieder einschlafen, versprochen.«

»Also gut. Werde ich. Schließ hinter mir ab.«

»Immer.«

Boone küsste sie noch einmal, trat einen Schritt zurück und wartete, bis sie ihr Gleichgewicht wiedererlangt hatte. »Tschüss.«

»Tschüss.«

Hayden schloss die Tür hinter Boone und verriegelte sie, dann lehnte sie sich schwer dagegen. »Wow«, flüsterte sie in den leeren Flur. Sie ging zum Tisch, nahm die Pizzareste und stellte sie in den Kühlschrank. Morgen hätte sie Frühstück *und* Mittagessen. Großartig.

Sie ging ins Schlafzimmer und nahm ihren Vibrator, als sie ins Bett kletterte. Sie glaubte, sie würde nicht lange brauchen, um zum Orgasmus zu kommen, nicht, wenn sie Boones harten Schwanz immer noch zwischen den Beinen spüren konnte, als sie sich auf dem Sofa an ihm gerieben hatte. Und sie hatte recht, innerhalb von Minuten zitterte und bebte sie, als sie kam, und stöhnte Boones Namen. Befriedigt, erschöpft und mit einem Gefühl der Zufriedenheit, das sie schon sehr lange nicht mehr gehabt hatte, kuschelte Hayden sich mit Ellie im Arm ins Bett und schloss die Augen. Sie wusste, dass sie so gut schlafen würde wie schon seit Ewigkeiten nicht mehr und dass selbst der bevorstehende Besuch zu Hause ihren Schlaf heute Nacht nicht unterbrechen würde.

Zwanzig Minuten später hörte Hayden verschlafen, wie ihr Handy den Benachrichtigungston einer SMS von sich gab. Sie nahm es zur Hand und lächelte über Boones Nachricht.

Zu Hause. Schlaf weiter.

Sie tippte auf den Bildschirm und gab eine Antwort ein.

Gut. Bis morgen.

Dann legte sie das Handy beiseite, vergrub das Gesicht in Ellies Plüsch und war innerhalb von Sekunden wieder eingeschlafen.

KAPITEL DREIZEHN

Während Hayden auf Boone wartete, ging sie nervös im Wohnzimmer auf und ab. Das war eine schlechte Idee. Eine ganz schlechte Idee. Was hatte sie sich nur dabei gedacht, ihn zum Abendessen bei ihren Eltern mitzunehmen? Das war vorübergehende Unzurechnungsfähigkeit, ausgelöst durch einen wirklich beschissenen Tag.

Sie hatte am Vormittag ausgeschlafen, war aufgestanden und hatte einige Erledigungen gemacht … war einkaufen gegangen, zur Reinigung und dann zurück nach Hause, um Wäsche zu waschen und Mittag zu essen. Sie hatte Mack geschrieben, nur um sich bei ihr zu melden, und es gefiel ihr, dass sie sich seit dem Abend, an dem Mack und Dax zu ihr gefahren waren, um ihre Sachen zu holen, nachdem Dana sie unter Drogen gesetzt hatte, immer weiter annäherten.

Jetzt war sie umgezogen und versuchte, eine Ausrede zu erfinden, damit Boone sie nicht begleitete – eine, die er ihr abkaufen und der er zustimmen würde.

Als ihre Türklingel ertönte, schaute Hayden durch

den Spion und öffnete die Tür. Draußen stand Boone und sah zum Anbeißen aus.

»Hey.«

Boone trat ein, schloss die Tür hinter sich und nahm Haydens Gesicht in seine großen Hände. »Du siehst aufgeregt aus.«

»Weil ich aufgeregt *bin*.«

Wie üblich war Hayden ehrlich zu ihm. Während er sie festhielt, hatte sie ihn an den Handgelenken gepackt. Boone spürte, wie ihre kurzen Fingernägel sich in seine Haut bohrten. »Möchtest du doch nicht, dass ich mitkomme?«

Hayden seufzte und schloss die Augen. »Nein, aber nicht weil ich der Meinung bin, sie könnten dich nicht mögen. Sie werden dich lieben. Ernsthaft. Aber es ist mir peinlich, dass du siehst, welches Verhältnis wir zueinander haben.«

Boone betrachtete Hayden, die in seinen Händen zitterte. Er hätte nicht gedacht, dass er ihre Eltern schon so früh in ihrer Beziehung treffen würde, aber er freute sich über die Gelegenheit, sie besser kennenzulernen, indem er ihre Eltern kennenlernte. Obwohl Hayden hübsch war, spielte sie ihre weibliche Seite vollkommen herunter, ganz besonders in der Öffentlichkeit. Teil davon war ihr Beruf, aber er kannte auch andere Frauen, die in typischen Männerberufen tätig waren und anscheinend nicht so viele Probleme damit hatten, wie es bei Hayden der Fall war. Vielleicht hatte es etwas damit zu tun, wie sie aufgewachsen war, und ihre Eltern kennenzulernen könnte ihm eventuell einen kleinen Einblick in ihre Psyche gewähren.

Boone wollte es verstehen. Er wollte *sie* verstehen. »Euer Verhältnis könnte mir nicht egaler sein, mich interessiert nur, wie es sich auf dich auswirkt.«

Hayden seufzte und lehnte sich an ihn. Sie schlang die Arme um ihn, legte die Wange an seine Brust und drückte sich fest an ihn. »Ich weiß, ich verhalte mich wegen dieser Sache wie ein Baby. Aber ich will, dass du weiterhin mit mir zusammen sein *willst*, und ich habe Angst, dass es dich abschrecken wird.«

Boone behielt die Arme um Hayden und genoss es, dass sie sich ihm annäherte und es ihm gestattete, ihr den Trost seiner Umarmung zu schenken. »Hayden, es wird mich nicht abschrecken. Wir sind erwachsen. Ich will zwar, dass deine Eltern mich mögen, aber ich will es *deinetwegen*. Aber wenn sie es nicht tun, ist es mir scheißegal. Es hat keinen Einfluss darauf, was ich für dich empfinde, und ich hoffe, dass es auch keinen Einfluss darauf hat, was du für mich empfindest. Nun, ich dachte, du seist fertig. Zieh dich um, und dann fahren wir los. Was auch immer passiert, passiert eben. Es wird uns weder auf die eine noch die andere Weise beeinflussen, okay?«

Hayden zog sich zurück und schaute zu Boone auf, bevor sie unsicher an sich herunterblickte. »Aber ich *bin* schon umgezogen.«

Boone sah Hayden an. Sie hatte ihr Haar streng nach hinten zu einem festen Dutt im Nacken frisiert, aus dem keine einzige lose Haarsträhne hing. Sie trug ein Polohemd, das etwa eine Nummer zu groß für sie war und ihre leichten Kurven völlig versteckte, eine schwarze Jeans und Cowboystiefel. Sie sah ungefähr so aus, wie sie ausgesehen hatte, als sie mit ihren Arbeitskollegen ausgegangen war, und definitiv nicht, wie sie es getan hatte, als sie im *Cow Town* gewesen waren. Männlich und nicht wie die hübsche Frau, als die er sie kannte.

»Sehe ich nicht okay aus?«, fragte Hayden und zog besorgt die Augenbrauen zusammen.

»Du siehst gut aus«, beruhigte Boone sie. »Ich dachte nur, du würdest dich etwas schicker anziehen.«

»Um meine Eltern zu besuchen?« Sie klang entsetzt, dann seufzte sie. »Boone, mein Vater ... er erwartet von mir, dass ich so aussehe. Er –«

»Komm, bringen wir es hinter uns«, unterbrach Boone sie. Er wollte wirklich nicht hören, was ihr Vater wollte. Was auch immer es war, wäre völliger Blödsinn, ganz besonders wenn er von seiner Tochter erwartete, sich wie ein Mann zu kleiden. »Es ist wie ein Pflaster, Hay. Es ist besser, es schnell abzureißen. Du bist deswegen ja vollkommen durcheinander. Wir werden dorthin fahren, essen und danach hierher zurückkommen und wieder auf deinem Sofa rumknutschen, um dich von dem Besuch abzulenken.«

Boone war erleichtert, als er das Lächeln sah, das sich auf Haydens Gesicht ausbreitete. Beinahe hätte er es vermasselt. Er hatte keine Ahnung, wieso sie wie ein Junge aussehen wollte, wenn sie ihre Eltern besuchte ... verdammt, sie beide waren beinahe gleich angezogen. Wenn sie wollte, könnte sie als seine Farmhelferin durchgehen.

Sie nahm ihr Handy und steckte ihren Ausweis und einige Geldscheine in ihre Gesäßtasche, da sie sich nicht die Mühe machte, eine Tasche mitzunehmen, bevor die beiden die Wohnung verließen. Sie steckte den Schlüssel ein und Boone hielt ihr die Tür auf, als sie in seinen Wagen stieg. Er schloss die Tür für sie und hoffte, weitere Antworten darauf zu bekommen, warum Hayden sich heute Abend so seltsam verhielt.

Boone biss die Zähne zusammen und unterdrückte die vernichtende Antwort, die ihm auf der Zunge lag. Er hatte sich auf den Abend gefreut und darauf, Haydens Eltern kennenzulernen, aber das hier war die reinste Qual.

Sobald Mr. und Mrs. Yates ihn erblickt hatten, hatten sie ihre Tochter praktisch ignoriert.

»Ihnen gehört eine Rinderfarm? Wie überaus texanisch von Ihnen.«

»Haben Sie in der Schule Football gespielt?«

»Ich wette, Sie sind bei den Damen sehr beliebt.«

Und so ging es immer weiter. Es war offensichtlich, dass das Ehepaar weitaus beeindruckter von der Tatsache war, dass er einen Schwanz hatte, als davon, welche *Art* von Mann er war. Verdammt, er hätte ein Serienmörder sein oder Hayden jeden Abend verprügeln können, doch er glaubte nicht, dass es ihre Eltern interessiert hätte. Sie schienen einzig auf sein Geschlecht fokussiert zu sein. Es war seltsam und bereitete ihm ein unbehagliches Gefühl.

Boone hatte zugesehen, wie Haydens Persönlichkeit sich vor seinen Augen verändert hatte. Sie stolzierte beim Gehen, sie nahm die Verhaltensweisen seiner Farmhelfer und der Männer an, mit denen sie zusammenarbeitete, schob sogar die Daumen in ihre Jeanstaschen, reckte das Kinn in die Höhe, wenn ihr Vater ihr eine Frage stellte, und trank ein verdammtes Bier, das ihr Vater ihr, ohne zu fragen, ob sie eins trinken wolle, gereicht hatte, dabei wusste Boone, dass sie das Zeug hasste.

Jetzt saßen sie im Wohnzimmer, im Fernsehen lief ein Spiel der Dallas Cowboys. Ihre Mutter strickte und ihr Vater versuchte, mit ihm über das Spiel zu sprechen.

»Tut mir leid, Mr. Yates, aber ich interessiere mich nicht besonders für Football.«

»Ja, richtig. Ich werde sehen, ob ich ein Rodeo finden kann ... auf irgendeinem der Millionen Kanäle, die wir haben, sollte eins übertragen werden.« Er lachte leise, als er sich dem Fernseher widmete.

»Hey, Dad, ich hatte doch vor Kurzem diesen Wettbewerb«, sagte Hayden plötzlich in die Stille hinein.

»Hmm-hmmm ...«

»Ich habe alle anderen Jungs geschlagen, mit Ausnahme von vielleicht zwei anderen.«

»Du hättest gewinnen sollen. Du warst nie die Beste bei irgendwas. Ganz egal, wie viel du geübt hast, es hat nie ausgereicht. Ich habe dir immer wieder gesagt – hey, Boone, schauen Sie! Ich habe eins gefunden, und als Nächstes ist das Bullenreiten dran!«

Boone sah Hayden an. Sie biss sich auf die Lippe, hatte den Blick auf ihren Schoß gesenkt und pulte an ihrem Daumennagel herum. Er stieß sie leicht mit dem Knie an. Als sie zu ihm aufsah, lächelte er sie an.

Ihr Lächeln war schwach, ohne ein erkennbares Grübchen, aber sie erwiderte es. Boone ertrug ihren

Gesichtsausdruck nicht länger. »Mr. Yates, Hayden hat mir gesagt, sie würde mich durch das Haus führen, wenn es Ihnen nichts ausmacht.«

»Oh, aber es geht gleich los. Sie brauchen das verdammte Haus nicht zu sehen. Ich verstehe nicht, wieso Hayden Ihnen einen Haufen Zimmer zeigen will. Was für eine Weicheischeiße.« Er deutete auf den Fernseher. »Das Bullenreiten fängt an.«

Boone stand auf und zog Hayden mit sich, ohne ihre Hand loszulassen. »Wir werden nicht lange brauchen.«

Boone wartete nicht, bis der Mann geantwortet hatte. Er zog Hayden hinter sich her und ging einen Flur entlang. »Welches war dein Zimmer?«

Hayden schaute verwirrt zu ihm auf. »Du willst eine Hausführung?«

»Welches Zimmer?« Boones Stimme war unerbittlich.

»Die dritte Tür auf der linken Seite.«

Boone zog Hayden mit sich und öffnete die Tür. Er schloss sie hinter sich und sah sich rasch um, ohne allzu überrascht über das zu sein, was er erblickte.

Eine dunkelblaue Tagesdecke, Einzelbett, ein Schreibtisch in der Ecke, ein leeres Bücherregal – aber die Poster an der Wand erstaunten ihn tatsächlich.

Boone ließ Haydens Hand los und trat an die Wand heran. Auf einem der Poster waren vier Reihen verschiedener Handfeuerwaffen zu sehen. Unter jeder stand eine kurze Beschreibung über das Patronenkaliber und den Hersteller. Er ging zum nächsten. Darauf war die Dallas-Cowboys-Gewinnermannschaft des Super Bowls von neunzehnhundertsechsundneunzig abgebildet.

Es gab einige weitere Poster der Footballmannschaften einer örtlichen Highschool, die offensichtlich aus der Zeit stammten, als sie dort zur Schule ging. Boone sah sich weiter in dem Zimmer um. Hätte er es nicht besser gewusst, hätte er gedacht, dass ein männlicher Teenager hier wohnte.

»Hast du einen Bruder?«

»Nein.«

»Das war wirklich dein Zimmer?«

»Ja.«

»Warum hängen die Poster noch an den Wänden?«

Hayden zuckte mit den Schultern und wurde bockig. »Darum. Ich weiß es nicht. Weil meine Eltern keine Lust hatten, sie abzunehmen? Was soll das, Boone? Willst du mit mir auf meinem Bett rummachen und so tun, als seien wir auf der Highschool, oder was?«

Boone ignorierte ihre abwehrende Haltung und ging auf sie zu. Er hielt auch dann nicht an, als sie vor ihm zurückwich und gegen die Wand neben der Tür stieß. »Sprich mit mir, Hay.«

»Worüber?« Sie versuchte, sich dumm zu stellen.

Boone kaufte es ihr nicht ab. »Darüber, warum deine Eltern dich behandeln, als seist du ein Kerl, obwohl du es offensichtlich nicht bist.«

Sie seufzte und ließ die Schultern hängen. Boone verschränkte die Hände an ihrem Kreuz und drückte sie an sich. Sie sah nicht auf, legte die Hände aber auf seine Brust, zupfte einen losen Faden von seinem Hemd und antwortete ihm: »Sie wollten einen Jungen. Mom hatte zwei Fehlgeburten, bevor sie mich bekommen hat. Beides waren Jungen. Dad hatte sich so sehr darauf gefreut, einen Sohn zu haben. Als sie mich zur Welt brachte, waren sie sehr enttäuscht, dass ich kein Junge war. Mom wollte es noch einmal versuchen, aber der Arzt riet ihr davon ab. Soweit ich mich erinnern kann, habe ich zu Weihnachten Footballs und Lkws geschenkt bekommen. Jedes Mal wenn ich mir wehtat, wurde mir gesagt, ich solle stark sein und mich zusammenreißen. Ich erinnere mich immer noch an den enttäuschten Blick auf dem Gesicht meines Vaters, als ich ihm mit fünf sagte, ich wolle mit Turnen und Ballett anfangen. Er hat es sofort abgelehnt. Am nächsten Tag hat er mich beim T-Ball angemeldet.«

Sie versuchte, das Thema zu wechseln.

»*Du* bist ihr Traummann, Boone. Groß, attraktiv, ein Cowboy und dir gehört eine Rinderfarm. Dad ist im Paradies. Ich glaube, er hat noch nie in seinem Leben ein Rodeo gesehen, aber plötzlich bist du hier und er kann es kaum erwarten.«

»Hayden –«

Sie ignorierte ihn und fuhr fort, wobei sie beim Sprechen sogar zu ihm aufsah. »Sie sind stolz auf das, was ich tue, Boone. Zumindest glaube ich, dass sie es sind. Dad hört gern meine Geschichten über die Sachen, die bei der Arbeit passieren. Ich bin vielleicht kein Junge, aber er ist zufrieden mit meinem Beruf.«

»Was wolltest du werden, als du jung warst?«

»Was?«

»Du hast gesagt, dass dein Vater zufrieden mit deinem Beruf ist ... aber bist du das auch? Versteh mich nicht falsch. Du bist eine verdammt gute Polizistin. Du bist verdammt gut in deinem Beruf – aber übst du ihn für dich oder für sie aus? Was wolltest du werden, als du jung warst?«

Hayden schaute wieder nach unten. »Du bist viel zu aufmerksam, weißt du das?«

Boone wartete.

Endlich antwortete sie. »Es spielt keine Rolle, was ich werden wollte. Ich werde nicht das aufgeben, worauf ich zehn Jahre meines Lebens hingearbeitet habe. Ich habe den Respekt meiner Kollegen und meiner Familie. Wenn es dir nicht gefällt –«

Boone unterbrach sie. »Du *weißt* sehr gut, dass ich alles an dir mag, aber ich werde aufhören, dich zu nerven. Und hoffentlich weißt du auch, dass ich stolz auf dich bin, Hay. Ich habe es ernst gemeint, als ich sagte, du seist eine verdammt gute Polizistin. Du hast bei unserer ersten Begegnung die Situation mit Dana genau beobachtet, bist kurz durch mein Haus gegangen und hast danach ihre Geschichte entlarvt, als deine Freunde und Kollegen mir Handschellen anlegen und mich wegen häuslicher Gewalt verhaften wollten. Aber Hayden, ich sehe *dich*. Ich sehe die wunderschöne Frau unter der Uniform. Ich sehe an deiner Jeans und den Cowboystiefeln vorbei zu dem Mädchen, das sich darunter verbirgt und nichts lieber täte, als kurze Seidenkleider und hohe Absätze zu tragen.«

»Bei den Absätzen bin ich mir nicht so sicher.«

Boone lächelte sie an und liebte es, dass sie sich zusammenreißen und ihm ein Lächeln schenken konnte.

»Okay, dann vielleicht kleine Absätze.« Boone schob eine Hand hinunter zu der Rundung ihrer Pobacke und zog sie an sich, bis zwischen den beiden kein Platz mehr war. Boone wusste, dass sie seine Erektion an ihrem Bauch spüren konnte, aber es war ihm völlig egal. »Du kannst tragen, was immer du willst, aber ich weiß, dass du unter deinen Klamotten sehr weiblich bist. Fühl doch nur, wie sehr du mich anmachst. Und ja, ein Teil von mir will dich definitiv auf dieses Bett hinter uns werfen und mit dir dort rummachen, nur um deine Eltern zu ärgern. Ich wette, sie mussten sich nie Sorgen darum machen, ob du pünktlich nach Hause kommst oder dass du hier drinnen bei geschlossener Tür mit einem Jungen zusammen bist, was?«

Hayden errötete, wandte den Blick aber nicht von ihm ab. »Nein. Ich hatte auf der Highschool keine festen Freunde. Ich war das seltsame jungenhafte Mädchen.«

Boone neigte den Kopf und wartete darauf, dass Hayden sich ihm entgegenstreckte. In einer vor Lust belegten Stimme sagte er: »Du bist kein seltsames jungenhaftes Mädchen mehr.«

Er vereinnahmte ihre Lippen mit seinen und beide stöhnten auf. Oh Gott, er liebte es, wie sie sich in seinen Armen anfühlte und wie sie bei nur einer Berührung von seiner Zunge an ihrer die Kontrolle verlor. Boone brachte die Hand, die an ihrem Kreuz war, an ihre Vorderseite und legte sie auf ihre Brust. Er drückte zu, während er gleichzeitig an ihrer Lippe knabberte. Sie schnappte nach Luft und er zog sich zurück. Er fuhr damit fort, ihre Brust zu streicheln und kniff ihr durch Hemd und BH in die Brustwarze.

»Boone?«

In diesem einen Wort aus ihrem Mund hörte er alle möglichen Fragen und bekam Mitleid mit ihr. Er ließ ihre

Brustwarze los und legte die Hand über ihre nun erregte Haut. Boone beugte sich zu ihr und schnupperte unter ihrem Ohr. »Was denkst du, wie lange wird dein Vater mich quälen, indem er mich zwingt, das verdammte Rodeo zu sehen, bevor wir von hier verschwinden können?«

Boone liebte das Kichern, das aus Haydens Brust drang, lehnte sich zurück und lächelte sie an. Er brachte die Hand an ihren Nacken und löste die Spange, die ihren ordentlich frisierten Dutt dort zusammenhielt. Er fuhr ihr mit der Hand durchs Haar und freute sich darüber, wie es ihr über Schultern und Rücken fiel. Sie kleidete sich vielleicht wie ein Junge, aber er wollte anfangen, ihren Eltern zu zeigen, dass sie durch und durch eine Frau war.

Die Spange immer noch in der Hand, bewegte er sie zu der kleinen Einbuchtung an ihrem Rücken.

»Vermutlich wird er schon die Adoptionsunterlagen so weit ausgefüllt haben, dass du nur noch unterschreiben musst, wenn wir wieder ins Wohnzimmer gehen«, sagte Hayden nur halb im Scherz.

Boone schüttelte den Kopf. »Es tut mir leid, dass dein Vater nicht sieht, was für eine wunderbare, vollkommene Frau du bist.«

Sie zuckte mit den Schultern. »Ich habe sie immer enttäuscht, ganz besonders meinen Vater. Sie verstehen mich einfach nicht. Ich werde nie das sein, was sie sich im Leben am meisten gewünscht haben – ein Junge. Ich werde ihnen nie besonders nahestehen. Die Art und Weise, wie sie mich aufgezogen haben, hat zu viele Wunden bei mir hinterlassen.«

Boone sagte kein Wort, sondern nahm sie bloß fest in die Arme. »Los, gehen wir zurück und finden wir heraus, ob wir uns aus dem Staub machen können.«

»Hört sich gut an. Boone?«

»Ja, Liebes?«

»Danke, dass du mich heute Abend begleitet hast.«

»Keine Ursache.«

»Es tut mir leid, dass ich deine Eltern nicht kennenlernen werde.«

»Mir auch, Hay. Sie waren weiß Gott nicht perfekt und manchmal habe ich meinen Vater dafür gehasst, dass er Scheuklappen aufhatte, wenn es um Lizzy und seinen besten Freund ging, aber sie hätten dich geliebt ... für den Menschen, der du bist.«

»Danke.«

»Komm jetzt. Wir wollen ja nicht, dass dein Vater die Schrotflinte rausholt«, neckte er.

Hayden lachte wieder. »Er würde dir wahrscheinlich eher ein Kondom reichen und dir viel Spaß wünschen.«

Sie gingen Hand in Hand zurück ins Wohnzimmer. Boone hatte keine Ahnung, warum oder wie Donna und Bob Yates nicht erkennen konnten, was für eine tolle *Tochter* sie hatten, doch es würde seine Meinung über sie nicht im Geringsten ändern. Er wollte sie. In seinem Bett, in ihrem, an der Wand ihres Eingangsbereichs, in seiner Scheune ... er hatte noch nie so lange mit dem Sex gewartet, wenn er mit einer Frau zusammen war, aber er würde so lange warten, wie es nötig war. Hayden war es wert.

KAPITEL VIERZEHN

Alles in allem verging die Woche, nachdem Boone ihre Eltern kennengelernt hatte, relativ schnell. Aber nach ihrer zweiten Zwölfstundenschicht war Hayden nach Hause gekommen und hatte eine tote Katze vor ihrer Tür gefunden. Es gab keine Nachricht und auch sonst nichts, das bewies, dass Dana sie dort hingelegt hatte, aber Hayden hatte so ein Gefühl, dass sie dahintersteckte. Nach außen hin gab es keinen Hinweis darauf, wie die Katze gestorben war, außer, dass ihr Hals seltsam verdreht war. Der einzige Mensch, der Hayden wahrscheinlich ausreichend hassen könnte, um so etwas zu tun, war Dana.

Sie hatte die Kollegen angerufen und Juan war gekommen, um Fotos zu machen und den Körper der armen Katze als Beweismittel zu sichern. Juan hatte nichts gefunden, das darauf hindeuten könnte, wer die tote Katze vor ihre Tür gelegt hatte, aber beide hatten die gleiche Ahnung, dass es Dana gewesen war.

Hayden hasste es, Boone zusätzlich zu seinen

Problemen noch weiter zu belasten, aber sie wusste, dass sie ihm diese Sache auf keinen Fall verschweigen konnte. Er musste Bescheid wissen, damit er noch vorsichtiger sein und alles melden konnte, was ungewöhnlich erschien. Und wenn es andersherum wäre, wäre sie extrem sauer, wenn er ihr so etwas verheimlichen würde.

Es war schon spät, aber sie zögerte nicht, ihn anzurufen.

»Hey, Hayden, ich hätte nicht erwartet, von dir zu hören«, sagte Boone mit nicht zu überhörender Freude in der Stimme, als er ans Telefon ging.

»Ja, ich wollte dich erst morgen anrufen, aber es ist etwas passiert.«

»Oh Mist. Dana?«, vermutete Boone sofort.

»Ja«, sagte Hayden, ohne um den heißen Brei herumzureden, da sie glaubte, er wüsste es zu schätzen, wenn sie sofort zur Sache käme. »Als ich nach Hause kam, habe ich eine tote Katze vor meiner Wohnungstür gefunden. Es gibt keine Beweise, dass es sich um ein Geschenk von Dana oder einem ihrer Helfer handelt, aber ich schätze, dass sie es war.«

»Verdammte Scheiße«, fluchte Boone. »Ich glaube das nicht. Das ist krank. Warum versteht sie es nicht?«

»Wir sehen so etwas ständig.« Hayden versuchte, mit ruhiger Stimme zu sprechen, um Boone nicht noch weiter aufzuregen. »Stalker können zwischen echt und Fantasie nicht unterscheiden. Sie haben nur eins im Sinn und wollen das, was sie wollen, ganz egal, was andere versuchen, ihnen mitzuteilen.«

»Sie weiß, wo du wohnst«, bemerkte Boone überflüssigerweise.

»Anscheinend. Aber ich kann auf mich selbst aufpassen. Ich wusste bereits, dass sie von dir besessen ist, und habe erwartet, dass sie irgendwann versuchen wird, mich noch einmal einzuschüchtern. Und Boone, wenn ich nicht schreiend vor dir weggelaufen bin, nachdem sie mir Drogen in mein Getränk gemischt hat, dann wird das hier ganz sicher auch nicht dafür sorgen.«

»Tut mir leid, Hay. Ich hatte keine Ahnung, dass sie so durchdrehen würde.«

»Es ist nicht deine Schuld, Boone. Ist es nicht. Wir werden damit umgehen, wie wir mit allem anderen auch umgegangen sind.«

Boone sagte nichts und Hayden wusste, dass es ihm schwerfiel, die letzte Drohung gegen sie zu begreifen. »Hast du etwas schlafen können?« Während der letzten Nächte war er aufgeblieben, da einige seiner Kühe Kälbchen zur Welt gebracht hatten. Er hatte ihr erzählt, dass jedes der Kälber, die geboren wurden, zwischen zwei und achttausend Dollar wert war. Er würde es keinesfalls riskieren, dass die Mutterkühe ihre Kälber auf der Weide zur Welt bringen. Sie würden es in der Sicherheit seines riesigen Stalls tun, in Anwesenheit von einem Tierarzt und ihm, für den Fall, dass etwas schiefging.

»Ein bisschen.«

Was wenig bis gar nicht bedeutete, dachte Hayden bei sich.

»Ich wollte dir nicht noch mehr aufladen«, sagte Hayden aufrichtig zu Boone. »Aber ich dachte mir auch, du würdest es wissen wollen.«

»Danke, dass du es mir nicht verheimlicht hast«, sagte Boone.

»Gern geschehen. Wirst du versuchen, heute Nacht etwas zu schlafen?«

Ihm entfuhr ein schallendes, ironisches Lachen. »Glaubst du, ich werde schlafen können, nachdem ich herausgefunden habe, dass meine Ex-Freundin meiner aktuellen Freundin eine tote Katze vor die Tür gelegt hat?«

Es klang wie eine rhetorische Frage, aber Hayden beantwortete sie trotzdem. »Nein. Aber ich hatte gehofft, du würdest dich darüber freuen zu hören, dass ich nach meiner Schicht sicher zu Hause bin und nach einer heißen Dusche bereits warm und schläfrig eingekuschelt im Bett liege.«

Das wirkte. »Darüber freue ich mich tatsächlich, Hay.« Boones Stimme hatte seine Bissigkeit verloren und ähnelte nun mehr dem leisen Rumpeln, das sie so gern von ihm hörte.

»Dann lasse ich dich jetzt in Ruhe. Pass auf die Kälbchen auf, Cowboy.«

»Das werde ich. Pass auf dich auf, Hay.«

»Immer. Wir hören uns bald.«

»Das tun wir. Gute Nacht.«

»Gute Nacht.«

Hayden schaltete den Bildschirm ihres Handys aus und schüttelte den Kopf. Sie war sauer auf Dana und darauf, was sie Boone antat. Mittlerweile hoffte sie inständig, Dana würde sie persönlich konfrontieren. Sie konnte auf sich selbst aufpassen, wenn es darum ging, sich wütenden Ex-Freundinnen zu stellen. Sie wollte nichts lieber, als dieses Miststück aus dem Verkehr zu ziehen. Sie würde Anzeige erstatten und dafür sorgen, dass sie verurteilt wird. Sollte Dana weiter versuchen, Hayden in die Quere zu kommen, würde sie es bereuen, Boone nicht einfach in Ruhe gelassen zu haben, nachdem er sich von ihr getrennt hatte.

Mit Ausnahme einer SMS ihres Vaters, in der er sie fragte, wann sie Boone das nächste Mal mitbringen würde, hatte Hayden nichts von ihren Eltern gehört. Sie hatte rasch »Ich sage euch Bescheid« geantwortet und es dabei belassen.

Boone und sie hatten jedoch jeden Tag miteinander geschrieben und gesprochen, seit er sie letzte Woche bei sich zu Hause abgesetzt hatte. Sie hatten so lange vor ihrer Tür rumgeknutscht, bis Boone tief durchgeatmet und sich fluchend zurückgezogen hatte. Er hatte ihr gesagt, er müsse gehen, weil er sonst nie nach Hause fahren würde. Selbst Haydens »Dann bleib doch« hatte nicht ausgereicht, um ihn zu überzeugen. Er hatte die Hand an ihre Wange gelegt und geflüstert: »Bald«, dann hatte er sich umgedreht und war gegangen.

Hayden wusste, was er tat. Er steigerte die Erwartung zwischen ihnen ... und verdammt, es funktionierte. Sie müsste sich zusammenreißen, um ihn nicht anzuspringen, wenn sie ihn das nächste Mal sah. Ihre Sitzungen mit ihrem Vibrator und ihre Fantasien brachten es einfach nicht mehr. Sie wollte den echten Sex. Sie wollte Boone.

Er hatte sie jeden Abend nach Dienstschluss angerufen. Sie hatten nicht lange miteinander gesprochen und auch keine tiefgehenden Unterhaltungen geführt, aber es war schön zu wissen, dass er an sie dachte und sie über alles Mögliche sprechen konnten.

Es waren aber seine SMS, die sie dazu brachten, wie eine Idiotin zu grinsen. Boone war lustig und süß, und auch ein bisschen versaut. Wenn sie den Benachrichtigungston ihres Handys hörte, wusste sie nie, in welcher Stimmung Boone war, bis sie seine Nachricht las. Brandon hatte sie erwischt, wie sie beim Lesen einer seiner SMS lächelte, und hatte wissen wollen, was los war. Nachdem sie sich geweigert hatte, es ihm zu sagen, hatte er tatsächlich ihr Handy gestohlen und gelesen, was Boone geschrieben hatte.

Heute früh bin ich von einem sehr erotischen Traum aufgewacht, in dem du ein aufreizendes schwarzes Kleid anhattest, das dir bis zur Hüfte hochgeschoben war. Du saßt rittlings und tropfnass auf mir, hast deine Handschellen hochgehalten und mich gefragt, ob ich sie ausprobieren möchte. :) Ich brauche wohl nicht zu sagen, dass das Wasser in der Dusche kalt war, bis ich fertig war.

Bei Brandons Gejohle und seinen Pfiffen war Hayden tiefrot geworden. Er hatte erst die Klappe gehalten, als sie sich auf ihn gestürzt, seinen Kopf in den Schwitzkasten genommen und ihm gedroht hatte, den anderen Jungs zu erzählen, dass er Todesangst vor Spinnen hatte, wenn er etwas sagte.

Nicht alle SMS von Boone waren so unanständig wie diese, die meisten waren lustig, unbeschwert und ... nett.

. . .

Ich wollte mich nur melden und hören, wie es dir geht.

Ich vermisse dich.

Ich kann es nicht erwarten, dich in dreiundvierzig Stunden und zwei Minuten zu sehen.

Welche Farbe hat der Slip, den du heute unter deiner Uniform trägst?

Er schaffte es immer, sie zum Lachen zu bringen ... und dafür zu sorgen, dass dieser Ort in ihrem Bauch sich füllte. Sie hatte sich innerlich so leer gefühlt. Abend für Abend in eine einsame Wohnung zurückzukehren, in der niemand war, den es interessierte, ob sie aß, müde war oder einen harten Tag gehabt hatte, hatte sie so sehr abgestumpft, dass ihr Leben nur noch mechanisch verlaufen war. Aber zu wissen, dass Boone dort war, selbst wenn es nur über das Telefon war, bereitete ihr ein warmes, wohliges Gefühl.

Seit sie bei ihren Eltern zum Abendessen gewesen waren, hatte Boone zweimal Essen für sie bestellt. Es war geliefert worden, nachdem sie zu Hause angekommen war und geduscht hatte. Das erste Mal war es Pizza gewesen. Das zweite Mal wurde ihr ein riesiges Sandwich von dem Lokal am Ende ihrer Straße gebracht. Es waren süße Gesten, die Hayden ein Gefühl von Geborgenheit gaben.

Jetzt war der Tag ihrer Verabredung gekommen. Hayden hatte sich den Menschenmassen gestellt und war ins Einkaufszentrum gefahren, um ein schwarzes Kleid zum Anziehen zu finden, wie Boone es sich gewünscht hatte. Sie war das Risiko eingegangen, ohne Mack zu gehen, da sie zu tun hatte, und glaubte, sich wacker geschlagen zu haben. Die beiden mussten immer noch zusammen einkaufen gehen, damit Hayden ihre Wettschulden einlösen konnte, aber bisher waren beide beschäftigt gewesen und hatten noch keinen Tag gefunden, an dem sie beide Zeit hatten.

Hayden strich mit den Händen an ihrem Bauch über das seidige Material des Kleides und versuchte, ihre Nerven zu beruhigen. Glücklicherweise hatte sie eine sehr nette Verkäuferin gefunden, die erfreut darüber gewesen war, etwas Schönes für sie zu finden. Sie hatte etwa zehn verschiedene Kleider anprobiert, doch sobald sie dieses angezogen hatte, hatte Hayden gewusst, dass es das Richtige war.

Sowohl vorn als auch hinten hatte das Kleid einen tiefen V-Ausschnitt und umschmeichelte ihre leichten Kurven, als sei es einzig für sie gemacht worden. Der untere Teil breitete sich über ihrem Po zu einem gerüschten Stoffwirbel aus. Das Kleid hatte Flügelärmel, die ihre Schultern verhüllten und ihre muskulösen und durchtrainierten Oberarme zur Geltung brachten.

Hayden fühlte sich weiblich darin. Als sie sich Boones Gesichtsausdruck vorstellte, wenn er sie in dem Kleid sah, biss sie sich auf die Lippe. Es würde ihm gefallen – das hoffte sie zumindest. Die Verkäuferin hatte sie problemlos davon überzeugt, halterlose Strümpfe mit einer dicken schwarzen Naht an der Hinterseite zu kaufen, wie sie sie bei Prominenten gesehen hatte. Die Schuhe, die sie gekauft hatte, hatten keine hohen Absätze und waren nicht höher als fünf Zentimeter, schienen ihre Beine aber trotzdem zu verlängern. Die Verkäuferin, die ihr half, hatte irgendwo im Laden sogar eine kleine schwarze Handtasche aufgetrieben, in der sie tatsächlich ihre Dienstwaffe unterbringen konnte, ohne dass es auffiele. Da sie sie weder in einem Holster am Fußgelenk oder vor der Brust tragen konnte, wie sie es beim Ausgehen normalerweise tat, musste sie eine Handtasche mitnehmen.

Als Letztes kaufte sie einen schwarzen Spitzen-BH, der sie aussehen ließ, als hätte sie tatsächlich volle Brüste. Sich selbst mit einem üppigen Dekolleté zu sehen war definitiv ein seltenes Vorkommen.

Sie saß nun an ihrem kleinen Tisch – nervös hin und her zu gehen stand wegen ihrer Absätze außer Frage – und grübelte, ob sie wohl übertrieben angezogen war. Boone hatte ihr nicht gesagt, wo sie hingingen, nur, dass er einen romantischen Abend für sie beide geplant hatte. Hayden wippte mit dem Bein auf und ab und fragte sich gerade, ob sie wohl genügend Zeit hätte, um ins Schlafzimmer zu eilen und sich umzuziehen, als es an der Tür läutete.

Offensichtlich nicht. Mist.

Hayden ging zur Tür und – nachdem sie sich davon überzeugt hatte, dass es Boone war – öffnete sie und starrte ihn an.

Sie hatte ihn noch nie in anderer Kleidung als in Jeans und Cowboystiefeln gesehen. Heute Abend trug er eine khakifarbene Hose mit deutlich sichtbarer Bügelfalte an der Vorderseite. An den Füßen hatte er braune Slipper, die glänzten, als hätte er sie poliert.

Sein Hemd hatte eine kräftige rotbraune Farbe, die die goldenen Sprenkel in seinen Augen zur Geltung brachte. Er hatte das Hemd mit einer Krawatte kombiniert, die mit Kästchen in verschiedenen Brauntönen bedruckt war. Er trug keinen Stetson, was selten für ihn war. Er hatte sich das dunkelbraune Haar aus dem Gesicht frisiert, trotzdem hingen ihm immer noch einige sture Strähnen in die Stirn. Alles in allem roch und sah er zum Anbeißen aus.

So standen sie beide einen Moment lang da, bis Boone die Hand hob und mit dem Finger vor ihr herumwirbelte.

»Was ist?«, fragte Hayden, die nicht verstand.

»Dreh dich.« Seine Stimme war leise und rau.

Hayden wandte sich von ihm ab und drehte sich einmal um sich selbst, bevor sie wieder vor ihm stand.

»Noch mal.«

»Boone«, beschwerte sie sich leicht genervt.

»Bitte. Noch mal.«

Da er sie gebeten hatte, drehte Hayden sich erneut, dieses Mal schneller, aber er packte sie an der Taille, als sie ihm den Rücken zudrehte, und hielt sie fest. Er legte eine Hand auf ihren Bauch und zog sie an seine Vorderseite. Mit der anderen streichelte er ihr über den Arm, wobei er unter dem hauchdünnen Stoff an ihrer Schulter anfing und an ihrem Handgelenk endete, bevor er mit der Hand wieder hinaufwanderte.

»Du siehst toll aus, Hayden.«

»Äh, danke. Du auch.«

»Sind das halterlose Strümpfe, die du da anhast?«

Hayden hatte keine Ahnung, warum er sich auf ihre Strümpfe konzentrierte, bejahte es aber.

»Wenn wir keine Reservierung hätten und ich nicht unbedingt ausgehen und mit dir angeben wollte, würde ich dich so schnell mit dem Rücken auf deinen Küchentisch legen, dass dir schwindelig wird.«

»Äh ...«

»Und nur, dass du es weißt, Liebes ... wenn dieser Abend damit endet, dass ich mich in dir wiederfinde, will ich ihn damit beginnen, dass du dieses fantastische Kleid und diese unfassbar scharfen, halterlosen Strümpfe trägst und vielleicht sogar auch diese Absätze.«

»Boone!«

»Was?«

Hayden wusste es nicht. Seine Worte brachten sie zum Schmelzen. Sie hatte noch nie zuvor solche ... Lust in einem Mann hervorgerufen, und es gefiel ihr. »Nichts«, murmelte sie leise, lehnte den Kopf an Boones Brust und genoss das Gefühl seiner Erektion an ihrem Rücken.

Er lachte und drehte sie herum, dann fuhr er mit beiden Händen durch ihr Haar. Sie hatte sich die Zeit genommen, es zum ersten Mal seit langer Zeit wieder mit dem Lockenstab zu bearbeiten. An den Enden hatte sie dichte Locken, die auf den Wölbungen ihrer Brüste ruhten. Sie sah zu, wie Boones Blick seinen Händen folgte, als er ihr Haar befühlte. Hayden hätte schwören können, die Hitze seiner Hände auf der Haut zu spüren, die durch den tiefen V-Ausschnitt ihres Kleides sichtbar war.

»Ich würde dich küssen, aber das würde deinen Lippenstift ruinieren und außerdem würden wir dann niemals gehen. Also komm, wir haben eine Reservierung.«

»Wo gehen wir hin?«, fragte Hayden und versuchte,

die Gänsehaut zu ignorieren, die sich bei seinen Worten auf ihren Armen bildete.

Anstatt zu antworten, nahm Boone ihre Handtasche und sah sie wegen ihres Gewichts erstaunt an.

Hayden streckte die Hand aus und beantwortete die unausgesprochene Frage, die er mit hochgezogenen Augenbrauen gestellt hatte. »Meine Dienstwaffe ist dort drin. Ich kann sie ja nicht am Körper tragen.« Sie zeigte auf sich selbst.

Sie hatte ihm erzählt, dass sie sie trug, wo auch immer sie hinging. Was sie betraf, war sie nie außer Dienst. Sie würde niemals ein Verbrechen ignorieren, das in ihrer Anwesenheit geschah. Sie wollte immer vorbereitet sein ... auf alles. Ganz besonders wenn sie wusste, dass Dana irgendwo wieder etwas Verrücktes im Schilde führte.

Boone machte ihr keine Vorwürfe, dass sie die Waffe mitnahm, nickte ihr bloß zu und bedeutete ihr, nach draußen zu treten.

Hayden verriegelte die Tür und tat den Schlüssel in ihre Handtasche, dann ließ sie sich von Boone zu seinem Wagen führen. Er war von der Autowerkstatt innen und außen gereinigt worden und er hatte ihr erzählt, wie froh er war, seinen eigenen Wagen zurückzuhaben. Der Mietwagen war in Ordnung gewesen, aber es gab nichts Besseres, als in seinem eigenen Wagen zu fahren.

Boone half Hayden beim Einsteigen, da es schwerer war, in einem Kleid als in einer Hose hineinzuklettern. Eins musste Hayden ihm lassen, er strengte sich sehr an, ein Gentleman zu sein, ihr entging jedoch nicht das Glänzen in seinen Augen, als ihr Kleid beim Hinsetzen bis zu ihren Oberschenkeln hochrutschte. Er hielt ihr den Sicherheitsgurt hin und Hayden ergriff ihn mit einem Lächeln. Er schloss die Tür und eilte zur Fahrerseite. Er ließ den kräftigen Motor an, fuhr rückwärts aus der Parklücke und machte sich auf den Weg zur Hauptstraße.

Hayden versuchte, ihre Nerven zu beruhigen, als Boone in die lange Zufahrt einbog, die zu Hatcher Farms führte. Sie hatten einen tollen Abend gehabt. Boone hatte einen Tisch bei *Aldo's Ristorante Italiano* reserviert ... einem der besten und romantischsten Restaurants in San Antonio. Das Essen war fantastisch gewesen und sie hatten sich ganz unbeschwert über alles Mögliche unterhalten.

Irgendwie war es Boone gelungen, sie dazu zu bringen, ihm zu erzählen, wie es sich früher für sie angefühlt hatte, ständig ihren Vater beeindrucken zu wollen, damit er stolz auf sie wäre, obwohl sie ein Mädchen war. Boone hatte über seine Eltern gesprochen und dass sowohl die Farm als auch das Unternehmen ihr Traum gewesen waren. Er hatte zwar von der Hoffnung seines Vaters gewusst, dass Boone eines Tages alles übernehmen sollte, war von ihm aber nicht dazu gedrängt worden.

Danach hatte Boone mehr über seine Rinderzucht erzählt. Der Stammbaum seiner Bullen war beeindruckend, fast so beeindruckend wie die Tatsache, dass Boone den Stammbaum von jedem Bullen und jeder Kuh auf seinem Grundstück kannte. Er versicherte ihr, dass seine Rinder nicht für die Fleischproduktion gezüchtet wurden, gab aber zu, dass er nach dem Verkauf keine Kontrolle mehr darüber hatte, was die anderen Landwirte mit ihnen machten.

Darüber war Hayden traurig, aber Boone wechselte rasch das Thema und ließ sie über ihre Arbeit sprechen. Und als jemand, der nichts mit dem Gesetzesvollzug zu tun hatte, schien Boone zur Abwechslung tatsächlich an ihren Geschichten interessiert zu sein und nicht nur daran, die grausigen Details zu hören.

Nach dem Essen war Boone mit ihr erneut in den Wagen gestiegen und losgefahren, wieder, ohne ihr zu sagen, wohin sie fuhren. Sie kamen schließlich am Tobin Center für darstellende Künste an, wo das San Antonio Symphonieorchester ein Konzert gab. Das hatte Hayden nicht erwartet und sie schämte sich dafür, Boone vorurteilsbehaftet in eine Schublade gesteckt zu haben. Das Symphonieorchester war in Sachen Unterhaltung nicht unbedingt Haydens erste Wahl, aber es passte gut zu ihrer Stimmung an dem Abend. Sie war schick angezogen, Boone war schick angezogen und es schien richtig zu sein, zusammen das Konzert zu besuchen.

Sie hatten nebeneinandergesessen und der ergreifend schönen Musik gelauscht, trotzdem war Hayden sich Boones Nähe in jeder Sekunde absolut bewusst gewesen. Zuerst hatte er einen Arm um ihre Schultern gelegt und mit ihrem Haar gespielt. Irgendwann hatte er den Arm weggenommen und ihr die Hand direkt oberhalb des Knies aufs Bein gelegt. Mit dem Daumen hatte er über ihren Schenkel gestreichelt und Hayden hatte versucht, nicht auf ihrem Sitz hin und her zu rutschen.

Dann hatte er langsam die Finger nach oben geschoben, bis sie an ihrem inneren Oberschenkel waren. Er berührte sie nicht so weit oben, dass es unanständig gewesen wäre, aber trotzdem weit genug, um Haydens Atem zu beschleunigen und dafür zu sorgen, dass sie spürte, wie ihre Brustwarzen sich verhärteten.

Während der letzten anderthalb Monate hatten sie oft miteinander rumgeknutscht und gefummelt. Boone war mit seinen Händen mehr als einmal unter ihre Kleidung gewandert. Sie hatte seine Erektion zwischen ihren Beinen gespürt und einmal hatten sie sich am Telefon sogar gegenseitig zum Höhepunkt gebracht, als sie beide in ihren eigenen Betten lagen. Sie hätte nie gedacht, dass Boone auf Telefonsex stehen würde, verdammt, sie hätte nicht gedacht, dass es *sie* anmachen würde, aber am Ende war es toll gewesen.

Aber es war etwas sehr Intimes an der Art, wie Boones Hand in der Öffentlichkeit auf ihrem beinahe nackten Bein ruhte, wo Hayden verdammt gut wusste, was sie hoffentlich später am Abend miteinander tun würden.

Boone hatte kein Wort gesagt, aber das kleine Lächeln in seinem Gesicht hatte ihn verraten, als er versuchte, so zu tun, als konzentriere er sich auf die Musik.

Als sie wieder im Wagen saßen, hatte er sie gefragt, ob sie mit zu ihm fahren wolle, und Hayden hatte zugestimmt. Sie hatte weder Wechselsachen noch Toilettenartikel dabei, aber Boone versicherte ihr, dass er ihr etwas zum Schlafen und eine Zahnbürste geben könnte, wenn sie wollte. Hayden beschloss, ihr schwarzes Kleid am nächsten Tag auf dem Nachhauseweg zu tragen wäre der beste »peinliche Abgang«, den sie jemals haben könnte, wenn es bedeutete, dass sie die Nacht in Boones Bett verbringen würde.

Boone fuhr in die Garage, schaltete den Motor aus und drehte sich zu ihr. Auf dem Weg zu seiner Farm hatte er geschwiegen und Hayden nervös gemacht. »Bleib sitzen. Ich komme zu dir.«

Hayden nickte und sah zu, wie er ausstieg und die Tür schloss. Sie behielt ihn im Blick, als er entschlossenen Schrittes mit nur einem Ziel vor Augen um den Wagen herumging. Er öffnete ihre Tür, doch anstatt ihr die Hand zu reichen, um ihr beim Aussteigen zu helfen, trat er zwischen Sitz und Wagentür.

»Dreh dich.«

»Was?«

»Dreh dich zu mir.«

Hayden tat es. Boone trat gerade so weit zurück, dass ihr rechtes Bein an ihm vorbeipasste, dann machte er erneut einen Schritt nach vorn, sodass ihre Beine sich nun links und rechts von seinem Körper befanden. Er legte die Hände an ihre Taille und zog sie an die Kante des Sitzes. Ihr Kleid rutschte hoch, aber sie ignorierte es und konzentrierte sich stattdessen auf das Gefühl von Boone zwischen ihren Schenkeln. Hayden hatte die Hände auf seine Schultern gelegt. Sie waren fast auf Augenhöhe miteinander. Wenn sie auf dem hohen Sitz des Geländewagens saß und er vor ihr stand, befanden sie sich auf der perfekten Höhe zueinander.

Boone beugte sich hinunter und vergrub das Gesicht seitlich an ihrem Hals und Hayden streckte den Kopf noch weiter zur Seite, um ihm mehr Platz zu geben.

»Oh Gott, du riechst einfach wundervoll, Hay. Du hast keine Ahnung, wie schwierig es für mich war, mich den ganzen Abend wie ein Gentleman zu benehmen. Ich wollte dich im Restaurant unter diese hübsche weiße Tischdecke ziehen, dir den Rock hochschieben und dich von hinten nehmen. Und bei dem Konzert? Da musste ich mich körperlich zurückhalten, um nicht die Hand unter dein Kleid zu schieben und dich so lange zu fingern, bis du zum Höhepunkt kommst.«

Er blickte auf und streichelte mit der Hand über ihren Kopf. »Du bist so hübsch und ich bin unheimlich dankbar, dass du hier bei mir bist. Ich will dich. Gestattest du es mir, dass ich dir heute Nacht ein gutes Gefühl bereite? Lass mich dir zeigen, wie schön und weiblich du bist.«

Hayden nickte kaum merklich. »Das will ich. Und ich hatte heute Abend meine eigenen Fantasien.«

Boone lächelte sie strahlend an. »Ach ja?«

»Ja. Ich dachte, der Tisch in dem Restaurant sei perfekt, dass ich darunterschlüpfen und dir einen blasen könnte. In der Vergangenheit habe ich das nicht wirklich tun wollen, aber mit dir habe ich das Gefühl, dass es eine vollkommen andere Erfahrung wäre. Die lange Tischdecke hätte meine Handlungen verborgen und außerdem saßen wir sowieso abseits in dieser Ecke ...«

»Oh Gott.« Boones Stimme war tief und erregt. Er fuhr mit den Händen an ihrem Körper hinunter und legte sie auf ihre Schenkel, die weit um seinen Körper gespreizt waren. Wortlos hielt er ihrem Blick stand, schob die Hände jedoch unter ihrem Rock nach oben und hielt erst inne, als er das obere Ende ihrer Strümpfe erreicht hatte. Er spielte einen Moment lang mit dem Gummi, bevor er die Hände stillhielt und tief durchatmete.

»Willst du mit mir schlafen?«

Hayden hatte keine Ahnung, warum seine Worte so unsicher klangen. Eilig versicherte sie ihm: »Ja, Boone. Ja, verdammt.« Sie dachte, er würde zurücktreten und ihr Platz machen, aber stattdessen legte er ihr die Hände ins Kreuz und zog sie noch näher an sich heran. Als Haydens Rock sie kaum mehr bedeckte, krallte sie sich in seine Schultern und versuchte, nicht zu erröten.

»Halt dich fest, Hay.«

Sie war nicht bereit, als er sie hochhob und sich vom Sitz wegdrehte. Schnell überkreuzte sie die Fußgelenke hinter seinem Rücken und schlang die Arme um seinen Hals. Sie spürte, wie er einen Arm unter ihren Po schob, um sie besser an sich festhalten zu können. Mit der anderen Hand griff er nach ihrer Handtasche, danach schloss er die Wagentür. Problemlos trug er sie durch die Garage in sein Haus. Ohne anzuhalten, ging er direkt ins Schlafzimmer. Jeder Schritt schüttelte sie durch und drückte Hayden tiefer in Boone hinein.

Als er im Schlafzimmer angekommen war, hatte Hayden das Gefühl, explodieren zu müssen. Boone ließ sie herunter, bis sie wieder auf beiden Beinen stand. Noch einmal streichelte er mit den Händen seitlich an ihrem Körper hinunter und zog ihr Kleid über ihre Schenkel nach unten. »Geh ins Bad und mach dein Ding, aber zieh kein einziges Kleidungsstück aus. Ich will, dass du genau so wieder rauskommst, okay?«

Hayden nickte begeistert. Sie war sich zwar unsicher, wie gut sie bei dieser Sex-Sache wäre, aber sie wollte es.

So sehr. Sie eilte ins Bad und ging zur Toilette. Bevor sie zurück in Boones Schlafzimmer ging, sah sie in den Spiegel und erkannte sich fast nicht.

Vor Aufregung war ihr Gesicht rot und ihr Haar hing ihr wild über die Schultern. Hayden konnte sehen, wie ihre Brust sich wegen ihres beschleunigten Atems auf und ab bewegte, und ihre Oberweite, möglich gemacht durch den Zauber-BH, erschien mindestens anderthalb Körbchen größer. Sie war bereit für Boone. Mehr als bereit.

Sie öffnete die Badezimmertür und hatte gerade einen Fuß zurück ins Zimmer gesetzt, als sie abrupt stehen blieb.

Boone stand neben seinem Bett und wartete auf sie, und er trug nichts weiter als dunkelgraue Retroshorts.

KAPITEL FÜNFZEHN

»Oh mein Gott.«

Boone grinste, bewegte sich aber nur, um die Hand auszustrecken. »Komm her, Hay.«

Hayden war wie erstarrt. Boone sah absolut umwerfend aus. Sie wusste, dass er es sein würde, aber die Realität war so viel besser als alles, was sie sich vorgestellt hatte. Sie war nicht prüde. Sie hatte mehr als genügend nackte Körper gesehen – wenn man im Gesetzesvollzug arbeitete, war das schwer zu vermeiden –, aber Boones Körper war Perfektion.

Okay, er war nicht perfekt. Er war vierzig, nicht zwanzig, aber es war offensichtlich, dass er auf sich achtgab.

Er hatte lange Beine und seine Oberschenkel waren dick und muskulös. Er hatte leichte Fettpölsterchen, kaum merklich, die seinem Aussehen wie ein griechischer Gott jedoch keinen Abbruch taten. Seine Brust war leicht behaart und sie konnte sehen, wie die Muskeln in seinem Oberbauch sich zusammenzogen, während er auf sie wartete.

Er hatte wohlgeformte Brustmuskeln und keine Männerbrüste, so viel war sicher. Seine Oberarme waren so kräftig wie seine Oberschenkel, vermutlich weil er den ganzen Tag mit Stieren und Kälbern rang. Als Hayden mit der allgemeinen Betrachtung seines Körpers fertig war, senkte sie den Blick wieder auf seinen Schritt.

Lieber Gott im Himmel. Er war erregt, sie konnte es ganz deutlich sehen. Seine Schwanzspitze schaute über den Gummizug seiner Unterhose heraus. Die Retroshorts überließen nichts der Fantasie und sie konnte in dem dunklen Stoff sogar die Umrisse seiner Hoden erkennen.

»Hayden.« Ihr Name wurde kurz und in belustigtem Tonfall ausgesprochen. Mit der Hand weiterhin in ihre Richtung ausgestreckt, wiederholte er: »Komm. Her.«

In der Hoffnung, nicht flach aufs Gesicht zu fallen, ging Hayden einen Schritt auf ihn zu. Dann noch einen und dann noch einen. Als sie sich sicherer fühlte, sah sie Boone endlich ins Gesicht. Er hatte die Lippen zu einem kleinen Lächeln verzogen und wenn Augen tatsächlich glitzern konnten, taten seine es.

Neben dem Bett stand eine kleine Fußbank und sie fragte sich kurz wieso. Die Matratze war zwar hoch, aber Boone war groß. Er brauchte auf keinen Fall zusätzliche Zentimeter, um ins Bett zu klettern.

Ihre Gedanken an die Fußbank waren verschwunden, als sie vor Boone anhielt und wartete. Sie wartete darauf, dass er irgendwas tat. Sie fühlte sich etwas seltsam, vollständig bekleidet zu sein, wenn er es größtenteils nicht war.

Er legte die Hand seitlich an ihren Hals und Hayden

neigte beinahe gedankenverloren den Kopf zur Seite, um seine Hand an ihrem Körper festzuhalten.

»Erinnerst du dich daran, was ich vorhin gesagt habe?«

»Du hast sehr viel gesagt, Boone. Woran genau soll ich mich erinnern?«

Er lächelte über ihren Sarkasmus und streichelte mit der anderen Hand über ihr Haar, wie er es anscheinend so gern tat. »Als ich dir sagte, dass ich dich in diesem Kleid durchnehmen will.«

Plötzlich hatte Hayden einen trockenen Mund. Sie nickte.

»Ich weiß, dass ich dir ebenfalls gesagt habe, ich würde mir Zeit nehmen und deinen Körper Zentimeter für Zentimeter kennenlernen, wenn wir zum ersten Mal miteinander schlafen, aber ich habe es mir anders überlegt. Du bist einfach zu verdammt hübsch, als dass ich in der Lage wäre, es beim ersten Mal langsam angehen zu lassen, außerdem habe ich mir den ganzen Abend lang vorgestellt, dich in diesem Kleid zu vögeln. Aber ich schwöre dir, Liebes, das hier wird nicht so sein, wie es mit den anderen Arschlöchern war, mit denen du zusammen warst. Du wirst auch zum Höhepunkt kommen. Es wird lustvoll für dich sein. Ich werde dich nicht durchrammeln wie ein geiler Stier. Vertraust du mir?«

Das war einfach. Hayden nickte. Sie vertraute Boone vollkommen.

Er ging aus dem Weg und deutete auf die Matratze. »Dreh dich mit dem Gesicht zum Bett.«

Wortlos tat Hayden, worum er sie gebeten hatte. Sie

ging um ihn herum und drehte sich zu der monströsen Matratze um. Dann wartete sie auf seine Anweisungen.

Boone streichelte mit der Hand bis zu ihrem Po, dann schlang er den Arm um ihre Taille und zog sie an sich. Er hielt sie fest, während er mit der anderen Hand auf Wanderschaft ging. Zuerst schob er sie nach oben zu ihrer Brust, die er drückte und rieb. Ohne Vorwarnung ließ er sie in den V-Ausschnitt des Kleides gleiten und verschwand mit den Fingern im rechten Körbchen ihres BHs.

»Oh Gott, deine Titten sind wundervoll«, hauchte er und bei seinem warmen Atem an ihrem Hals lief ihr ein Schauer über den Rücken. Sie spürte, wie sie vor Erregung feucht wurde.

»Sie sind klein.«

Er widersprach ihr nicht. »Schon, aber sie sind so empfänglich. Für mich ist das viel wichtiger als die Größe.« Boones Worte kitzelten, als er sie an ihrem Ohr aussprach, während er mit den Fingern ihre Brustwarze zwirbelte.

»Siehst du? Ich brauche dich bloß einmal zu berühren, einmal zu kneifen, und schon richtet deine Brustwarze sich auf, bereit dafür, dass ich an ihr sauge … und mit ihr spiele.« Boone legte das Kinn auf ihre Schulter und schaute nach vorn, um zu sehen, was sie tat. Er beugte das Handgelenk, um den Stoff ihres Kleides beiseite zu halten. »Sieh mal, Hay. Schau zu.«

Hayden sah nach unten und erblickte sowie fühlte, wie er mit den Fingern ihren Nippel zwirbelte. Bei dem Anblick stöhnte sie auf.

»Ja, wunderschön.« Boone drückte sich gegen ihren

Po und Hayden spürte seinen harten Schwanz an sich. Sie drückte zurück, schlang einen Arm um seine Hüfte und lächelte, als er ihr ins Ohr stöhnte.

Als Boone ihre Brust losließ, konnte Hayden ein Wimmern kaum unterdrücken. Die Hand auf ihrem Bauch hatte er nicht bewegt, sie war immer noch dort und hielt sie an ihm fest. Mit der anderen strich er hinunter zu ihrer Hüfte, wo sie spürte, wie er langsam den Stoff des Kleides hochraffte, als er sprach.

»Den ganzen Abend frage ich mich schon, welche Farbe dein Slip wohl hat, den du trägst. Während ich darüber fantasiert habe, dich auf dem Theatersitz zu fingern, habe ich daran gedacht, wann wir das nächste Mal miteinander ausgehen. Wenn ich dir sagte, du solltest keinen Slip anziehen ... könnte ich mit der Hand an deinem Bein nach oben streicheln und du hättest nichts, was mich daran hindert, dich zu berühren. Ich würde mit den Fingern in dich eindringen und dir zusehen, wie du dich windest.«

Hayden tat genau das in seinen Armen. »Boone ...«

»Ja, und du würdest meinen Namen genau so aussprechen, während ich deine Klitoris reibe und deinen Saft über deine Schamlippen verteile.«

Hayden spürte die Kühle des Zimmers an ihren Beinen und wusste, dass Boone ihren Rock so weit hochgeschoben hatte, dass er sie nicht mehr bedeckte. Er übergab den Stoff von seiner linken in die rechte Hand, um die linke frei zu haben. Wieder sah sie, wie er über ihre Schulter nach unten blickte.

»Schwarze Spitze. Herrgott, Hayden, du bringst mich um. Ich stelle mir vor, wie du diese Wäsche unter deiner

Uniform trägst. Eine geradlinige, knallharte Polizistin, die ein weibliches Fick-mich-Höschen trägt.«

Er fragte nicht und er zögerte nicht. Boone schob die Finger vorn unter den Stoff ihrer teuren Unterwäsche und erkundete ihre tropfnassen Schamlippen.

»Hmmmm, feucht. Feucht für mich.«

Hayden machte sich nicht die Mühe zuzustimmen. Sie wussten es beide. Sie schob den anderen Arm hinter sich, um sich an Boones anderer Hüfte festzuhalten, und bohrte die Finger in seine Haut, während er mit ihr spielte.

Boone fuhr mit den Fingern durch die Feuchte zwischen ihren Beinen und hinauf zu ihrer Klitoris. Er streichelte einmal darüber und Hayden zuckte in seinen Armen heftig zusammen. Wenn ein Mann schnurren könnte, wäre dieser Laut soeben aus Boones Kehle gedrungen.

»In nur einer Sekunde werde ich dich über dieses Bett beugen, deinen Rock hochschlagen und dich kosten.«

Als Hayden einen Protestlaut von sich gab, fuhr Boone erneut mit den Fingern über ihr kleines Nervenbündel und hielt sie fest, als er die Hüften grob an sie drückte.

»Ich weiß, du hast gesagt, dass es dir nicht gefällt, aber darf ich es probieren? Bitte?«

»Es ist widerlich, Boone.« Hayden sagte nicht gern Nein zu ihm, aber sie wollte, dass er es verstand.

Anstatt ihr zu antworten, zog Boone die Hand aus ihrem Slip und brachte sie an seinen Mund. Hayden drehte sich um und sah zu, wie er sich die Finger, mit denen er sie soeben noch auf intimste Weise gestreichelt hatte, in den Mund schob. Er leckte jeden einzelnen von oben bis unten ab und achtete darauf, alle Säfte aufzunehmen, die an seiner Haut waren. Dann legte er wortlos die Hand an ihre Wange und brachte ihre Lippen an seine.

Hayden konnte sich auf seinen Lippen und an seiner Zunge schmecken. Es war streng und moschusartig, aber nicht gänzlich unangenehm ... zumindest nicht in Verbindung mit Boones einzigartigem Geschmack.

Er hob den Kopf und sah ihr in die Augen, ohne die Hand zu bewegen. »Es ist nicht widerlich. Es ist einfach wundervoll. Hayden, einige Männer mögen es nicht. Ich gebe es offen zu, aber ich bin keiner dieser Männer. Du schmeckst göttlich. Ich kann es nicht abwarten, alles zu erleben. Deinen Geruch, deinen Geschmack und dein Zittern zu spüren, wenn du an meinem Mund auseinanderbrichst. Ich verspreche dir, solltest du es hassen, sollte das, was ich mit dir tue, ein zu großes Unbehagen in dir auslösen, werde ich aufhören.« Er hielt ihrem Blick stand und flüsterte: »Okay?«

Hayden bemerkte, wie sie nickte. Oh Gott, wenn er sie so ansah und mit ihr in dieser leisen Stimme sprach, konnte sie nicht Nein sagen.

Boone fuhr fort zu beschreiben, was er mit ihr tun würde, als hätte sie ihn mit ihrer Verkrampftheit nicht unterbrochen. Er schob die Hand wieder vorn an ihrem Körper nach unten und in ihr Höschen und wieder fuhr er beim Sprechen mit den Fingern durch ihre Schamlippen.

»Ich werde dich lecken und an dir saugen, bis du

explodierst. Dann, während du noch zitterst und deinen Höhepunkt erlebst, werde ich dich nehmen. Zuerst ganz langsam, damit du spürst, wie gut ich dich ausfülle. Dann, wenn du mich anflehst, schneller zu machen, werde ich das Tempo erhöhen. Du wirst dich in dieser Stellung so voll fühlen und ich werde mit meinen Fingern dafür sorgen, dass du noch einmal kommst, bevor ich mir meine Lust gönne. Zu sehen, wie dein Arsch wackelt, wenn ich in dich hineinstoße, wird mich schneller als je zuvor zum Abspritzen bringen. Bist du dafür bereit?«

Hayden konnte nur nicken. Ihr Mund war so trocken, dass sie kein Wort herausbrachte, selbst wenn ihr Leben davon abhinge. Sie hatte es noch nie in der Hündchenstellung gemacht, diese Position fühlte sich für sie zu unpersönlich an, aber an Boones Beschreibung war gar nichts Unpersönliches gewesen. Plötzlich waren seine Hände verschwunden und sie schwankte.

Er streckte eine Hand aus und zog die Fußbank, die ihr vorhin aufgefallen war, höher dorthin, wo sie stand. »Stell dich hier drauf und beuge dich nach vorn, dann leg die Hände auf die Matratze, Hay.«

Sie tat, worum er sie gebeten hatte, weil sie wusste, dass sie nach vorn fallen und sich blamieren würde, wenn sie es nicht täte. Der Grund für die Fußbank war offensichtlich. Sie hob ihren Körper gerade ausreichend an, um ihn aufzunehmen, und erlaubte es ihr gleichzeitig, sich auf der Matratze abzustützen.

Sie wäre beleidigt gewesen und hätte sich gefragt, mit wie vielen Frauen Boone diese Sache schon abgezogen hatte, aber als könnte er ihre Gedanken lesen, murmelte er, als sie sich positionierte: »Ich war mir nicht sicher, ob es funktionieren würde. Zum Glück tut es das. Es ist perfekt.«

Sie hielt den Atem an und wartete darauf, dass Boone loslegte. Als nichts passierte, blickte Hayden über die Schulter nach hinten.

Boone stand aufrecht und stolz hinter ihr, als hätte er darauf gewartet, dass sie ihn ansah. Er schob die Daumen unter den Gummizug an seiner Hüfte und drückte ihn nach unten. Seine Retroshorts rutschten an seinen Beinen hinunter und er stand vollkommen nackt da.

Hayden schluckte.

Boone trat einen Schritt zur Seite und stellte sich hinter sie. Hayden veränderte die Position, bis sie ihn sehen konnte.

»Oh Gott, Boone. Bist du dir sicher, dass dieses Ding in mich reinpasst?«

Boone warf den Kopf nach hinten und lachte, dabei drückte er ihre Hüften. »Er wird reinpassen, Hay. Versprochen. Ich bin ein großer Mann. Ich habe eine große ... Ausrüstung.«

»Das kann man wohl sagen«, hauchte Hayden und freute sich trotz ihrer Angst auf seinen Schwanz und auf ihn.

»Entspann dich. Bis ich in dich eindringe, wirst du so feucht sein, dass es dir egal sein wird, wie groß mein Schwanz ist. Ich werde problemlos in dich hineingleiten, als sei ich dazu geboren, in dir zu sein.«

»Oh mein Gott.« Hayden schloss die Augen und legte die Stirn auf die Matratze. Sie war so erregt, dass es ihr fast schon peinlich war. Sie spürte, wie Boone ihren Slip an den Seiten fasste und ihn über ihre Hüften abstreifte. Sie stellte die Beine etwas näher zusammen, damit er hinunterrutschen konnte, dann befreite sie erst den einen, dann den anderen Fuß von dem Höschen.

Boone packte ihre Fußgelenke und streichelte langsam nach oben. Erst über ihre Waden, dann ihre Knie, dann ihre Oberschenkel. Wieder hielt er bei den Gummibändern an, die dafür sorgten, dass ihre halterlosen Strümpfe nicht rutschten. Sie spürte, wie er näher kam und die Hinterseite ihrer Oberschenkel küsste. Er schlug ihren Rock hoch und Hayden spürte den Stoff in ihrem Kreuz. Sie errötete, denn sie wusste, dass sie nun vollkommen entblößt war.

»Sommersprossen«, sagte Boone atemlos. »Ich habe mich gefragt, ob du sie überall hast.«

»Der Fluch meiner Kindheit«, murmelte Hayden, ohne den Kopf zu heben.

»Einfach wunderschön. Spreize die Beine noch etwas mehr.« Boone sagte nichts weiter, sondern beugte sich zu ihr und schnupperte an ihrem inneren Oberschenkel, um sie zu ermutigen, sich breitbeiniger hinzustellen. Als sie es tat, bewegte er die Hände nach oben, die auf ihren Oberschenkeln geruht hatten. Er drückte ihre Pobacken zusammen und öffnete mit den Daumen ihre Schamlippen.

»Oh Gott.«

Boone lachte leise an ihr. »Nein, ich bin's nur.« Ohne ihr noch mehr Zeit zu geben, darüber nervös zu werden, was er tat, leckte Boone von oben bis zu seinen Daumen über ihre Schamlippen und hielt sie fest, als sie zusammenzuckte. Dann tat er es noch einmal und noch einmal.

Er packte ihren Hintern fester und spreizte ihre Schamlippen mit seinen Daumen noch weiter auseinander, bevor er seine Zunge soweit es ihm möglich war in ihr vergrub.

»Boone!«

Er antwortete nicht, sondern erkundete stattdessen jeden Zentimeter ihres Fleisches. Hayden konnte spüren, wie die Feuchte aus ihrer Muschi tropfte. Als sie bemerkte, wie ein Tropfen aus ihr floss und an ihrem inneren Oberschenkel hinunterlief, war Boone zur Stelle. Er leckte ihn mit seiner Zunge auf, als sei es geschmolzene Eiscreme, die an der Waffel herunterrinnt.

Als Hayden unter seiner fachkundigen Behandlung stöhnte und sich wand, brachte er einen Finger an ihre Klitoris und schob einen anderen in ihre feuchte Muschi.

»Boone ... oh mein Gott. Das fühlt sich so gut an.«

Boone drückte sich an die Haut an ihrem Po und behielt den Rhythmus seiner Finger bei. »Nein, *du* fühlst dich so gut an, Hay. Genau wie ich es mir erträumt habe. Entspann dich und komm für mich. Ich will es spüren.«

Hayden war noch nie zuvor durch einen Mann zum Orgasmus gekommen. Keiner der anderen Männer, mit denen sie geschlafen hatte, hatte sich die Mühe gemacht, sie gemeinsam mit sich zum Höhepunkt zu bringen, und es war ihr egal gewesen. Aber mit Boone, der die Kontrolle hatte, schien es jetzt unfassbar intim zu sein. Was, wenn sie komisch klang? Was, wenn sie Laute von sich gab, die ihn abtörnten? Sie versteifte sich.

»Pssst, entspann dich, Liebes. Du brauchst dich nicht zu versteifen. Lass es einfach geschehen. Ich bin direkt hinter dir, ich passe auf dich auf. Ich kann es nicht erwarten, in dich einzudringen. Du bist so heiß und feucht und ich weiß, dass du meinen Schwanz umschließen und ihn zusammenpressen wirst, bis ich mich nicht mehr bewegen kann. Ich werde spüren, wie du versuchst, mich festzuhalten, wenn ich ihn rausziehe, und dann werden wir beide vor Erleichterung aufstöhnen, wenn ich ihn wieder hineinschiebe. Genau so. Drücke dich an mich. Oh Gott, das ist so unglaublich sexy.«

Hayden konnte nicht mehr denken. Er hatte einen weiteren Finger hinzugefügt und stimulierte die Wände ihrer Muschi, während er sie fingerte. Es war jedoch seine andere Hand, die sie dazu brachte, sich an ihm zu bewegen. Er hatte die Hautfalte über ihrer Klitoris zurückgezogen und rieb nun direkt über das winzige Nervenbündel. Ihr war, als hätte er ihre Gedanken gelesen und wüsste genau, was er tun musste, um sie in den Abgrund zu stoßen.

Sie warf den Kopf nach hinten und stützte sich mit den Händen auf. Sie drückte sich ihm entgegen und fickte einen Moment lang seine Finger, ohne sich noch länger darum zu scheren, wie sie wohl aussah. Sie konnte spüren, wie der Orgasmus aus ihrer Tiefe hinaufstieg, und erstarrte. Sie brauchte mehr, konnte aber keinen Muskel mehr bewegen. Zum Glück kümmerte Boone sich um sie, stieß mit den Fingern in sie hinein und rieb gleichzeitig fest über ihre Klitoris. Hayden presste die Augen fest zusammen und sah hinter ihren Lidern Sterne. »Boone! Ich ... ja ... oh Gott.«

Als Hayden wieder zu sich kam, spürte sie, dass Boone immer noch hinter ihr kniete. Mit einer feuchten Hand hielt er sie an der Hüfte fest, mit der anderen streichelte und rieb er zärtlich über ihre tropfnassen Schamlippen. Sie spürte, wie er ihren Po küsste. »Verdammt wunderschön.«

Er stand auf und sie hörte, wie er eine Kondomverpackung aufriss. »Bringe deine Beine nun enger zusammen, Hay.« Hayden tat, wozu sie aufgefordert wurde, und spürte, wie Boones harter Schwanz gegen ihre Muschi drückte. Er beugte die Knie, sodass sein Schwanz zwischen ihren Schamlippen hindurchglitt und mit ihren Säften bedeckt wurde. Boone verlor keine Zeit mehr. Er führte die dicke Spitze in sie ein, bevor er sich mit einem langen, geschmeidigen Stoß in ihr vergrub.

Hayden stellte sich in ihren Schuhen auf Zehenspitzen. »Oh! Boone!« Es brannte ein wenig, da es schon so lange her war, seit sie etwas anderes als ihren schmalen Vibrator in sich gehabt hatte, aber das Brennen veränderte sich langsam zu einem erfüllten Gefühl, von dem sie sich durch den Mann hinter sich vereinnahmt fühlte.

Boone hielt still und beugte sich auf dem Bett über sie. Hayden konnte sein Gewicht an ihrem Rücken spüren und plötzlich wünschte sie sich, nackt zu sein, um seine Haut an ihrer spüren zu können.

»Tue ich dir weh?« Boones Stimme drang leise in ihr Ohr. Er nahm ihre Hände in seine, verwebte ihre Finger miteinander und behielt sie auf dem Bett.

»N-Nein. Es ist nur ... du bist groß.«

»Das bin ich. Und du bist es nicht. Aber du fühlst dich einfach großartig an, Hay.«

»Ja, du fühlst dich auch gut an«, gestand sie.

Boone zog den Schwanz etwas aus ihr heraus, dann schob er ihn wieder hinein. Hayden spannte ihre inneren

Muskeln an und er stöhnte auf. »Ja, das fühlt sich toll an. Mach es noch mal.«

Sie tat es und erzielte die gleiche Wirkung. Er zog sich zurück und drang erneut in sie ein, dieses Mal jedoch langsamer. Er tat es noch einmal und noch einmal. Hayden wand sich und versuchte, sich ihm entgegenzudrücken, als er das nächste Mal in sie hineinstieß.

»Hast du es eilig?«

»Boone, komm schon.«

»Oh, wir werden kommen, keine Sorge.«

Hayden rollte mit den Augen, da sie wusste, dass er sie nicht sehen konnte. »Bitte, es geht mir gut. Fick mich.«

»Das tue ich.«

»Du weißt, was ich meine.«

»Ich habe mir zwar keine Zeit genommen, um jeden Zentimeter deines Körpers zu kosten, aber *hierbei* werde ich mir Zeit nehmen und dafür sorgen, dass es sich gut für dich anfühlt.«

»Boone«, jammerte Hayden, während sie erneut versuchte, sich ihm entgegenzudrücken, als er ein weiteres Mal langsam und kontrolliert in sie eindrang. Sie fragte sich, was sie wohl tun müsse, damit er die Kontrolle verlor.

»Ja, Hayden?«

Plötzlich erinnerte sie sich daran, was er ihr vorhin gesagt hatte. Wenn er wollte, dass sie bettelte, würde sie es bereitwillig tun, wenn er sich dann beeilte. »Bitte.«

»Was bitte?«

Hayden konnte das Lächeln in seiner Stimme hören. »Bitte, fick mich. Ich will spüren, wie du in mich stößt, so wie du es mir gesagt hast. Deine Finger haben sich toll angefühlt, aber dein Schwanz fühlt sich noch besser an.« Dieses Mal hörte sie, wie ihm der Atem stockte. Volltreffer.

Er stieß fester in sie und wartete nicht, bevor er den Schwanz rauszog und es wiederholte. Hayden stöhnte. »Jaaaaaa.«

Boone ließ ihre Hände los und drückte seine auf ihren Rücken. »Beuge dich noch weiter nach vorn, Liebes.«

Hayden tat sofort, was er von ihr verlangte. Ihre Position sorgte dafür, dass ihr Po nun höher in der Luft war. Als Boone dieses Mal in sie hineinstieß, packte er ihre Hüften und zog sie an sich. Beide stöhnten auf.

»Oh Gott, du fühlst dich so gut an. So eng um meinen Schwanz. So feucht. Ich kann deine Feuchte an meinen Eiern spüren. Du weichst mich auf.«

»Schneller, Boone. Bitte.« Es hätte sich seltsam anfühlen sollen, vollständig bekleidet zu sein, obwohl Boone nackt war, aber sie konnte einzig daran denken, wie er sich in ihr anfühlte. Alle Gedanken daran, dass sie sich schämte oder dass sie eigentlich frigide sein sollte, verschwanden aus ihrem Kopf. Boone und sein Schwanz waren die einzigen Dinge, an die sie in diesem Augenblick dachte.

Er stieß schneller zu. Er schob eine Hand unter sie und streichelte ihre Klitoris, als er in sie hineinhämmerte. »Ja, Hayden. Ja.«

Dieses Mal arbeiteten sie zusammen. Wenn Boone den Schwanz rauszog, drückte Hayden sich aufs Bett, und wenn er wieder in sie hineinstieß, drückte sie sich ihm entgegen, was seine Stöße fester und schneller machte. Die Geräusche ihres Hinterns, der gegen ihn klatschte, hörten sich in dem Zimmer laut an. Boone fuhr damit fort, ihr Nervenbündel zu stimulieren, bis er bemerkte, dass sie kurz vor dem Höhepunkt stand.

»Tu es. Komm für mich, Hay. Ich will, dass du alles aus mir herauspresst.«

Als Hayden vor Erleichterung über ihren Orgasmus aufheulte, blieb Boone ganz still in ihr und genoss das Gefühl ihrer inneren Muskeln, die sich an seinem harten Schwanz zusammenzogen. Er wartete kurz ab, dann stieß er so schnell er es wagte, ohne sie zu verletzen, in sie hinein. Er benötigte lediglich vier Stöße, dann explodierte er.

Boone konnte das lange Stöhnen nicht unterdrücken, denn es fühlte sich an, als hätte er jeden Milliliter Flüssigkeit, den er in seinem Körper hatte, in das Kondom entleert. Er legte seine Stirn kurz auf Haydens Rücken, bevor er sich aufrichtete.

Boone zog den Schwanz langsam aus Hayden heraus und genoss sehr das Stöhnen, das ihrem Mund entwich, als er ihre Muschi verließ. Er legte seine schwere Hand auf ihren Rücken. »Bleib nur eine Sekunde liegen, Hay, okay? Ich bin sofort wieder da.«

»Hmmmm.«

Boone lächelte über Haydens fehlende Antwort. Er fühlte sich so, wie sie klang, aber er konnte sich erst aufs Bett fallen lassen, nachdem er sich um sie gekümmert hatte. Er ging ins Badezimmer und warf das Kondom weg. Dann schaltete er das Wasser an und freute sich mehr über seinen teuren Boiler, als er Worte hatte. Er befeuchtete einen Waschlappen, dann ging er lächelnd zurück ins Schlafzimmer.

Hayden hatte sich keinen Zentimeter bewegt. Er stand kurz da und genoss den Anblick. Sie war so unglaublich sexy – und sie gehörte ganz ihm. Ihr Kopf lag auf der Matratze und ihre Arme ruhten oberhalb ihrer Schultern auf dem Bett. Ihr Hintern hing noch immer in der Luft und ihre Beine in den sexy Strümpfen waren weiterhin zu sehen.

Unglaublicherweise spürte Boone, wie sein Schwanz zuckte. Herrgott, er war vierzig, nicht sechzehn.

Er ging zu Hayden und berührte ihren Rücken, damit sie wusste, dass er wieder da war. »Ich werde dich sauber machen, dann machen wir es dir bequemer, okay?«

Boone sah, wie Hayden nickte. Er drückte den warmen Waschlappen an ihre Schamlippen und lachte beinahe laut auf, als sie wieder zum Leben erwachte. Sie hob den Oberkörper vom Bett an und drehte den Kopf, um ihn anzusehen. »Äh, ich kann das machen.«

»Nein, nein. Ich mache das schon. Entspann dich.«

Hayden legte die Hände wieder auf die Matratze, entspannte sich aber ganz sicher nicht.

Boone ignorierte den Gedanken, sie mit seiner Zunge säubern zu wollen, was in einer weiteren Runde Sex geendet hätte, und wusch sie stattdessen mit dem warmen Lappen. Er ließ ihn zu Boden fallen, beschloss, sich am nächsten Morgen darum zu kümmern, und half Hayden dabei, aufzustehen und von der Fußbank zu steigen. »Arme hoch, Liebes.«

Boone konnte nicht fassen, wie fügsam Hayden war, aber er würde das nicht infrage stellen. Er hob ihr sexy

Kleid an und zog es ihr über den Kopf aus, sodass sie in nichts weiter als ihrem BH und den halterlosen Strümpfen dastand. »Heilige Scheiße, Hay. Ich hätte dich so durchnehmen sollen.«

Sie kicherte ihn an, ein echtes Kichern, und versetzte ihm dann einen leichten Schlag auf die Schulter. »Boone!«

Er griff hinter sie, öffnete geschickt ihren BH-Verschluss und sah zu, wie sie die Arme herunternahm und den BH zu Boden fallen ließ. Dort, wo die Bügel den ganzen Abend in ihre Haut gedrückt hatten, hatte sie Abdrücke unter den Brüsten. Ohne nachzudenken, berührte er ihre Brüste und massierte sie. »Das muss wehtun.«

Hayden seufzte erleichtert auf. »Nun, es fühlt sich nicht gut an, aber wenn man den ganzen Tag eine kugelsichere Weste trägt, ist das hier nichts dagegen. Abgesehen davon würde ich behaupten, dass es das wert war, so wie du den ganzen Abend auf meine Titten gestarrt hast.«

Boone lachte. Sie sagte nie das, was er von ihr erwartete. »Das stimmt. Fühlt es sich besser an?«

Als Hayden nickte, kniete er sich erneut vor sie. Er öffnete die Schnallen ihrer Schuhe und stellte sie sorgfältig zur Seite, damit sie nicht darüber stolperte, wenn sie morgen früh aus dem Bett aufstand. Sie legte ihm die Hände auf die Schultern und er wusste, dass sie zusah, als er den ersten Strumpf ergriff und ihn über ihr straffes Bein hinunterrollte. Als er unten angekommen war, hob sie den Fuß an, dann tat er das Gleiche mit dem anderen Strumpf. Wieder hielt sie sich an ihm fest, als sie den

Fuß anhob, damit er das zarte Material ausziehen konnte.

Endlich waren sie beide ganz nackt. Boone stand auf und schlang die Arme um Haydens Rücken. Er legte eine Hand an ihre rechte Hüfte, die andere an ihr linkes Schulterblatt. Dann führte er die Arme an die Vorderseite ihres Körpers und hielt sie fest. Hayden schlang beide Arme um seine Schultern und neigte den Kopf zur Seite, als er sich an sie kuschelte. So standen sie da, ihre Körper so nahe, wie zwei Menschen einander sein konnten, und genossen die Nähe und Intimität.

Hayden fühlte sich in Boones Armen geborgen und obwohl sie kleiner war als er, hoffte sie, dass er das gleiche Wohlgefühl in ihren Armen empfand wie sie in seinen.

Endlich nahm Boone den Kopf zurück. »Musst du zur Toilette?«

Als Hayden den Kopf schüttelte, schlug Boone die Bettdecke zurück und bedeutete ihr mit einer Handbewegung, ins Bett zu kommen. Sie tat es und er folgte ihr. Er schaltete das Licht seitlich am Bett aus und zog sie an sich. Er lag auf dem Rücken und sie kuschelte sich an ihn, legte den Kopf an seine Schulter und einen Arm über seinen Bauch.

»Wirst du ohne Ellie gut schlafen können?«

Boone spürte, wie Hayden den Kopf an seiner Schulter vergrub und stöhnte: »Es ist mir so peinlich, dass du von ihr weißt.«

Er lächelte. »Es ist keine große Sache.«

»Für mich schon.«

»Willst du mir von ihr erzählen?«

Boone war sich nicht sicher, ob sie es tun würde, aber nach einem langen Moment der Stille hörte er sie mit leiser Stimme sagen: »Als ich vier war, habe ich ein Paket mit einer Babypuppe bekommen. Ich habe sie Molly genannt. Die Schwester meiner Mutter hat sie geschickt. Ich habe diese Puppe geliebt. Ich habe sie überall mit hingenommen. Dad hat sie gehasst. Ich meine, er hat sie *wirklich* gehasst. Er hätte es lieber gehabt, wenn ich mit den Lkws und Bällen gespielt hätte, die er mir gekauft hat. Eines Tages war Molly weg. Ich habe tagelang geweint. Ich weiß, dass mein Vater darüber verstimmt war, da er mir sagte, ich solle mich endlich damit abfinden und mich gefälligst zusammenreißen.«

»Das hat er zu dir gesagt? Du sollst dich zusammenreißen?«, fragte Boone ungläubig. »Mit *vier*?«

Hayden nickte und fuhr fort: »Ja. Jedenfalls kam Mom irgendwann mit diesem lächerlichen und hässlichen Plüschelefanten nach Hause, um Molly zu ersetzen. Dad erlaubte es, weil ein Elefant nicht so mädchenhaft und schwach wie eine Puppe war. Da Molly verschwunden war, als ich geschlafen habe, habe ich dafür gesorgt, dass es mit Ellie nicht passieren würde. Seitdem schlafe ich jede Nacht mit ihr.«

»Was ist mit deiner Puppe passiert?«

Hayden zuckte mit den Schultern. »Dad hat sie weggeworfen. Er hat sie gehasst.«

Boone war in ihrem Namen wütend, versuchte jedoch, entspannt zu bleiben. »Es macht Sinn, dass Ellie in gewisser Weise zu einem Rettungsanker für dich geworden ist.«

»Ja. Und ich weiß, dass es nicht normal ist, immer

noch dieses Ding zu haben, geschweige denn, damit zu schlafen. Hayden, die knallharte Polizistin, schläft mit einem beschissenen Kuscheltier ... aber ich fühle mich damit ...« Ihre Stimme verstummte.

»Sicher«, antwortete Boone für sie.

Er spürte, wie sie an ihm nickte. »Ja. Ich denke schon. Ich komme mir allerdings vor wie Linus mit seiner Schmusedecke.«

Boone küsste Hayden auf den Kopf und zog sie noch näher an sich. »Es ist so unfassbar süß. Es ist mir egal. *Mich* interessieren nur die Dinge, die du brauchst, um dich sicher und geborgen zu fühlen. Wenn es bedeutet, dass du mit einem Kuscheltier schläfst, bis du achtzig bist, und *wir* deshalb mit einem Kuscheltier schlafen, bis wir achtzig sind, dann ist es eben so.« Boone spürte, wie Hayden kurz mit dem Arm an ihm zuckte, als sei sie von seinem Verständnis überrascht, und lächelte, als sie den Kopf drehte und ihn zärtlich auf die Schulter küsste. Sie sagte nichts, doch ihr Kuss sagte alles.

Zusammen lagen sie schweigend da und Boone wusste, wann Hayden eingeschlafen war. Ihr Arm wurde schwer auf seinem Bauch und sie begann, tief durch die Nase zu atmen. Er lächelte und küsste ihren Kopf. Sie war unfassbar sexy und so süß. Eine Kombination, die er definitiv mochte.

KAPITEL SECHZEHN

Hayden war noch nie gut mit dem »Morgen danach« gewesen, aber Boone gab ihr keine Gelegenheit, sich seltsam zu fühlen. Sie war aufgewacht, als er mit seinen Händen über ihren Körper streichelte und er fünfundvierzig Minuten genau das tat, was er ihr versprochen hatte – sie zu verehren. Als Hayden dachte, sie könne seine Lippen an ihrer Haut nicht eine Sekunde länger ertragen, ohne ihn in sich zu spüren, hatte er Mitleid mit ihr bekommen und langsam und liebevoll Sex mit ihr gehabt. Sie waren beide explodiert und hatten halb dösend im Bett gelegen, bis Boone schließlich wach genug war, um aufzustehen.

Er hatte sie auf die Stirn geküsst, gesagt, er würde aufstehen, duschen und etwas zum Anziehen für sie finden, und ihr Bescheid sagen, wenn er im Badezimmer fertig sei. Hayden war später ins Bad gegangen und hatte gesehen, dass er irgendwo ein T-Shirt und eine Hose in Größe L – anstatt in XXL, wie er sie trug – gefunden hatte, die sie tragen konnte, bis sie ihr Kleid wieder anziehen würde. Die Shorts gehörten offensichtlich ihm, aber da sie eine Kordel hatten, konnte sie sie eng genug schnüren, damit sie nicht runterrutschten.

Sie hatte geduscht, war wegen der Knutschflecke errötet, die sie an zahlreichen Stellen ihres Körpers gefunden hatte, und hatte sich angezogen. Da Boone keinen Fön besaß, hatte sie einfach ihr Haar gekämmt und es zu einem Pferdeschwanz frisiert. Dann war sie in die Küche gegangen. Als sie eintrat, hatte sie erwartet, sich wegen dem, was sie getan hatten, seltsam zu fühlen, fand aber zu ihrer Erleichterung, dass die Stimmung zwischen ihnen beiden entspannt war.

Sie und Boone aßen ein ungezwungenes Frühstück, bei dem Boone ihr erklärte, dass seine Mitarbeiter an diesem Morgen für die Kühe verantwortlich seien. Nachdem er sie zu Hause abgesetzt hatte, hatte er sie leidenschaftlich geküsst und die Hände über ihren Körper wandern lassen, und die beiden hatten sich versprochen, einander schon bald wiederzusehen.

Dreißig Minuten später hatte sie eine Nachricht von Boone erhalten.

Ich vermisse dich.

Hayden lächelte.

Dito, schrieb sie zurück.

Musst du morgen arbeiten?

Ja.

Es vergingen einige Minuten, bevor Boone ihr noch eine SMS schrieb.

Besteht die Möglichkeit, dass du Mitleid mit einem alten Rinderzüchter hast und ihn die heutige Nacht mit dir verbringen lässt?

Wann kannst du hier sein?

Hayden war aufgeregt. Es war albern, aber sie mochte Boone wirklich und war begeistert, dass er sie ebenfalls zu mögen schien.

Wahrscheinlich nach dem Abendessen. Ich habe eine Jungkuh, die jeden Moment ihr Kalb zur Welt bringen wird. Ich will mich vergewissern, dass mit ihr alles in Ordnung ist.

Klingt gut. Bis dann.

Er hatte nicht geantwortet, aber Hayden machte sich keine Sorgen. Sie hatte den Tag damit verbracht, ihre Wohnung zu putzen und dafür zu sorgen, dass es ordentlich aussah. Sie glaubte zwar nicht, dass es Boone wichtig sei, sie wollte jedoch ebenfalls kein Risiko eingehen.

Gegen zwanzig Uhr klopfte Boone an die Tür. Sofort nachdem Hayden ihn hereingelassen hatte, nahm er sie auch schon in die Arme und drängte sie durch den Flur zu ihrem Schlafzimmer.

»Hast du gegessen?«, fragte er zwischen Küssen.

»Ja, und du?«

»Ich auch. Aber ich könnte etwas anderes essen.« Wegen des lüsternen Glänzens in seinen Augen wusste Hayden ganz genau, was er meinte.

Boone schob Haydens T-Shirt an ihrem Körper hinauf, zog es ihr über den Kopf und ließ es auf dem Weg zu ihrem Schlafzimmer zu Boden fallen.

»Um wie viel Uhr musst du morgen früh auf der Wache sein?«, fragte Boone und streifte den Träger ihres BHs von einer Schulter.

»Um acht.«

»Okay, gut. Wir haben die ganze Nacht und ich habe mit diesem wundervollen Körper so einiges vor.«

Für eine ganze Weile waren das die letzten Worte, die die beiden miteinander sprachen.

Die letzten drei Wochen waren für Hayden idyllisch gewesen. Die meisten Nächte verbrachte sie entweder mit Boone auf der Farm oder er kam zu ihr. Doch erst in der vergangenen Woche waren Hayden einige Dinge aufgefallen, die Boone für sie tat, und sie hatte ihn darauf angesprochen.

Sie standen in ihrer Küche und Boone kümmerte sich gerade um das Geschirr vom Abendessen.

»Du musst damit aufhören, Boone.«

Er verzog keine Miene und stellte einfach weiter die Teller in ihre kleine Spülmaschine. »Was meinst du? Womit muss ich aufhören?«

»Das hier. Das Geschirr. Meine Wäsche. Abendessen kochen. Mich von der Arbeit abholen und wieder dort absetzen, mir den Rücken und die Füße massieren ... alles!«

Boone trocknete in aller Ruhe seine Hände an einem Handtuch ab, das am Kühlschrank hing. Als er fertig war, hängte er es wieder an den Haken und lehnte sich an die Arbeitsplatte. Er überkreuzte die Fußgelenke und sah sie an. »Dann ziehst du es also vor, wenn ich am Tisch sitze und dir dabei zusehe, wie du kochst, oder ich mir keine Mühe mache, deine Wäsche zusammen mit meiner in die Maschine zu stecken, wenn ich wasche?«

»Also, nein, aber –«

»Und hasst du es, wenn ich dir die Füße massiere? Sind meine Massagen so schrecklich?«

»Du weißt, dass sie es nicht sind.«

»Worin besteht dann das Problem, Liebes?«

Hayden hatte Schwierigkeiten, ihre Gefühle in Worte zu fassen. »Ich kann mich schon um mich selbst kümmern.«

»Und?«

»Und du lässt mich nicht.«

Boone atmete tief durch, stieß sich von der Arbeitsplatte ab und ging auf sie zu. »Als du dich mit allen meinen Mitarbeitern getroffen und ihnen gesagt hast, was sie tun sollen, wenn sie Dana sehen ... damit hast *du* dich nicht um *mich* gekümmert?«

Hayden öffnete den Mund, um zu antworten, doch er sprach weiter, bevor sie etwas sagen konnte.

»Und als ich ins Haus kam, nachdem ich das Kälbchen verloren hatte und du mir ein Bad eingelassen und dich von mir die ganze Nacht lang hast halten lassen, weil ich verzweifelt war ... hätte ich dich das ebenfalls nicht tun lassen sollen?«

»Boone –«

»So etwas bezeichnet man als Beziehung, Hay. Wir kümmern uns umeinander. Selbstverständlich können wir für uns selbst sorgen. Wir sind Erwachsene. Aber wenn du in einer Beziehung bist, dann tust du Dinge für deinen Partner, weil du es willst. Weil es dir ein gutes Gefühl gibt. Weil du deinen Partner *magst*. Gefällt es dir, dich um mich zu kümmern?«

»Ja.«

»Ja. Und mir gefällt es ebenfalls, mich um dich zu

kümmern. Ganz besonders da es den Anschein macht, als hättest du so etwas noch nie erlebt. Also lass mich einfach, okay? Wenn ich etwas tue, das dir wahrlich unangenehm ist, dann sag mir Bescheid, und ich werde damit aufhören. Aber Hayden«, sagte Boone, beugte sich hinunter und gab ihr einen Kuss auf die Stirn, bevor er ihr in die Augen sah, »ich habe noch niemals so für einen Menschen empfunden. Es macht mich glücklich, mich um dich zu kümmern, im Bett und außerhalb. Okay?«

Sie nickte und in dieser Nacht zeigte er ihr, wie gut er sich um sie kümmern konnte, sowohl in der Dusche als auch im Bett.

Zum Dank lernte Hayden, dass es ihr doch nichts ausmachte, Boones Schwanz ganz nahe zu kommen ... und sich im Gegenzug ebenfalls um ihn zu kümmern. Ihn oral zu befriedigen wäre nie etwas, das ihr unbändige Freude bereiten würde, aber zu sehen, wie viel Lust er dadurch erfuhr, und zu wissen, dass sie für den Verlust seiner eisenharten Kontrolle verantwortlich war, machte es sehr viel angenehmer ... ganz besonders da er sich revanchierte und dafür sorgte, dass sie vollkommen vergaß, wer und wo sie war.

Sie hatten nicht viel von Dana gehört, aber Hayden hatte den Verdacht, dass sie verantwortlich für den Mist war, mit dem sie sich herumschlagen musste. Eines Morgens wollte sie zur Arbeit fahren und sah, dass alle vier Reifen ihres Wagens platt waren. An einem anderen Abend tauchte fünf Stunden lang alle dreißig Minuten ein Pizzalieferant vor ihrer Tür auf. Die Streiche waren unbedeutend und amateurhaft. Sie waren nicht lebensbedrohlich, aber definitiv nervig. Sie hatte jeden einzelnen Vorfall dokumentiert und ihn bei der Arbeit in einer immer dicker werdenden Akte mit Namen »Dana« abgelegt.

Hayden nahm die Post aus dem Briefkasten und klemmte sie sich unter den Arm, als sie die Tür aufschloss und eintrat. Sie warf die Briefe auf die Arbeitsplatte in der Küche und zog sich um. Nachdem sie geduscht hatte, kam sie in ihre Fetthose und ein T-Shirt gekleidet zurück, das Boone bei ihr vergessen hatte. Darauf war ein Langhornrind abgebildet, über dem die Worte »Hatcher Farms« geschrieben standen und darunter seine Webseite. Es war weich und von vielen Wäschen bereits etwas ausgeleiert, aber Hayden liebte es. Dieses Kleidungsstück würde anstatt in seiner von nun an definitiv in ihrer Schublade unterkommen und dem T-Shirt mit der Aufschrift *Denk an Hühner* Gesellschaft leisten.

Sie öffnete den Kühlschrank und nahm eine Flasche Wasser heraus, während sie darüber nachdachte, was sie zum Abendbrot essen sollte. Weil Hayden wie üblich keine Lust zum Kochen hatte, schob sie ein Fertiggericht in die Mikrowelle und stellte die Garzeit ein. Während sie darauf wartete, dass es erwärmt wurde, sah sie ihre Post durch.

In dem Briefestapel befand sich ein mittelgroßer gelber Umschlag ohne Absender. Ihr Name und ihre Adresse waren in Handschrift auf der Vorderseite notiert. Hayden öffnete ihn, schüttete den Inhalt auf die Arbeitsplatte und erstarrte.

Vor ihr lagen mindestens ein Dutzend Fotos von sich und Boone, nur war auf jedem Foto ihr Gesicht so sehr zerkratzt worden, dass es nicht mehr zu erkennen war.

Den Fotos lag keine Nachricht bei, aber Hayden wusste, von wem sie stammten.

Verdammte Scheiße.

Als sie zum letzten Mal den Verdacht hatten, dass Dana ihre Hände im Spiel hatte, war das Seitentor von Boones Grundstück weit geöffnet gewesen. Mindestens ein Dutzend Kühe waren auf das Nachbargrundstück gewandert und mussten wieder zurückgetrieben werden. Es war keine große Sache, denn glücklicherweise war der Bauer von nebenan ein aufrechter und verständnisvoller Mann, aber wenn die Jungkühe Kälber zur Welt brachten, die von den Bullen des Nachbarn stammten, konnten sie nicht verkauft werden. Boone würden finanzielle Einbußen entstehen, da er warten müsste, bis die Kühe erneut besamt werden könnten.

Beide hatten Dana im Verdacht gehabt, es hatte dafür aber keine Beweise gegeben. Hayden hatte sogar das Team von der Spurensicherung gebeten, zu kommen und sich das Tor anzusehen, aber sie konnten keine anderen Fingerabdrücke als die von Boone und einem seiner Helfer, der für diesen Bereich der Umzäunung verantwortlich war, feststellen. Darüber hinaus hatten die Kameras, die installiert worden waren, in jener Nacht nicht richtig funktioniert. Boone war in Kontakt mit der Sicherheitsfirma, die sie nicht korrekt eingestellt hatte, und hatte von den Mitarbeitern das Versprechen bekommen, den Fehler zu beheben und sie dieses Mal funktionstüchtig zu installieren. Er war sauer, dass sie nicht funktioniert hatten, als er es tatsächlich gebraucht hatte. Der Eigentümer bat um Entschuldigung und erstattete Boone wegen des Fehlers von einem seiner Mitarbeiter die Hälfte der Kosten.

Aber das hier, das war anders. Hayden betrachtete die Bilder, die auf ihrer Arbeitsplatte lagen, als seien auf der Oberfläche Blutspritzer zu sehen. Die Fotos bewiesen, dass Dana noch immer sauer war, und Hayden musste ehrlich zugeben, dass sie verstand wieso, ganz besonders da Dana Boone immer noch als »ihren Mann« ansah. Auf den Fotos küssten sie und Boone sich. Auf einem konnte Hayden seine Hand an ihrer Brust erkennen und auf den meisten anderen waren seine Hände entweder an ihrem Po oder ihrem Kreuz. Und auf diesen Bildern hatte auch Hayden ihre Hände überall an Boones Körper.

Sie wären sexy gewesen, wenn sie nicht so gruselig wären – und selbstverständlich, wenn Haydens Gesicht nicht auf jedem einzelnen unkenntlich gemacht worden wäre. Dana war ihnen offensichtlich eine ganze Zeit lang gefolgt und hatte zugelassen, dass ihre Wut über ihre aufblühende Beziehung immer größer wurde. Sie hatte wahrscheinlich darauf gehofft, dass ihre Gefühle füreinander mit der Zeit erlöschen würden, aber da es offensichtlich war, dass sie stattdessen als Paar enger zusammenwuchsen, hatte Dana das Bedürfnis verspürt, etwas Drastisches zu tun.

Hayden fasste die Bilder nicht an und ignorierte ebenfalls das Ping-Geräusch der Mikrowelle, das verkündete, dass das Essen fertig war. Stattdessen rief sie Juan an, von dem sie wusste, dass er Dienst hatte.

Juan traf zusammen mit Scott ein, einem weiteren Hilfssheriff, der in ihrer Wache arbeitete.

»Es gibt nichts, was wir tun können, Hayden«, sagte Juan mit Bedauern zu ihr. »Du weißt so gut wie ich, dass es sich hierbei nicht um einen Gesetzesbruch handelt.«

Hayden ging in ihrer kleinen Küche auf und ab. »Ja, aber *du* weißt so gut wie ich, dass es nur eine Frage der Zeit ist, bis Dana die Sicherung durchbrennt und sie irgendwas Verrücktes tut. Wir sehen das immer und immer wieder.«

»Er ist ein Kerl, Yates. Ich bin mir nicht sicher, worin das Problem besteht. Irgendwann wird sie darüber hinwegkommen, und in der Zwischenzeit muss er sich einfach damit abfinden.« Scotts Tonfall war abweisend und gelangweilt.

Hayden drehte sich zu Scott um und kam ihm gefährlich nahe. »Warst du schon einmal bei einem Tatort und hast ein Opfer gesehen, dem in den Kopf geschossen wurde?«

Scott trat von einer überaus wütenden Hayden einen Schritt zurück. »Äh –«

»Was ist mit einem Autowrack, in dem der Körper eines Mannes vollkommen zerquetscht wurde, weil seine Bremsen nicht funktioniert haben oder er in den Gegenverkehr abgekommen ist?«

»Hör zu, Yates –«

Wieder unterbrach Hayden ihn, denn sie war nun in Fahrt. »Nur weil Boone der männlichste Kerl ist, den ich je in meinem Leben gesehen habe, bedeutet es nicht, dass eine Frau, die sich sitzen gelassen fühlt, selbst wenn es nicht der Wahrheit entspricht, ihn nicht verletzen kann ... *ganz besonders* wenn er zu viel Ehre besitzt, um sich zu verteidigen. Sie könnte ihm einfach so den Kopf wegpusten.« Hayden schnippte mit den Fingern vor Scotts Gesicht und wich nicht zurück, als er zusammenzuckte.

»Und sie hat es derzeit ebenfalls nicht auf *ihn* abgesehen. Es ist nicht *sein* Gesicht, das auf jedem einzelnen Foto zerkratzt wurde, es ist *meins*. Sage niemals, dass jemand schon ›darüber hinwegkommen‹ wird, wenn es zu diesem Punkt kommt.« Hayden deutete wütend auf die verunstalteten Bilder auf der Arbeitsplatte. »Diese Frau ist verrückt. Ein verdammtes Stück Papier wird weder Boone noch mich beschützen. Uns wird einzig beschützen, jede einzelne ihrer durchgeknallten Aktionen zu dokumentieren und zu hoffen, dass eine definitiv zu ihr führen wird, damit wir sie verhaften können, weil sie gegen die einstweilige Verfügung auf dem verdammten Stück Papier verstoßen hat.«

»Beruhige dich, Yates«, sagte Juan und legte ihr unterstützend die Hand auf den Rücken.

Hayden sah Juan an. »Du weißt, dass ich recht habe, Juan. Du *weißt* es. Sie dreht durch. Es ist schulbuchmäßiges Verhalten.«

»Ja, das weiß ich«, sagte Juan. »Deshalb werde ich auch diese Bilder einpacken und sie zur Wache bringen. Wir werden sie dokumentieren und als Beweismittel aufbewahren. Du passt in der Zwischenzeit gut auf dich und Hatcher auf, verstanden?«

Hayden drehte sich um und funkelte Scott an, dann

sagte sie mit ruhigerer Stimme, die weitaus effektiver war, weil sie nicht brüllte: »Von dem ersten Einsatz, als sie in Boones Haus eingebrochen ist, über ihre Lüge vor den Polizisten, Boone hätte sie geschlagen, zu Vandalismus und dem Mischen von Drogen in mein Getränk, während ich mich mit meinem Freund amüsiert habe. Dann folgten meine Reifen, der Zaun, die verdammten Pizzalieferungen ... oh, und vergessen wir nicht die tote *Katze* vor meiner Tür. Die Sache eskaliert schulbuchmäßig, Scott. Verhalte dich beim nächsten Mal nicht wie ein respektloses Arschloch, wenn jemand sagt, dass ihm nachgestellt wird und er sich um seine Sicherheit oder die eines nahestehenden Menschen sorgt, wenn derjenige dich um Hilfe bittet.«

»Tut mir leid, Yates«, sagte Scott zerknirscht zu ihr. »Du hast vollkommen recht. Ich habe zuvor schon häusliche Zwischenfälle erlebt, bei denen die Frau die Schuldige war. Nicht viele, aber einige. Ich bin zu weit gegangen.«

»Verdammt richtig«, sagte Hayden nickend und war nicht bereit, dem anderen Hilfssheriff jetzt schon zu vergeben.

»Halte mich auf dem Laufenden, ja?«, wies sie Juan an und nickte zu den Bildern, die er mit Handschuhen aufnahm und in eine Plastiktüte steckte.

»Selbstverständlich.«

»Danke.«

Hayden wartete, bis die beiden gegangen waren, und ging auf und ab, während sie grübelte, was sie tun sollte. Schließlich griff sie zu ihrem Handy und schrieb Boone eine SMS.

Bist du wach?

Sie hatten nicht vorgehabt, sich an jenem Abend zu treffen, weil Hayden Spätschicht hatte und am nächsten Morgen früh bei der Arbeit erscheinen musste. Aber danach hatte sie drei Tage frei und sie hatten geplant, sich auf der Farm zurückzuziehen. Sie hatte sich darauf gefreut, auf der Farm abzuhängen, während Boone seinem üblichen Tagesablauf nachging, aber noch viel wichtiger darauf, mit ihm so viel Zeit wie möglich in seiner Badewanne, seiner Dusche und seinem Bett zu verbringen.

Ja. Was gibt's?

Hayden atmete tief durch und überlegte es sich anders. Sie hatte fragen wollen, ob sie zu ihm fahren und mit ihm sprechen könne, beschloss aber, einfach bis zum nächsten Tag zu warten. Dann würde sie ihm erzählen, was Dana ihr geschickt hatte, und sie könnten sich immer noch überlegen, was sie tun sollten.

Ich wollte nur Gute Nacht sagen und dass ich dich vermisse.

Bist du dir sicher, dass es dir gut geht?

Ja.

Okay. Ich vermisse dich auch. Ich kann es nicht abwarten, dich morgen zu sehen. Soll ich dich um neunzehn Uhr abholen?

Klingt gut.

Bis morgen.

Hayden ging zu ihrer Wohnungstür, überprüfte, dass sie abgeschlossen und der Riegel vorgeschoben war, dann ging sie ins Schlafzimmer und vergewisserte sich, dass ihre Pistole gesichert und einfach zu erreichen war.

Ihr Bauchgefühl sagte ihr, dass Boone in Sicherheit war. Dana war wütend auf *sie*. Was auch immer sie vorhatte, würde den Vorfall mit dem Liquid Ecstasy wie einen Kinderstreich aussehen lassen.

Der einzige Gedanke, der Hayden durch den Kopf ging, war: *Versuche es nur.*

KAPITEL SIEBZEHN

Als Hayden am nächsten Abend die Tür öffnete, lächelte sie Boone an. Zuvor bei der Arbeit hatte sie ein langes Gespräch mit dem Sheriff geführt. Er war zwar kein Streifen-Hilfssheriff mehr, sie wollte ihn aber trotzdem darüber in Kenntnis setzen, was passiert war und welchen Verdacht sie hatte. Keiner von ihnen konnte etwas tun, bis Dana das nächste Mal zuschlug, aber Hayden fühlte sich besser damit, dass er von ihrer Vermutung wusste, dass Dana etwas im Schilde führte. Wenn es hart auf hart käme und sie Boone oder sich selbst beschützen musste, wollte sie es offiziell vermerkt haben, dass sie Angst davor hatte, Dana könne versuchen, einem von ihnen etwas anzutun.

Weil sie bereits fertig war zu gehen, als sie die Tür öffnete, küsste sie Boone bloß rasch und drängte ihn aus ihrer Wohnung.

»Hast du es eilig?«, fragte Boone lächelnd.

»Tatsächlich ja.« Hayden schloss die Tür ab und beschloss, Boone zu erzählen, was Dana ihr geschickt hatte, nachdem sie an jenem Abend Sex gehabt hatten. Er war dann normalerweise entspannter und würde es vielleicht besser aufnehmen. Er würde nicht erfreut darüber sein, dass Dana sie wieder ins Visier genommen hatte.

Boone beugte sich zu ihr und küsste ihren Nacken, als sie sich umdrehte, um die Tür zu verriegeln. Da Hayden von Danas Neigung wusste, Fotos von ihnen zu machen, wie sie sich in der Öffentlichkeit küssten, ließ sie sich von Boone nicht ablenken. Sobald sie ihre Tür abgeschlossen hatte, nahm sie ihre Tasche, ergriff Boones Hand und ging mit ihm zu seinem Wagen. Sie hoffte, er würde denken, sie könne es nicht erwarten, zu ihm zu fahren, wusste jedoch, dass er wahrscheinlich zu aufmerksam war, um ihm etwas vorzumachen.

Als sie auf dem Weg zu seiner Farm waren, fragte Boone etwas zu lässig: »Willst du mir erzählen, was das gerade eben sollte?«

»Nein. Aber ich werde es noch tun. Später.«

Boone machte zwar keinen erfreuten Eindruck, drängte sie aber auch nicht. Hayden legte ihre Hand auf seinen Oberschenkel und seufzte erleichtert, als er seine auf ihre legte und sie festhielt. Sie hasste es, ihm etwas vorzuenthalten, dachte aber, dass es in Bezug auf eine zukünftige Beziehung, die sie eventuell miteinander führen würden, vielleicht eine gute Sache wäre.

Boone fuhr bei seinem Haus vor und stellte den Wagen in der Garage ab. Er nahm ihre Tasche vom Rücksitz und nahm Hayden vor seinem Wagen in Empfang, bevor sie gemeinsam ins Haus gingen.

Boone hatte ein simples Abendessen zubereitet, das

sie zu sich nahmen und bei dem sie über nichts Besonderes sprachen. Nachdem das Geschirr abgewaschen und weggeräumt war, streckte Boone Hayden die Hand entgegen. Sie legte ihre hinein und die beiden gingen durch den Flur in sein Schlafzimmer.

»Ich dachte, wir könnten ein Bad nehmen, bevor wir schlafen gehen. Ist das in Ordnung?«

»Klingt himmlisch«, antwortete Hayden aufrichtig. Sie sah zu, wie er das Wasser anstellte und den Stöpsel in die Badewanne drückte. Er gab einen ordentlichen Schuss Badeschaum in den heißen Wasserstrahl, dann drehte er sich um und lockte sie mit dem Finger. »Komm zu mir, Hay.«

Hayden lächelte und ging auf ihn zu.

»Arme hoch.«

Bereitwillig streckte sie die Arme über den Kopf aus und lächelte, als Boone ihr das T-Shirt auszog. Sie bewegte sich nicht, da sie wusste, dass er sie gern allein auszog. Er schaute hinab und konzentrierte sich darauf, den Knopf ihrer Jeans zu öffnen und den Reißverschluss nach unten zu schieben. Er drückte die Jeans etwas hinunter und atmete zischend ein, als er sah, dass sie keine Unterwäsche trug und sich die rotbraunen Schamhaare abrasiert hatte, die ihre Muschi bedeckten.

»Wirklich?« Er schaute ihr in die Augen, selbst als er die Hand direkt zwischen ihre Beine brachte, als würde sie magnetisch dorthin gezogen werden.

Hayden lächelte ihn an und atmete aus, als er mit den Fingern ihre Schamlippen spreizte und durch die Feuchte rieb, die ihre Haut bereits bedeckte. »Wirklich.«

»Oh Gott, du bringst mich um.« Er sagte diese Worte

leise, aber Hayden hörte sie trotzdem. »Wenn du mich gefragt hättest, hätte ich gesagt, du solltest nichts ändern. Ich fand es toll, dass dein Haar dort unten genauso rot war wie auf deinem Kopf, aber das hier ...« Boone schwieg kurz, um mit der Rückseite seiner Finger von ihrer tropfnassen Muschi hinauf zu ihrer Klitoris und der glatten Haut darüber zu streicheln, und dann wieder zurück, bis er einen Finger in sie eingeführt hatte und ihn dort behielt. »Verdammt, du fühlst dich so gut an, Hay.«

Hayden packte ihn mit den Händen an den Oberarmen und hielt sich fest, während Boone sie fingerte. Sie hatte gehofft, dass ihre Überraschung ihm gefallen würde, und es hatte den Anschein, als täte sie es. »Du dich auch«, hauchte sie, als er mit dem Finger immer wieder in sie eindrang.

Danach zog er langsam den Finger aus ihr heraus und brachte ihn an seinen Mund, wo er ihn mit der Zunge sauber leckte, als würde er eine Eiswaffel verspeisen. Erst als er sicher war, jeden Tropfen ihres Moschus von seinem Finger geleckt zu haben, streckte er sich nach ihr aus. Er schlang die Arme um sie, öffnete den Verschluss ihres BHs und streichelte mit den Händen über ihre Brüste, wo er kurzzeitig das unangenehme Gefühl wegmassierte, das sie empfinden musste, weil ihre Brüste den ganzen Tag in dem Baumwollstoff eingeengt waren. Boone strich mit dem Finger über die Abdrücke an ihren Seiten, die die kugelsichere Weste auf ihrer Haut hinterlassen hatte.

»Ich kann nicht glauben, dass du dich jeden Tag in dieses Ding hineinzwängst.«

Die beiden hatten bereits darüber gesprochen, aber Hayden wiederholte, was Boone bereits wusste. Er beklagte sich nur, weil ihm die Vorstellung nicht gefiel, dass sie es unbequem haben könnte. »Ich trage sie gern. Ich wurde schon einmal angeschossen und stehe heute hier, weil ich die Weste getragen habe.«

»Ich weiß«, murmelte Boone, bevor er sich hinunterbeugte und die Abdrücke zärtlich küsste. Er stand auf und zog sich rasch Jeans, T-Shirt und seine Retroshorts aus, bevor er sich zur Wanne umdrehte, um nach dem Wasser zu sehen.

Als er sich nach vorn beugte, drückte Hayden seine knackigen Pobacken zusammen, woraufhin er aufschrie und sich abrupt aufrichtete. Sie konnte sich ein Lachen über seine mädchenhafte Reaktion nicht verkneifen.

»Du lachst mich also aus, was?«, warnte Boone nur Sekunden, bevor er sie packte und sie so lange gnadenlos auskitzelte, bis sie ihn anflehte, er solle aufhören. Beide grinsten, als er sie in seine Arme zog.

Hayden liebte es, wenn Boone sie umarmte. Er schlang nicht nur einfach die Arme um sie und drückte sie an sich, er schloss sie in seinen Körper ein und es hatte den Anschein, als versuche er, sie in sich aufzusaugen. Es war das beste Gefühl der Welt.

Schließlich löste er sich von ihr und schaltete das Wasser aus. Ohne ihre Hand loszulassen, stieg er in die Wanne und legte sich hinein. Er atmete zischend ein. »Scheiße, das Wasser ist zu heiß. Warte kurz, Hay, ich werde mehr kaltes Wasser einlassen, bevor du reinkommst.«

Hayden ignorierte seine Worte, stieg vor seinem

Körper in die Wanne und glitt nach unten. Sie setzte sich zwischen seine Beine und lehnte sich an ihn. »Hmmmm, es ist heiß, aber es fühlt sich so gut an.«

Boone entspannte unter ihr und so lagen sie gemeinsam in der Wanne, genossen das heiße Wasser und die simple Tatsache, einander nahe zu sein. Zuerst war es überhaupt nicht sexuell. Bloß zwei Menschen, die das Gefühl von Haut-an-Haut-Kontakt genossen.

Aber irgendwann, wie es meist so war, wenn ihre nackten Körper aneinanderrieben, fing Boone an, Hayden zu streicheln. Er hatte problemlosen Zugang zu ihr, da sie mit ihrem Rücken an seiner Brust lag. Er bedeckte ihre Brüste mit den Händen und massierte sie, wobei er sanft in ihre Brustwarzen kniff und sie zwirbelte, bis sie harte Knospen waren. Hayden konnte seine wachsende Erektion an ihrem Rücken spüren und wand sich an ihm, als er mit ihr spielte.

Irgendwann schob er die Hand zwischen ihre Beine und streichelte die feuchte Haut dort. Mit den Fingern stimulierte er ihre Klitoris, bevor er nach unten glitt und erst mit einem, dann mit zwei Fingern in sie eindrang. Mit der anderen Hand streichelte er weiter über ihre Brustwarzen, bis sie sich buchstäblich in seinem Halt wand und ihre Hüften mit seinen Bewegungen kreisen ließ. Er reizte sie so lange, bis sie stöhnte: »Boone. Bitte.« Als hätte er auf ihre Worte gewartet, kniff er ihr fest in eine Brustwarze und rieb mit zwei Fingern über ihre Klitoris. Als sie in seinen Armen auseinanderbrach, vereinnahmte Boone ihren Mund und Hayden konnte sich einzig an ihm festklammern und darauf vertrauen, dass Boone ihren Kopf über Wasser halten würde, während sie einen der heftigsten Orgasmen ihres Lebens hatte.

Als Hayden endlich aufhörte zu zittern, hielt Boone sich an ihr fest, damit er nicht ausrutschte, und stand auf. Er stieg aus der Wanne, nahm sich ein Handtuch und rieb es schnell über seinen Körper, ohne den Blick von Hayden abzuwenden, die nicht ganz so geduldig auf ihn wartete. Er half ihr, aus der Badewanne zu steigen, und verwendete sehr viel mehr Zeit darauf, dafür zu sorgen, dass jeder Zentimeter ihres Körpers von Wassertropfen befreit wurde.

Dann hob er sie an, trug sie auf den Armen ins Schlafzimmer und legte sie aufs Bett. Er ließ sich Zeit damit, ihr zu zeigen, was sie ihm bedeutete, und Hayden tat das Gleiche.

Als sie endlich nackt und erschöpft in den Armen des anderen lagen, sprach Hayden das »Geschenk« an, das Dana ihr hinterlassen hatte.

»Ich habe gestern einen Hassbrief von Dana bekommen.«

Anscheinend hatte sie Boones gelassene Stimmung überschätzt, denn er versteifte sich an ihr. »Was?«

»Einen Hassbrief. Ich kann nur annehmen, dass er von ihr stammt, da den Fotos, die sie mir gesendet hat, keine Liebesbotschaft beilag. Sie ist uns gefolgt und hat Fotos gemacht. Sie hat einige davon in einen Umschlag getan und mir geschickt.«

»Sie hat dir Bilder von uns geschickt?« Boones Stimme war hart und tonlos und der Muskel in seinem Kiefer spannte sich an, als er mit den Zähnen knirschte.

»Ja. Aber zuerst hat sie auf allen Fotos mein Gesicht zerkratzt.«

Nach diesen Worten rollte Boone sich aus dem Bett und betrat seinen Schrank, ohne ein weiteres Wort zu sagen.

Hayden sprang auf und ging ihm nach. Das entspannte Gefühl, das sie nach dem Sex mit Boone gehabt hatte, war nun verschwunden.

Sie griff sich Boones Hemd, das auf dem Boden lag, und zog es sich rasch über die Arme, als sie ihm in den Kleiderschrank folgte.

»Boone ...«

Er hatte bereits eine Jeans angezogen und stecke gerade den Fuß in einen Cowboystiefel. Völlig aufs Anziehen konzentriert, ignorierte er sie.

Hayden versuchte es erneut. »Boone, ernsthaft, ich habe mich darum gekümmert. Ich habe Juan angerufen, er ist gekommen und hat die Fotos mitgenommen. Die Polizei kümmert sich darum.«

»Du hast dich vielleicht auf deine Weise darum gekümmert, aber es wird Zeit, dass ich aufhöre, mich zu verstecken, und sie mir selbst vorknöpfe.«

Hayden legte Boone eine Hand auf den Arm, war aber nicht wirklich erstaunt, als er sich von ihr losriss und nach seinem zweiten Stiefel griff.

»Sieh mal, wenn du unvorbereitet losstürmst und bei ihr auftauchst, spielst du ihr damit direkt in die Hände. Sie will, dass du zu ihr kommst. Sie will, dass du die Fassung verlierst und dich ihr annäherst.«

»Ach wirklich? Und du bist jetzt Expertin für durchgeknallte Ex-Freundinnen?«, schrie Boone, sah sie jedoch weiterhin nicht an.

Hayden wurde langsam sauer. Sie hatte versucht, rational mit dieser Sache umzugehen, aber für Boone war dieser Zug offensichtlich bereits abgefahren. »Ja, das bin ich tatsächlich. Ich hatte es mit sehr viel mehr wütenden Freundinnen, Freunden und Ex-Partnern zu tun als du.«

»Halte mir deinen Job nicht vor, Hayden. Ich bin sauer auf dich«, sagte Boone und zerrte an dem Stiefel, um ihn über den Fuß zu bekommen. »Du hast mir diese Sache absichtlich verschwiegen. Weißt du, wie ich mich dabei fühle?« Ohne ihr die Gelegenheit zum Antworten zu geben, sprach er weiter. »Als würdest du denken, ich sei hilflos und ein schwacher, jämmerlicher Mann. Genau so.«

»Das ist nicht –«

Er fiel ihr ins Wort und griff wahllos nach einem Hemd, das auf dem nächstbesten Kleiderbügel hing. »Ich weiß, es ist lächerlich, mich von ihr verprügeln zu lassen, wirklich, aber ich dachte wirklich, dass sie es endlich verstehen und mich vergessen würde. Aber es ist offensichtlich, dass es so lange nicht passieren wird, bis ich mit ihr spreche.«

»Boone«, sagte Hayden ernst, »du weißt, dass ich nicht so über dich denke. Außerdem ist Dana für alles verantwortlich, nicht du.«

Als er vollständig angezogen vor ihr stand, bekam Hayden Panik. Sie musste ihn irgendwie aufhalten.

»Ich habe es dir nicht sofort erzählt, weil ich ein Gefühl

habe, dass sie langsam mit ihrem Latein am Ende ist. Sie hat uns hinterherspioniert. Sie hat uns nun eine ganze Weile zusammen beobachtet. Sie verliert die Fassung. Sie wird einen Fehler machen, und dafür müssen wir gewappnet sein. Ich habe heute mit dem Sheriff gesprochen und ihn über die Sache informiert ... hauptsächlich, um meinen Arsch zu retten, für den Fall, dass ich ihr wehtun muss.« Sie senkte die Stimme und hoffte, dass Boone sie hörte. Wahrhaftig hörte. »Boone, ich habe die Bilder erst gestern bekommen. Es ist nicht so, als hätte ich es dir wochenlang verschwiegen. Ich musste mit meinem Chef sprechen, aber ich wollte ebenfalls nicht, dass du dir Sorgen machst. Ich werde dir nichts verheimlichen, so bin ich nicht.

Ich liebe dich, Boone Hatcher. Ich werde alles tun, was in meiner Macht steht, damit dir nichts zustößt. Wenn es bedeutet, dass ich dich wegen solch einem Mist für einige Stunden im Ungewissen lassen muss, dann werde ich es tun. Wenn es bedeutet, dieses verrückte Miststück abzuknallen, dann werde ich es tun. Verstehst du es denn nicht? Du bist *der Mann* für mich.«

Hayden blockierte die Schranktür mit ihrem Körper. Sie hatte die Hände in die Hüften gestemmt und wartete darauf, dass Boone reagierte.

»Das ist ein Tiefschlag, Hayden«, sagte Boone, während er über ihre Schulter blickte und sich weigerte, ihr in die Augen zu schauen. »Mir zum ersten Mal zu sagen, dass du mich liebst, weil du weißt, wie sauer ich auf dich bin, ist nicht cool. Und du weißt wieso. Du *weißt*, dass ich es hasse, wenn du mir Sachen verheimlichst, und zu wissen, dass du mir *diese Sache* verheimlicht hast, zeigt mir, wie *wenig* du dich um mich scherst.«

In Haydens Gesicht war nicht die vollkommene Verzweiflung zu erkennen, die er soeben in ihr hervorgerufen hatte. Sie hatte in keinerlei Weise versucht, ihn zu manipulieren. Sie hatte versucht, ihr Argument vorzubringen, es war ihr aber offensichtlich nicht richtig gelungen. Da sie keine Ahnung hatte, was sie sagen sollte, stand sie einfach nur still da und wartete darauf, was er als Nächstes tun würde.

»Ich werde mich um Dana kümmern. Geh mir aus dem Weg«, presste Boone verbittert hervor, während er die Hände seitlich am Körper zu Fäusten ballte.

Hayden biss die Zähne so fest sie konnte aufeinander und presste die Lippen zusammen. Da sie wusste, dass sie ihm alles gegeben hatte, was sie ihm geben konnte, und er ihre Worte vollkommen ignoriert hatte, als hätten sie ihm nichts bedeutet, tat sie das Einzige, das sie tun konnte.

Sie trat zur Seite und Boone stolzierte an ihr vorbei, als hätte sie ihm nicht soeben ihr Herz zu Füßen gelegt und zugesehen, wie er mit seinen Cowboystiefeln in Größe siebenundvierzig darauf herumtrampelte.

KAPITEL ACHTZEHN

Hayden saß in Boones Wohnzimmer in einem Lehnsessel. Als sie gehört hatte, wie das Garagentor sich hinter Boones Wagen schloss, hatte sie sich mechanisch ihre eigene Kleidung angezogen. Sie hatte inständig gehofft, dass er zur Vernunft kommen würde, bevor er das Haus verlässt, aber das war nicht geschehen.

Sie hätte jeden seiner Mitarbeiter bitten können, sie nach Hause zu fahren, aber sie wollte sich vergewissern, dass Boone wieder heil zurückkam. Es war dumm von ihr, aber sie war ehrlich zu ihm gewesen. Sie liebte ihn.

Sie war sich ziemlich sicher, dass er ihre Liebe erwiderte, wusste es aber nicht hundertprozentig genau, ganz besonders nachdem er ihre Liebeserklärung ignoriert hatte und einfach aus dem Haus gestürmt war. Er war wütend gewesen, weil Dana sie erneut provoziert hatte. Sie glaubte, er wäre nicht so sauer geworden, wenn sie ihm nicht ein klein wenig wichtig wäre. Also ging sie in Bezug auf ihre Zukunft ein Risiko ein.

Natürlich hätte sie sich wie ein aufgebrachtes Miststück aufführen können, und das zu Recht, aber sie liebte ihn und verstand sogar größtenteils seine Frustration über die Gesamtsituation. Trotzdem hatte sie nicht vor, ihn mit diesem Arschlochverhalten ihr gegenüber davonkommen zu lassen. Auf keinen Fall. Die Situation war angespannt und er war erschrocken, als er von Danas an sie gerichtete Drohung erfahren hatte, aber das war trotzdem keine Entschuldigung dafür, das Haus mitten in der Nacht Hals über Kopf zu verlassen.

Also saß sie in seinem Sessel, die Füße auf dem Sitzpolster und die Beine angewinkelt. Sie hatte die Arme um die Beine geschlungen und ihre Wange ruhte an ihren angezogenen Knien.

Hayden versuchte, ihre Wut unter Kontrolle zu bekommen. Sie wollte Boone nun wirklich nicht anfahren, wenn er zurückkam. Aber sie war sauer und gleichzeitig verzweifelt. Weil es aber nicht ihrem Charakter entsprach, durchzudrehen und die Nerven zu verlieren, wartete sie und hoffte, dass Boone Dana nicht finden würde und schnell wieder nach Hause käme.

Es dauerte etwa eine Stunde, doch endlich hörte Hayden, wie das Garagentor sich wieder öffnete. Sie atmete erleichtert durch, da Dana ihm zumindest keinen Schuss ins Herz versetzt hatte, bewegte sich aber ansonsten nicht. Jetzt war Boone an der Reihe.

Sie behielt ihn im Blick, als er das Wohnzimmer betrat und durch den Flur zu seinem Schlafzimmer schaute. Er fuhr sich mit der Hand durchs Haar und seufzte.

»Hast du sie gefunden?« Haydens Stimme war leise. Sie wollte ihn nicht erschrecken, aber es war besser, wenn er wusste, dass sie hier war.

Boone wirbelte herum und sah sie im Schatten seines Wohnzimmers sitzen. »Du bist ja noch da«, sagte er überrascht.

»Ja. Ich bin noch da. Zum einen, weil du mich hierhergefahren hast.«

Boone ging auf sie zu und setzte sich auf das Sofa ihr gegenüber, anstatt in ihren persönlichen Bereich einzudringen. Kluger Mann. »Nein. Ich habe sie nicht gefunden. Scheiße, Hay, ich hatte schon die Hälfte der Stecke zu ihrer Wohnung zurückgelegt, als mir klar wurde, dass du recht hast. Mit allem. Ich werde nichts lösen, wenn ich sie konfrontiere. Damit würde ich ihr nur eine weitere Gelegenheit geben, mich mit etwas zu bewerfen oder mich zu schlagen. Sie weiß, dass ich nicht zurückschlage, deshalb wäre es einfach dämlich gewesen, zu ihr zu fahren.«

Hayden rührte sich nicht und schwieg. Sie wartete darauf zu hören, was er noch zu sagen hatte.

»Es tut mir leid, Hay. Das hast du nicht verdient. Ich war sauer auf Dana wegen der Dinge, die du ihretwegen durchmachen musst. Ganz egal, welche Scheiße sie veranstaltet, ich kann es ertragen, aber du solltest nicht dazu gezwungen sein. Ich will dich beschützen und habe das Gefühl, kläglich versagt zu haben.« Als Hayden sich weiterhin nicht bewegte und stumm blieb, seufzte Boone und fuhr fort: »Du sitzt da hinter deiner Schutzmauer, und ich hasse das. Aber ich hasse es noch mehr, dass *ich* es war, der dir das angetan hat. Ich habe dich gehört, Hay. Und ich liebe dich auch. Deshalb war ich so aufgebracht. Ich weiß, du bist ein knallharter Hilfssheriff und kannst auf dich selbst aufpassen, aber das hält den Neandertaler in mir nicht davon ab, dich vor jeder Gefahr und jedem Arschloch, das da draußen rumläuft, beschützen zu wollen. Die Tatsache, dass es ein Arschloch war, das *ich* bei dir angeschleppt habe, macht mich völlig verrückt.«

Als sie immer noch nichts entgegnete, atmete Boone hörbar aus, legte den Kopf in die Hände und sagte mit gequälter Stimme: »Ich werde dich nach Hause fahren. Es tut mir leid, dass ich dich hier zurückgelassen habe.«

»Du hast mich verletzt, Boone.«

Bei Haydens leisen Worten hob Boone den Kopf und schaute sie an.

»Ich habe dir meine Seele offenbart und du bist darauf herumgetrampelt. Das war nicht nett.«

»Ich weiß«, flüsterte er. »Und es tut mir leid.«

»Ich mache meine Arbeit schon sehr lange. Ich habe jeden Tag mit diesem Mist zu tun. Jeden Tag, Boone. Ich weiß, dass du auf mich aufpassen willst, und meistens weiß ich das auch zu schätzen. Aber was du heute Abend getan hast, war unangebracht und du bist damit zu weit gegangen. Viel zu weit.«

»Ich weiß«, sagte Boone noch einmal.

»So sehr du es auch hasst, ich *kann* dich beschützen. Das ist mein Job. Ich werde niemals die ›kleine Frau‹ sein, die zu Hause sitzt, während du die Welt rettest. Ich werde niemals den ganzen Tag damit verbringen, dir ein königliches Abendessen zu kochen. Ob es dir gefällt oder nicht, mein Job ist nicht sicher. Ich werde in Schießereien verwickelt sein, Serienmörder aufspüren und es sogar mit ganz normalen Menschen zu tun haben, die einen Groll gegen Polizisten hegen. Es war absolute Scheiße, dass du einfach abgehauen bist, ohne mit mir zu sprechen oder mir richtig zuzuhören, nachdem wir gerade erst Sex miteinander gehabt hatten ... und so sehr ich dich auch liebe, ich werde mir das nicht gefallen lassen. Es wird mich in Stücke reißen und ich bin nicht bereit, so zu leben. Es tut mir leid, dass ich dich nicht in der Sekunde angerufen habe, in der mir klar wurde, was Dana gemacht hatte, aber ich habe das getan, was ich für das Beste für uns beide gehalten habe. Und ich *habe* es dir erzählt. Genau wie ich dir von der Katze und meinen Reifen und den Pizzalieferungen erzählt habe. Ich liebe es, mit dir zusammen zu sein, Boone, aber wenn du dich jedes Mal in ein Macho-Arschloch verwandelst, wenn du das Gefühl hast, dass ich mich nicht wie eine hilflose Frau verhalte, dann können wir diese Sache auch gleich beenden.«

»Du bist kein Mann, Hayden. Ganz egal, wie sehr dein Vater versucht hat, einen Mann aus dir zu machen«, sagte Boone mit vor Emotionen erstickter Stimme.

»Du hast recht, ich bin kein Mann«, stimmte Hayden sofort zu, »aber ich bin praktisch wie einer aufgewachsen, ich arbeite in einem männerdominierten Beruf und ich kann so gut wie jedem Mann in den Arsch treten, wenn er sich danebenbenimmt. Ich will damit sagen, ich weiß es unheimlich zu schätzen, dass du mich vor Schaden bewahren willst, aber es ist nicht notwendig und offen gesagt brauche ich das auch nicht von dir. Ich brauche deine Unterstützung. Ich brauche eine Schulter, an der ich mich ausweinen kann, wenn ich einen beschissenen Tag hatte. Ich brauche jemanden, mit dem ich lachen kann und bei dem ich das Gefühl habe, ich bedeute ihm etwas.«

»Hay ...«

Hayden ignorierte seinen flehenden Tonfall und sprach rasch ihren Gedanken zu Ende. »Aber das bedeutet nicht, dass mir die Art und Weise nicht gefällt, wie du mich siehst. Dass ich nicht mag, wie du mich behandelst. Dass ich nicht mag, wenn du etwas für mich tust. Aber zweifele niemals daran, dass ich in *deinem* besten Interesse handele, wenn es um Sicherheit geht. Ich mache dich für Danas Handlungen nicht verantwortlich, genau wie du mich für nichts verantwortlich machst, das irgendjemand anderes in Bezug auf uns tun könnte. Wir können einzig unsere eigenen Handlungen kontrollieren, und deine Handlungen heute Abend waren scheiße und haben mich verletzt.«

»Du hast recht. Es tut mir leid.«

»Mach das nicht noch mal, okay?«

»Werde ich nicht. Ich schwöre.« Boone hatte den Schmerz, aber auch die Entschlossenheit in Haydens Stimme gehört. Er war frustriert gewesen, dass Dana Hayden weiterhin belästigte, obwohl sie nichts falsch gemacht hatte, und hatte diesen Frust an ihr ausgelassen. Es war nicht fair gewesen und er hatte sich wie ein Arschloch verhalten. Boone konnte nicht fassen, dass Hayden ihm so einfach vergab. *Vergab* sie ihm denn überhaupt?

Er sah zu, wie sie die Füße auf den Boden stellte und aufstand. Sie ging auf ihn zu und streckte ihm die Hand entgegen. »Komm. Wir hatten beide einen beschissenen Tag. Können wir jetzt bitte ins Bett gehen und schlafen?«

Sofort ergriff er ihre Hand und seufzte bei dem vertrauten Gefühl ihrer Finger erleichtert auf, die seine umschlossen. »Hayden, ich muss es dich fragen. Du vergibst mir, dass ich mich wie ein Arschloch benommen habe? Einfach so?«

»Es war nicht ›einfach so‹. Bevor du zurückkamst, habe ich hier gesessen und darüber nachgedacht, wie ich den Rest meines Lebens ohne dich verbringen würde. Ich habe mir deinen Gesichtsausdruck vorgestellt, wenn ich dir sage, dass ich dich verlasse. Am Ende wusste ich, dass ich zu beidem nicht in der Lage wäre … ich könnte nicht ohne dich leben *und* dich auch nicht verlassen. Wir werden uns streiten, Boone. Ich werde wütend auf dich werden und du wirst wütend auf mich werden. Wenn ich jedes Mal wegliefe und unsere Beziehung beendete, wenn es dazu kommt, würde unser Leben einer Achterbahnfahrt gleichen … und ehrlich gesagt habe ich Achterbahnen im Freizeitpark immer schon gehasst. Ich würde lieber rumbrüllen und über diesen Mist sprechen, als darüber zu schweigen oder beim ersten Zeichen der Unstimmigkeit zwischen uns die Beziehung zu beenden. Aber ich bin froh, dass es passiert ist. Jetzt weißt du, dass ich nicht zulassen werde, noch einmal so von dir verletzt zu werden, wie du es heute Abend getan hast. Und ich erwarte von dir, dass du mir sagst, wenn ich irgendetwas sage oder tue, das für *dich* absolut inakzeptabel ist. Ich bin nicht Dana. Ich werde nicht durchdrehen. Deshalb ja, ich kann dir vergeben. Wir sind Menschen. Wir vermasseln die Dinge …

aber weil du mir wichtig bist, werde ich nicht zulassen, dass das unser Ende ist. Du?«

»Nein! Auf gar keinen Fall. Es ist nur ... ich bin es nicht gewohnt.«

»Dana ist niemand, der einfach so verzeiht, was?«

Boone schüttelte den Kopf. »Das ist die Untertreibung des Jahrhunderts. Hätte ich mit ihr das gemacht, was ich heute Abend mit dir abgezogen habe, hätte sie mir buchstäblich eins mit der Bratpfanne übergezogen und mich mindestens eine halbe Stunde lang angeschrien, um mir mitzuteilen, was für ein Idiot und Arschloch ich bin.«

Hayden zuckte zusammen, denn sie wusste, dass er recht hatte. »Noch mal, ich bin nicht Dana. Und ich bin keine der anderen unreifen Frauen, mit denen du anscheinend zusammen warst. Ich weiß, warum du sauer warst. Ich sage damit nicht, dass du mich verletzt hast. Aber ...«, vor Emotion wurde ihre Stimme brüchig, »... ich liebe dich, Boone. Ich denke, du hast so reagiert, weil ich dir wichtig bin. Wäre ich nicht dieser Meinung, wäre ich dir sofort gefolgt, hätte dein Haus verlassen und wäre aus deinem Leben verschwunden.«

»Ich liebe dich auch, Hayden. Du bist mir mehr als einfach nur wichtig.«

»Genau, und das ist der Grund, warum ich auf deine Rückkehr gewartet habe. Damit wir wie Erwachsene darüber reden können. Das haben wir getan. Jetzt bin ich müde und morgen kannst du es bei mir wiedergutmachen. Einverstanden?«

Boone lächelte und drückte Haydens Hand, als er aufstand. »Einverstanden.« Er zog sie an sich. Es war die vereinnahmende Umarmung, die Hayden so sehr liebte.

Verdammt, er konnte die Arme fast einmal komplett um ihren Rücken schlingen, sodass sie sich an der Vorderseite wieder berührten. Er hatte den Kopf an ihrem Hals vergraben und sie spürte seinen heißen Atem an ihrer Haut. Sie kuschelte sich an ihn, atmete tief ein und versuchte, nicht zu weinen. Sie war sich nicht sicher gewesen, dass sie so enden würden, sollte er überhaupt nach Hause kommen, aber sie dankte ihren Glückssternen, dass es so gekommen war.

Schließlich zog Boone sich von Hayden zurück und nahm ihren Kopf in seine großen Hände. Er zog sie zu sich hinauf und küsste ihre Stirn. »Ich liebe dich, Hayden Yates. Du bist das Beste, was mir jemals passiert ist. Wenn ich nicht so sauer auf Dana wäre, würde ich ihr dafür danken, dass sie versucht hat, mich verhaften zu lassen, weil du dadurch bei mir vor der Tür standst.«

Hayden lachte unbeschwert und war froh, dass die Anspannung im Raum anscheinend endlich ein für alle Mal verflogen war. »Das ist etwas verzerrt, aber ich muss dir zustimmen.« Sie lächelten einander an und gingen schweigend ins Schlafzimmer.

Wortlos zogen sie sich aus, kletterten ins Bett und lagen sich sofort in den Armen. Hayden schlief relativ schnell ein, da sie glücklich war, sich wieder in Boones Armen zu befinden, und zufrieden, dass er sicher zu Hause war, aber Boone brauchte etwas länger.

Ihm war bewusst, dass er sich wie ein Arschloch verhalten hatte. Er erinnerte sich an Haydens stoischen Gesichtsausdruck, als er ihre Liebeserklärung ignoriert hatte. Er schwor sich, niemals wieder etwas zu tun, das diesen versteinerten und ausdruckslosen Blick noch einmal auf ihrem Gesicht hervorrufen würde. Denn wenn er etwas über Hayden gelernt hatte, dann war es, dass sie alle Verletzungen oder Schmerzen verstecken würde, wenn sie wüsste, dass es eine negative Wirkung auf ihn hätte. Das war nur eine weitere Art, wie er sich um sie kümmern würde ... ob sie es wusste oder nicht.

KAPITEL NEUNZEHN

Boone wachte langsam auf, verstand aber nicht, was er hörte.

»Bleib hier, Boone. Ich meine es ernst«, befahl Hayden mit zischender Stimme. »Wähle den Notruf und bitte darum, dass ein Hilfssheriff ausgesandt wird. Ich würde es lieber mit einem meiner Kollegen als mit der Polizei von San Antonio zu tun haben. Ich bin zwar nicht der Meinung, dass die Leute von meinem Freund Quint schlechte Polizisten sind, aber da der Sheriff die Details kennt, will ich seine Leute hier haben.«

Boone war nun hellwach. »Was ist los?«

»Wenn ich mich nicht irre, ist Dana in diesem Moment auf eine Konfrontation aus.«

Jetzt hörte Boone es. Geschrei, das von seinem Hof kam. Scheiße. »Ich komme mit dir.«

»Schlechte Idee, Boone. Sie will dich dort haben. Wenn du ihr diesen Gefallen tust, gibst du ihr die Macht.«

»Ich werde mich nicht wie ein Feigling hier verstecken, während du dich mit ihr auseinandersetzt.«

Hayden seufzte. »Scheiße. Okay. Kannst du zumindest zuerst einen Notruf absetzen?«

Beide zuckten angesichts des zunehmenden Lärms, der vom Hof zu ihnen drang, zusammen.

»Ja, das kann ich tun.« Boone war sich nicht sicher, ob er froh oder wütend sein sollte, dass die Farmhelfer, die auf dem Grundstück wohnten, hinter der Scheune untergebracht waren. Es bestand die Möglichkeit, dass sie den Krawall gar nicht hörten, was einerseits gut wäre, aber andererseits dachte Boone, es sei besser, für Danas Verrücktheit so viele Zeugen wie möglich zu haben.

Hayden beugte sich nach vorn und gab Boone einen festen Kuss. Ihm fiel auf, dass sie bereits angezogen war und ihre Dienstwaffe hinten in den Hosenbund gesteckt hatte. Er wollte sie deswegen aufziehen, da er sich daran erinnerte, wie sie einmal eine Fernsehsendung geschaut hatten und sie sich beklagt hatte, dass kein »echter« Polizist die Pistole jemals hinten in den Hosenbund steckt. Es sei einfach nicht sicher. »Sei klug, Boone. Und vergiss nicht, ich bin für diese Art von Situationen ausgebildet und ich weiß, was ich tue.«

Boone küsste Hayden ebenfalls, dann nickte er. Zielstrebig und selbstbewusst schritt sie aus dem Zimmer. Er wählte rasch den Notruf und erklärte der Frau in der Zentrale die Situation mit so wenigen Worten wie möglich. Sie wies ihn an zu bleiben, wo er war, und den Hilfssheriff vor Ort den Vorfall regeln zu lassen, aber er würde ihren Anweisungen auf keinen Fall Folge leisten.

Er hatte gehört, was Hayden ihm an jenem Abend gesagt hatte. Das hier war ihr Job, die Sache, bei der sie gut war, und er würde sie ihren Job machen lassen – aber wenn er Dana etwas gab, was sie wollte, konnte diese Sache vielleicht schon heute Abend enden, anstatt noch weiter verlängert zu werden. Und auf keinen Fall würde er sich im Haus verstecken, während seine Freundin seine Ex konfrontierte. Das kam überhaupt nicht infrage. Diese Art Mann war er nicht und er würde auch niemals diese Art Mann sein.

Gegen den Wunsch der Frau in der Notrufzentrale legte er auf und zog sich eilig etwas an. Der Lärm vor seinem Haus hatte aufgehört, doch er wusste, dass Dana nicht gegangen war. So viel Glück hatten sie nicht.

Boone ging durch das dunkle Haus zur Hintertür. Er öffnete sie, schlich sich in den Hof und ging leise ums Haus herum, da er sehen wollte, was an der Vorderseite los war, ohne in das hineinzuplatzen, was dort eventuell vor sich ging. Er wollte Hayden die Arbeit wirklich nicht noch erschweren. Langsam bog er um die Ecke und begutachtete die Situation. Hayden stand am Fuß der drei Stufen, die zur Veranda hinaufführten, Dana stand ihr gegenüber.

Seine Ex sah furchtbar aus. Während ihrer Beziehung hatte ihn fasziniert, dass sie immer so makellos ausgesehen hatte. Das Haar gemacht, geschminkt, tadellose Kleidung. Er hatte sie nur wenige Male ungeschminkt gesehen, als sie das Bett miteinander geteilt hatten, und selbst da hatte sie dafür gesorgt, dass das Licht gedimmt war.

Jetzt war von der makellosen Frau, mit der er zusammen gewesen war, rein gar nichts zu erkennen. Ihr blondes Haar sah aus, als sei es schon mehrere Tage nicht mehr gewaschen worden, denn es hing ihr schlaff und fettig ins Gesicht. Sie trug eine hübsche Bluse, aber sie war schmutzig und aus der weißen Hose gerutscht, die sie trug. Genauer gesagt war diese Hose *vermutlich* einmal weiß gewesen, denn derzeit war sie braun vor Dreck und an beiden Knien waren Grasflecke zu sehen. Darüber hinaus trug sie ebenfalls nur einen Schuh. Boone hatte keine Ahnung, wo der andere war.

Den Wagen, mit dem sie zu seinem Haus gefahren war, hatte sie achtlos auf seinem Hof abgestellt und den Motor laufen lassen. Die vordere Stoßstange war weg und an der Beifahrerseite war eine riesige Beule. Boone hoffte kurz, dass was oder wen auch immer sie angefahren hatte, in Ordnung war, bevor die Worte, die sie kreischte, durch die feuchte Nacht hallten.

»Beweg dich, du verdammte Schlampe! Ich werde nicht zulassen, dass du mit deinen Lesbenklauen *meinen* Freund begrapscht. Ich weiß nicht mal, was zum Teufel du in meinem Haus zu suchen hast. Geh mir aus dem Weg!«

Danas Worte schienen auf Hayden keine erkennbare Wirkung zu haben. Sie war im Hilfssheriff-Modus und so unbeweglich und stark wie ein Betonpfeiler. Sie stand auf dem Gras vor den Stufen, hatte die Handflächen nach vorn gerichtet und zeigte Dana, dass sie unbewaffnet war. Wäre Boone nicht so sehr um ihre Sicherheit besorgt gewesen, hätte ihr Anblick ihn vielleicht sogar angetörnt.

»Dana, es ist mitten in der Nacht und du verstößt gegen die einstweilige Verfügung, die gegen dich erwirkt wurde. Du darfst dich Boone oder seinem Grundstück nicht mehr als fünfzig Meter annähern«, sagte Hayden in ruhigem, aber eindringlichem Tonfall.

»Das ist mir scheißegal! Er gehört mir! Er wird *immer* mir gehören.«

Haydens Stimme war weiterhin unerbittlich, aber sie sprach etwas leiser in dem Versuch, zu der verzweifelten, verrückten Frau vor sich durchzudringen. »Dana, Boone hat sich von dir getrennt. Er ist schon seit Monaten nicht mehr mit dir zusammen. Es wird Zeit, dass du ihn vergisst. Finde einen Mann, der dich liebt. Er ist dort draußen, du musst nur nach ihm suchen.«

Es war, als würden die Worte direkt von Dana abprallen. »Ich *habe* ihn gefunden, Schlampe. Ganz egal, wie oft du ihm deine Zunge in den Hals steckst, er gehört trotzdem mir. Ganz egal, wie tief du seinen Schwanz in deine Kehle aufnehmen kannst, du solltest trotzdem wissen, dass er zuerst in *meiner* war. Du wirst immer als Zweites kommen. Es sind meine Fotze, mein Mund und mein Arsch, die er genommen hat und liebt, und nicht deine!«

Aus dem Augenwinkel sah Hayden, wie Boone von der Seite des Hauses einige Schritte auf Dana zuging. Scheiße, es war wirklich keine gute Idee, dass er hier draußen war.

»Boone!« Endlich hatte Dana ihn auch gesehen. »Gott sei Dank, da bist du ja. Beweg deinen Arsch hier rüber! Du gehörst mir.«

»Wir sind getrennt, Dana«, sagte Boone mit unerbittlicher Stimme, die nichts von dem Mitgefühl in sich trug, das in Haydens zu hören gewesen war.

»Nein, das sind wir verdammt noch mal *nicht*! Du hast gesagt, du brauchst etwas Raum. Den habe ich dir gegeben. Jetzt hole ich ihn mir wieder zurück. Komm her und halte dich von ihr fern!« Dana zog ein Messer aus der Tasche und fuchtelte wie eine Wahnsinnige damit in der Luft herum.

Beim Anblick des Messers zuckte Hayden nicht einmal zusammen. Sie machte sich keine Sorgen. Sie hatte schon zuvor mit Tätern zu tun gehabt, die mit einem Messer bewaffnet waren. Genauer gesagt zog sie sie den Pistolen sogar vor. Um ein Messer zu benutzen, musste der Bösewicht nahe an sie herankommen. Es war ihr möglich, Abstand zu Dana zu halten, bis die Verstärkung eintraf, und sie musste einfach nur dafür sorgen, dass sie weitersprach. »Dana, du musst –«

Bevor sie noch ein weiteres Wort sagen konnte, sah Hayden ungläubig zu, wie Boone die wenigen Schritte nach vorn trat, um sich zwischen sie und seine Ex zu stellen, was ihn viel zu nahe an Dana und das Messer brachte, mit dem sie herumfuchtelte.

»Boone, was zur Hölle tust du da? Nein!« Zum ersten Mal verlor Haydens Stimme ihren kontrollierten, ruhigen Tonfall.

Doch es war zu spät. Boone reagierte emotional, anstatt seinen Kopf zu benutzen, und brachte sich dadurch selbst in Gefahr. Hayden wusste, dass er aus Sorge um sie handelte und sie beschützen wollte, hatte ihr die Arbeit damit aber unbeabsichtigt doppelt so schwer gemacht.

Sofort zog Hayden die Pistole aus ihrem hinteren Hosenbund und richtete sie auf den Boden. Ihr Finger befand sich neben dem Abzug und ihr gesamter Körper war in höchster Alarmbereitschaft. Verdammte Scheiße. Diese Sache war soeben auf eine unnötige Weise eskaliert. Zur Hölle mit Boone und seinem Beschützerinstinkt. Sie konnte problemlos zugeben, dass es ihr gefiel, wenn Boone sie beschützen wollte, aber nicht so. In dieser Situation war sie weitaus besser vorbereitet, es mit Dana aufzunehmen, als er es war.

Ganz besonders da sie beide wussten, dass er seiner Ex nicht wehtun würde.

Sobald Boone nahe genug an sie herangekommen war, stürzte Dana nach vorn und stach ihm das Messer entgegen.

Boone sprang nach hinten und hob den Arm, um sie abzuwehren, doch er war nicht schnell genug. Hayden sah, wie eine rote Linie auf Boones Arm erschien, und ihr wurde klar, dass die Situation sich soeben verschlimmert hatte.

»Es reicht, Dana! Lass das Messer fallen, dann reden wir.« Hayden legte sämtliche Kraft in ihre Worte. Es war nicht genug.

»Fick dich! Er ist ein Schlappschwanz und er gehört mir, und ich kann mit ihm machen, was immer ich will!« Sie drehte sich zu Boone um. »Nicht wahr? Du würdest mir doch niemals wehtun. Das ist gegen deine Religion oder irgendeinen anderen Scheiß. Siehst du?« Dana nahm das Messer in ihre linke Hand und ballte die rechte zu einer Faust, bevor sie einen schnellen Schritt auf Boone zuging und ihm einen Schlag verpasste.

Boone wich ihm problemlos aus, machte aber keine Anstalten, Dana anzugreifen.

Hayden war außer sich vor Wut. Auf Dana. Und auf Boone, weil er sich selbst und sie in diese Situation gebracht hatte. Sie musste dem Ganzen ein Ende setzen.

»Ich sagte, du sollst das Messer fallen lassen, Dana. Ich werde schießen, wenn du es nicht tust.«

»Du wirst auf eine unbewaffnete Frau schießen? Das glaube ich nicht.« Dana ließ das Messer fallen. »Du kannst nicht auf mich schießen. Ich kenne das Gesetz. Abgesehen davon ... was würde das Land davon halten, wenn ein weiterer Polizist in eine Schießerei mit einem unbewaffneten Zivilisten verwickelt wäre? Alle würden sich wie die Geier darauf stürzen und deine Karriere wäre vorbei.«

Hayden hatte keine Ahnung, welches Spiel sie jetzt spielte, aber sie würde dabei nicht mitmachen. Ja, es wäre beschissen, von den Medien gekreuzigt zu werden, aber wenn es bedeutete, Dana ein für alle Mal von Boone fernzuhalten, würde sie tun, was immer sie tun musste. »Dreh dich um und knie dich auf den Boden. Leg die Hände auf deinen Kopf.« Hayden wusste, dass sie keine Handschellen bei sich trug, doch wenn sie musste, konnte sie die Frau so lange körperlich überwältigen, bis die Hilfssheriffs eintrafen.

»Du liebst mich doch, nicht wahr, Boonie?«, fragte Dana mit Singsang-Stimme, streckte die Arme nach Boone aus und ignorierte Hayden vollkommen. »Du weißt, dass ich dich schlage, um dich abzuhärten, nicht wahr? Wir sind gut zusammen. Du weißt, wie sehr ich es liebe, deinen Schwanz zu lutschen. Komm her, ich werde es dir in Erinnerung rufen.«

»Dana, wir haben nur ein paarmal miteinander geschlafen. Du hast meinen Schwanz noch *nie* in deinem Mund oder Arsch gehabt. Du hast Wahnvorstellungen. Du brauchst Hilfe«, sagte Boone mit vernünftiger Stimme, da er offensichtlich wusste, dass er sie nicht noch weiter reizen durfte.

Dana sah nun richtig sauer aus. Sie stemmte die Hände in die Hüften.

»Boone«, sagte Hayden eindringlich, »geh auf die Veranda hinter mir. Geh von ihr weg.«

Es war keine Überraschung, dass Boone sie ignorierte, er trat aber dennoch einen Schritt zurück. Das war zumindest etwas.

»Ich habe dir keinen geblasen? Boone, *du* hast Wahnvorstellungen. Du hast mich auf die Knie gedrückt und meinen Kopf festgehalten, während du meinen Mund gefickt hast. Du hast abgespritzt und ich habe dein Sperma geschluckt. Dann hast du mich hochgezogen, auf dein Bett geworfen und mich in den Arsch gefickt, bis ich explodiert bin!«

Boones Stimme war gleichmäßig und leise, als er antwortete: »Ich bin vierzig Jahre alt, Dana. Zunächst einmal wäre es mir nicht möglich, so schnell wieder einen hochzukriegen, nachdem ich gekommen bin. Zweitens haben wir nie in meinem Bett Sex gehabt.«

»Aber mit *ihr* hast du in deinem Bett Sex gehabt, nicht wahr?«, kreischte Dana und zeigte auf Hayden. »Sie ist gut genug, um mit dir dort Sex zu haben, aber ich bin es nicht?«

Haydens Nackenhaare stellten sich auf. Oh Scheiße. Dana verlor die Fassung und Boone fiel es entweder nicht auf oder es interessierte ihn nicht. Wo zur Hölle war ihre Verstärkung?

»Ja, Hayden ist mehr als gut genug für mich«, gab Boone zurück. »Ich habe sie in meiner Wanne, in meinem Bett, an meiner Wand, auf meinem Küchentisch und auf dem Schreibtisch in meinem Arbeitszimmer genommen. Ich werde mit ihr Sex haben, wo immer und wann immer sie es will. Sie schlägt mich nicht und sie gibt mir auch nicht das Gefühl, ein Haufen Dreck zu sein, wenn ich in ihrer Nähe bin. Sie liebt mich – und ich liebe sie ebenfalls.«

Hayden sah entsetzt zu, wie Dana den Arm bewegte. Es kam ihr vor, als schaute sie ein Trainingsvideo bei der Arbeit in Zeitlupe, selbst als sie entfernt die heulenden Sirenen der Kavallerie wahrnahm, die über Boones Zufahrt raste.

Dana kreischte vor Wut auf und brachte von irgendwoher eine Pistole zum Vorschein. Vermutlich hatte sie sie im hinteren Hosenbund gehabt, so wie Hayden ihre eigene Waffe mit in den Kampf gebracht hatte. Dana lief einige Schritte zur Seite, doch anstatt die Waffe auf Boone zu richten, zielte sie damit auf das Objekt ihres Hasses.

Die Zeit schien sich zu verlangsamen.

Boone ging schnellen Schrittes auf seine Ex zu und holte mit dem Arm aus, noch bevor der laute Schuss aus Danas Pistole die Stille der Nacht durchdrang.

Beinahe zur gleichen Zeit feuerte Hayden ihre eigene Waffe ab. Zweimal kurz hintereinander.

Von der Wucht, mit der Boones Faust sie traf, wurde Danas Kopf nach hinten geschleudert. Sie stolperte genauso sehr von dem Schlag wie von den zwei Kugeln aus Haydens Pistole, die in ihren Körper eindrangen.

Blut spritzte aus Danas Hand, als die erste Kugel sie traf und sie die Pistole fallen ließ, mit der sie soeben geschossen hatte. Sie fiel zu Boden, als die zweite Kugel ihr Ziel direkt über ihrem Knie traf.

Dana schien abzufedern, als sie aufkam, und es herrschte nur ein kurzer Augenblick der Stille, bevor sie zu schreien anfing.

Hayden hatte keine Ahnung, ob es an dem Schmerz der Kugeln lag, ihrer offensichtlich gebrochenen Nase, aus der das Blut herauslief, oder der puren Frustration darüber, nicht bekommen zu haben, was sie wollte – nämlich Hayden ein für alle Mal aus Boones Leben zu entfernen.

Das Geräusch der Sirenen der Einsatzfahrzeuge, die auf Boones Hof zum Stehen kamen, war der willkommenste Laut, den Hayden seit langer Zeit gehört hatte. »Tritt zurück, Boone«, befahl sie unnötigerweise, denn er hatte Dana bereits den Rücken zugekehrt und kam auf sie zu.

Hayden klingelten die Ohren von den Schüssen, als die Türen der Einsatzfahrzeuge geöffnet wurden und die Hilfssheriffs »nicht schießen« und »Hände hoch« schrien.

Hayden ließ Dana nicht aus den Augen, die weiterhin heulte, während sie auf dem Boden herumrollte.

»Ich bin Hilfssheriff. Sie hat eine ungesicherte Waffe«, sagte Hayden zu einem der Beamten, der schnell aus seinem Wagen stieg und fast bei ihnen angekommen war, und deutete mit dem Kinn zu Dana.

Nachdem der andere Beamte die Pistole, die Dana fallen gelassen hatte, außer Reichweite getreten hatte, bückte Hayden sich langsam und legte ihre Waffe auf den Boden. Dann richtete sie sich mich wackeligen Knien auf und hob die Hände, um zu demonstrieren, dass sie nun unbewaffnet war. Boone ignorierte die Anweisungen, die in dem Chaos, das um sie herrschte, gebrüllt wurden, und betrachtete Hayden mit aufgeregtem Blick.

»Bist du verletzt? Hat sie dich getroffen?«

Hayden ignorierte seine Frage, starrte ihn jedoch mit großen Augen an. »Du hast sie geschlagen.«

»Sie hat versucht, dich umzubringen!«

»Du hast sie *geschlagen*«, wiederholte Hayden.

»Yates? Bist du das?«, hörte Hayden. Sie drehte den Kopf zur Seite und sah, dass Jimmy und Juan sich näherten. Gott sei Dank. »Ja. Ich bin es.«

»Bist du in Ordnung?«

»Ja, kümmert euch um Dana. Zwei abgefeuerte Schüsse, beides Treffer. Sie hat auf mich geschossen, nachdem sie Boone angegriffen hatte. Ich habe sie in Hand und Bein getroffen. Boone hat Überwachungskameras, sie sollten alles aufgezeichnet haben.« Sie sah Boone an. »Du *hast* sie doch so eingestellt, dass sie den Hof hier draußen aufnehmen, oder?«

Er nickte und sagte zu dem anderen Hilfssheriff: »Ja, und dieses Mal funktionieren sie ganz sicher. Das gesamte Grundstück um das Haus herum wird kameraüberwacht, genau wie des Innere des Stalls und willkürliche Stellen an der Grundstücksgrenze.«

»Gut. Das wird uns die Sache erleichtern. Gute Arbeit, Yates. Für das Opfer ist der Rettungswagen unterwegs«, merkte Juan an und drehte sich zu Dana um, die weiterhin heulend am Boden lag.

Hayden sah Boone an und sagte noch einmal: »Ich kann nicht glauben, dass du sie geschlagen hast. Du schlägst keine Frauen.«

»Das tue ich auch nicht. Aber wenn sie eine Waffe auf die Frau richten, die ich liebe, dann solltest du besser glauben, dass ich Frauen schlage.«

Sie hörte seine Worte und sie wärmten sie von innen auf, als hätte sie gerade eine Tasse mit heißer Schokolade getrunken. Die Wirkung breitete sich von ihrem Herzen in ihre Gliedmaßen aus, bis ihre Finger kribbelten. »Du solltest nicht rauskommen.« Nach der Verkündung seiner Liebe für sie hatte sie das eigentlich nicht sagen wollen, aber ihr war schwindelig und sie fühlte sich seltsam.

»Ich weiß, aber ich konnte auf keinen Fall zulassen, dass dieses Miststück das Beste tötet, was mir jemals passiert ist.«

»Okay, also. Wow. Äh ... Boone?«

»Ja, Liebes?«

»Du musst deinen Arm untersuchen lassen.« Hayden nickte zu dem Blut, das aus dem kleinen Schnitt an seinem Arm quoll. »Bei unserem Glück war an der Messerklinge Gift oder so was.«

Sie konnte erkennen, dass Boone sich sehr zusammenriss, um nicht lachen zu müssen. »Ich glaube zwar nicht, dass es vergiftet war, Hay, aber nachdem die Sanitäter sich um Dana gekümmert haben, werde ich sie bitten, einen Blick darauf zu werfen.«

»Okay, gut, und eine Sache noch.«

»Was denn?«

»Du möchtest sie vielleicht bitten, auch einen Blick auf mich zu werfen. Ich glaube, sie hat einen Glückstreffer gelandet ...«

Hayden verstummte und wurde ohnmächtig, bevor sie den Satz zu Ende sprechen konnte. Zum Glück fing Boone sie auf, bevor sie auf dem Boden aufschlug.

KAPITEL ZWANZIG

Hayden drehte sich um und öffnete die Augen. Sie war nicht überrascht, Boone zu sehen, der bereits wach war und sie mit Sorge und Liebe im Blick von oben anschaute.

»Hey, wie spät ist es?«, fragte sie verschlafen.

»Keine Ahnung.«

»Boone ...«

»Lass es mich anders formulieren. Keine Ahnung und es interessiert mich auch nicht.«

»Boone, du musst dich um die Kühe kümmern.«

»Ich habe Angestellte, die sich den Arsch aufreißen, um dafür zu sorgen, dass die Farm problemlos läuft, während ich hier bei dir bin. Du hast ihren Chef von der bösen Hexe des Südens befreit. Mit der Farm ist alles in Ordnung«, sagte Boone unbeschwert. »Schlaf, Hay, du musst noch nicht aufstehen.«

Hayden gähnte und drehte sich auf den Rücken, nur um kurz zusammenzuzucken, weil durch die Bewegung an den Stichen ihrer immer noch heilenden Wunde gezogen wurde. »Ich bin nicht mehr müde. Ich habe in den letzten zwei Tagen nichts anderes getan, als zu schlafen. Ich will aufstehen. Ich *muss* aufstehen.«

Als Boone nichts sagte, sah sie zu ihm hinüber. Er hatte sich auf dem Ellbogen abgestützt und starrte ihren Arm an.

»Boone.« Er wandte den Blick nicht von dem Verband ab, der dort um ihren Oberarm gewickelt war, wo Danas Kugel sie gestreift hatte. Gut, es war mehr als nur ein Streifschuss gewesen, sie war etwas in die Haut eingedrungen und hatte eine Furche hinterlassen, aber sie würde dieser Sache auf keinen Fall mehr Aufmerksamkeit schenken, als notwendig war. Hayden wiederholte seinen Namen, dieses Mal lauter und kräftiger. »Boone!«

Endlich sah er zu ihr auf. »Ja?«

»Es geht mir gut. Wirklich.«

Er seufzte. »Ich weiß. Aber du hast mir furchtbare Angst eingejagt, Hay.«

Hayden wusste das. In seinen Armen ohmnächtig zu werden war nicht ihr bester Moment gewesen und sie war sich bewusst, dass sie von den Jungs bei der Arbeit jede Menge Spott würde einstecken müssen, wenn sie wiederkam, aber derzeit musste sie sich mit Boone befassen. »Es tut mir leid, dass ich dir Angst gemacht habe, aber es geht mir wirklich gut. Ich glaube, es war einfach alles. Ich hatte einen Adrenalinabfall und in Kombination mit den Schmerzen hat er dafür gesorgt, dass ich kurz das Bewusstsein verloren habe.«

Als der gequälte Ausdruck auf seinem Gesicht nicht verschwand, setzte Hayden sich auf, zwang Boone, sich auf den Rücken zu legen, und setzte sich rittlings auf ihn.

Er hielt sie mit den Händen an den Hüften fest, um ihr dabei zu helfen, das Gleichgewicht zu halten, damit sie ihren Arm nicht belasten musste. »Du musst dich damit abfinden, Boone. Ich werde meinen Job nicht aufgeben. Dana ist nicht tot. Ja, hoffentlich wird man sie für eine lange Zeit wegsperren und ihr die psychologische Hilfe zur Verfügung stellen, die sie benötigt, aber es besteht die Möglichkeit, dass sie zurückkommt, um uns zu verfolgen. Zum Glück hast du diese Kameras anbringen lassen. Alles wurde aufgezeichnet. Sie wird verurteilt werden.«

»Meine Güte, Hay, versuchst du, mich zu beruhigen oder mir den Verstand zu rauben?«

Hayden lächelte den Mann, den sie liebte, von oben an. »Dich zu beruhigen. Und jetzt hör zu.« Sie hielt inne. »Hörst du zu?«

»Ja, ich höre zu«, brummte er und bohrte die Finger in die Haut an ihrer Hüfte.

»Kommst du mit allem zurecht, was passiert ist? Ich verstehe, dass du es für mich getan hast, und ich liebe dich, aber es ging gegen alles, was *dich* ausmacht.«

»Wenn ich es noch einmal tun müsste, würde ich jedes Mal genauso handeln.«

»Ehrlich gesagt ziehe ich es vor, wenn du es nicht tätest. Und ich spreche nicht davon, dass du sie geschlagen hast. Das war großartig.« Hayden rümpfte die Nase und zog die Mundwinkel zu einem kleinen Grinsen nach oben. »Ich meine, sie war sich hundertprozentig sicher, dass du sie nicht anrühren würdest, und die Art und Weise, wie ihr Kopf nach hinten geflogen ist, als du ihr eine verpasst hast, war einfach unbezahlbar. Das war meine Lieblingsstelle in dem Video. Aber ernsthaft, du hättest gar nicht erst dort sein sollen. Sie war wütend, aber sie ist vollständig durchgedreht, als du aufgetaucht bist. Du hättest drinnen bleiben sollen.«

»Nein.«

»Boone, ich hatte die Situation unter Kontrolle. Ich hatte sie entwaffnet. Für dich bestand kein Grund, dich –«

»Wenn ihre Kugel dich zehn Zentimeter weiter links getroffen hätte, wärst du jetzt tot.«

»Boone …«

Er legte einen Finger an ihre Lippen und brachte sie damit zum Schweigen. »Ich kann dich nicht verlieren, Hay. Ich kann nicht. Nicht jetzt, da ich dich gefunden habe. Ich habe sie in genau dem Moment geschlagen, in dem sie den Abzug betätigt hat. Ich werde bis zu meinem Todestag glauben, dass ihre Kugel dich getroffen hätte und du auf dem Boden vor meinen Füßen verblutet wärst, wenn ich sie nicht geschlagen hätte, und ich hätte nichts tun können, um dich zu retten. Du hattest deine Weste nicht an. Du bist einfach aus dem Bett geklettert, nachdem wir einen furchtbaren Streit hatten. Eine Kugel im Herzen kann nicht herausoperiert werden, Hay. Ja, ich habe mich gegen alles gestellt, woran ich glaube, aber wenn ich ehrlich bin, hat es sich gut angefühlt. Ich habe mich so lange von ihr herumschubsen lassen, dass meine Überzeugungen mich von dem abgelenkt haben, was richtig ist. Ich will damit nicht sagen, dass ich einem MMA-Club für Frauen beitreten werde, aber Dana hat mir eine Lektion erteilt.«

»Gut zu wissen«, sagte Hayden leise und wusste nicht,

ob sie weinen oder lächeln sollte. Für den Moment gewann das Weinen.

Boone sah zu, wie Haydens Augen sich mit Tränen füllten. »Weine nicht, Liebes. Dana hat mich zwar missbraucht, und dafür trage ich die Verantwortung, aber ich hätte keinesfalls zugelassen, dass sie dich tötet. Niemals. Ich hoffe, dass es das erste und einzige Mal war, dass ich eine Frau schlagen musste, aber wenn ich dich damit beschützen kann, würde ich es wieder tun.«

Hayden entspannte sich in seinem Halt noch weiter. »Ich liebe dich.«

»Und ich liebe dich.«

»Ich glaube, ich möchte weiterschlafen«, murmelte sie.

Boone lachte leise und half Hayden, sich auf ihn zu legen. »Wunderbar. Tu dir keinen Zwang an.« Er streichelte ihr mit der Hand über den Rücken, während er den anderen Arm um sie schlang und sie fest an sich drückte.

»Wann wirst du mich fragen, ob ich bei dir einziehen will? Ich wohne schon so gut wie hier«, brummte Hayden an seinem Hals.

»Was?« Boone verspannte sich unter ihr.

Hayden zuckte nicht einmal zusammen. »Ich meine, wir lieben uns, oder? Meine Eltern wollen dich adoptieren und auch wenn ich meinem Vater wirklich vollkommen egal bin, er liebt *dich* ... ich denke also, dass wir diese Beziehung halb offiziell machen sollten.«

»Hast du mir gerade einen Antrag gemacht?«, fragte Boone lachend und schnupperte an dem Haar in ihrem Nacken.

»Äh ... ich glaube nicht ... aber vielleicht schon.«

»Die Antwort lautet ja.«

»Bist du sauer?«, fragte Hayden, ohne sich von ihrer bequemen Position auf Boones Körper wegzubewegen.

»Sauer, dass du gefragt hast, bevor ich Gelegenheit dazu hatte? Überhaupt nicht.«

»Aber in den Büchern, die ich lese, sind die Männer immer sauer, wenn ihre Frauen ihnen zuvorkommen.«

»Hayden, es ist mir scheißegal. Solange du mit einem Ring an deinem Finger in meinem Bett landest, interessiert es mich nicht, wer wen fragt.« Er entspannte sich, als er spürte, dass ihre Muskeln noch schlaffer wurden und sie an ihm verschmolz.

»Gut, denn ich habe bereits auf der Webseite des Friedensrichters recherchiert.«

Boone lachte schnaubend. »Oh Gott, ich liebe dich.«

»Vielleicht wird Dana dich endlich in Ruhe lassen, wenn wir verheiratet sind.«

»Schlaf jetzt, Hay. Vergiss sie. Ab jetzt sind es du und ich. Träume von dem Ring, den du haben willst, und erzähl mir davon, wenn du aufwachst.«

»Oh, das weiß ich schon«, murmelte Hayden verschlafen an seinem Hals.

Boone lächelte und genoss es, Hayden einfach zu halten, als sie wieder einschlief. Er drehte den Kopf und schaute zu Ellie dem Elefanten, der auf dem Nachttisch neben dem Bett saß. Er griff danach, kuschelte Hayden seitlich an sich und schob ihn zwischen ihre Körper an ihre Brust. Sie murmelte und neigte den Kopf so weit, bis ihr Kinn auf dem Körper des lächerlichen Kuscheltiers ruhte.

Boone wusste nicht, was an diesem alten, vertrauten Kuscheltier Hayden Trost spendete, aber es war ihm vollkommen egal. Er hatte kein Problem, für den Rest ihres Lebens mit ihr *und* Ellie zu schlafen, wenn sie es so wollte. Sie war ein knallharter Hilfssheriff und unglaublich süß. Er liebte sie mit jeder Faser seines Seins.

Boone schloss die Augen und genoss das Gefühl dieser außergewöhnlichen Frau in seinen Armen. Er wusste, dass sie sehr viel Arbeit vor sich hatten. Es war wirklich zu früh, um zu heiraten, sie konnten eine lange Verlobung haben. Aber zusammenzuziehen? Das würde definitiv so schnell wie möglich geschehen. Er liebte Hayden und sie liebte ihn. Nichts war es wert, das zu verlieren.

EPILOG

»Du kennst die Regel, Yates. Wenn du angeschossen wirst, musst du einen Abend lang Bier für alle ausgeben.«

Hayden sah sich um. In der Kneipe waren nicht nur Jimmy, Troy, Brandon, Juan *und* der Sheriff höchstpersönlich, sondern auch Dax und Mack, Quint und Corrie, Cruz und Mickie, Dax' Freund Westin King und seine Freundin Laine, TJ, Calder und sogar Conor hatten sich dazugesellt.

»Ja, aber nicht für tausend Leute, ihr Idioten.«

Alle lachten sie aus. »Halt die Klappe und zücke dein Portemonnaie, Yates«, scherzte TJ, der sich auf seinem Stuhl zurücklehnte und Haydens Unbehagen genoss.

»Ich weiß nicht, warum ich mich mit euch überhaupt abgebe«, brummte Hayden, als sie der Kellnerin ihre Kreditkarte reichte, damit sie die Bestellungen auf ihre Rechnung schreiben konnte.

»Weil du uns liebst«, sagte Conor ruhig.

Hayden blickte auf, als Boone mit einem Tablett

voller neongrüner Getränke wieder an den Tisch kam. Sie grinste ihn an.

»Was zur Hölle ist *das* für ein Gebräu?«, fragte TJ ungläubig. »Es sieht aus wie Pisse von Außerirdischen oder so was.«

»Midori Sours für die Damen«, antwortete Boone beschwingt und reichte Mack, Mickie, Laine und Hayden ihre Getränke, bevor er Corries Glas Quint gab, damit er es ihr reichte. Da Corrie nicht sehen konnte, wo er ihr Glas hinstellen würde, wollte er nicht, dass sie es versehentlich umstieß. Er wusste, dass Quint dafür sorgen würde, dass es einen sicheren Platz bekäme.

»Oooooh, Hayden ist jetzt also eine *Daaaaame*«, zog TJ sie freundlich auf.

»Halt die Klappe, Rockwell. Wenn ich einen bunten Fruchtcocktail trinken will, dann werde ich das verdammt noch mal tun«, sagte Hayden zu ihm und hielt der Gruppe ihr Getränk entgegen, wobei sie sein Stottern nach ihrer Bemerkung einfach ignorierte. »Ein Prost …« Sie hielt inne und wartete darauf, dass alle ihre Flaschen oder Gläser hoben. »Auf Freundschaft, Liebe und darauf, dass wir weiterhin sicher sind. Mögen diejenigen von euch, die einen Partner haben, in der Liebe schwelgen, und die ohne«, Hayden warf TJ einen schelmischen Blick zu, bevor sie weitersprach, »sie dort finden, wo sie sie am wenigsten vermuten.«

Alle sagten »Prost!« und nahmen große Schlucke von ihren Getränken.

Boone zog Hayden an sich, schnupperte an ihrem Hals und lächelte, als sie kicherte. Seit dem ersten Abend mit ihren Kollegen hatte sie sich sehr verändert. Sie war entspannter geworden und hatte sogar einige Röcke gekauft. Boone hatte ihre Freunde und Kollegen einige Male zurechtweisen müssen, wenn sie sie auf unpassende Weise behandelt hatten, und ihnen war langsam klar geworden, wie sehr sie Hayden als einen der Jungs behandelt hatten, obwohl sie tatsächlich eine hübsche, sinnliche Frau war.

Boone wusste, dass Haydens Eltern sie immer als das Mannsweib sehen würden, das sie großgezogen hatten, aber er hoffte, dass sie Hayden mit ein wenig Hilfe früher oder später als Frau wertschätzen würden. Ihr Vater würde schwer zu überzeugen sein, aber hoffentlich würde er eines Tages erkennen, wie erfolgreich und wunderbar seine Tochter war – und das hatte sie nicht ihm zu verdanken.

Die Gruppe saß zusammen, nippte an ihren Bieren oder anderen Getränken und unterhielt sich noch mehrere Stunden miteinander, bevor einer nach dem anderen aufbrach, um nach Hause zu fahren.

»Danke für das Bier, Yates. Wir sehen uns in ein paar Tagen«, sagte Juan zu Hayden, als er sich verabschiedete.

»Haben wir dieselbe Schicht?«

»Jup.«

»Super, dann bis dann«, sagte Hayden zu Juan, bevor er sich entfernte.

»Wir müssen ein Mädelstreffen organisieren«, sagte Mack zu Corrie, Mickie, Laine und Hayden. »Wir sehen uns zwar hier in der Kneipe, wenn wir mit unseren Männern ausgehen, aber wir brauchen auch einen Abend, an dem wir Frauen unter uns sind.«

Hayden lächelte strahlend, denn sie fand es toll, dass Mack sie in ihrer Aussage mit eingeschlossen hatte.

»Ich werde euch anrufen und dann organisieren wir etwas, okay?«, fuhr Mack fort. »Und Hayden, vergiss nicht, dass ich nächsten Samstag meine Wette einlösen werde. Laine und ich werden dich um neun Uhr abholen, und dann werden wir den ganzen Tag im Einkaufszentrum verbringen.«

Alle stimmten zu, dass Mack ihren Mädelsabend organisieren sollte, und Hayden stöhnte, als sie an den Einkaufsmarathon dachte, den sie mit Mackenzie und ihrer besten Freundin absolvieren würde. Sie sah zu, wie ihre neuen Freundinnen mit ihren Männern die Kneipe verließen.

Schließlich saßen nur noch TJ, Hayden und Boone am Tisch.

»Du hast dich gut geschlagen, Kleines«, sagte TJ grinsend zu Hayden.

Hayden rollte mit den Augen. »Ich bin älter als du, Arschloch. Du kannst mich nicht als Kleines bezeichnen.«

Die beiden lächelten einander an. Er hatte seinen Gedanken Ausdruck verliehen. Er war stolz auf ihre Handlungen und freute sich, dass sie noch da war. Das war ausreichend.

»Sollte es dir jemals langweilig werden, Streife zu fahren, dann ruf mich an. Ich werde beim Sheriff ein gutes Wort für dich einlegen«, sagte Hayden zu ihm.

»Als hätte ich es jemals satt, Leute zu kontrollieren. Es ist unfassbar interessant. Du weißt nie, wen du anhältst. Es könnte eine kleine, alte Oma sein, die Schlangenlinien fährt, weil sie nicht übers Armaturenbrett gucken kann und senil ist, oder ein geflohener Straftäter. Ich liebe den Adrenalinschub, den ich davon bekomme. Es ist fast so gut, wie in der Armee zu sein.«

»Du bist verrückt.« Hayden sah TJ an und rollte mit den Augen. Sie hasste Verkehrskontrollen.

»Stimmt, aber ich bin gut darin. Deshalb werde ich noch etwas länger dabei bleiben.«

TJ stand auf, boxte Hayden leicht auf ihre unverletzte Schulter und lachte, als Boone mit bösem Blick zu ihm aufsah und Hayden näher an sich zog.

»Fahrt nach Hause, Leute. Ich habe morgen Frühschicht, deshalb muss ich auch los, damit ich meinen Schönheitsschlaf bekomme«, scherzte TJ.

»Klingt nach einer guten Idee. Boone, lass mich aufstehen. Ich muss die Rechnung bezahlen«, sagte Hayden.

»Nein, das musst du nicht«, sagte Boone, verstärkte mit dem Arm den Griff um sie und sorgte dafür, dass sie an Ort und Stelle blieb. »Ich habe mich bereits darum gekümmert.«

»Du Arschloch«, sagte Hayden ohne Wut in der Stimme und lächelte ihn an. »Dann war es also zwecklos, dass ich der Kellnerin meine Karte gegeben habe, als ich eingetroffen bin?«

TJ beugte sich nach vorn und gab Hayden einen Kuss auf den Kopf. »Jup. Wir haben bereits mit ihr gesprochen. Sie hat deine Karte mitgenommen, sie aber nicht belastet. Ich bin froh, dass es dir gut geht, Yates. Ohne dich wäre es hier nicht das Gleiche.« Er tätschelte leicht ihre Schulter, drehte sich um und ging in Richtung Ausgang.

Hayden sah zu Boone auf. »Wann hast du bezahlt?«

»Als du vorhin mit den Mädels auf dem Klo warst.«

»Boone!«

»Was?«

»Ich sollte eigentlich zahlen.«

»Hay, zuerst einmal würde keiner der Jungs, die heute Abend hier waren, *jemals* zulassen, dass eine Frau den ganzen Abend ihre Getränke übernimmt. Das würde niemals passieren.«

»Aber in ihren Augen bin ich keine Frau.«

»Doch, das bist du. In der Vergangenheit haben sie dich vielleicht nicht so gesehen, aber wie könnten sie es bei diesen Beinen jetzt übersehen?« Boone streichelte über Haydens nackten Oberschenkel. Ihr Minirock war hochgerutscht, als sie auf dem Stuhl Platz genommen hatte. Als sie errötete, lächelte er sie an.

»Und zweitens«, fuhr Boone fort, »wirst du nie zahlen, wenn ich mit dir unterwegs bin ... erinnerst du dich?«

»Du bist so ein Neandertaler«, beschwerte Hayden sich gespielt ernst.

»Ja, aber ich bin *dein* Neandertaler«, konterte Boone.

»Das bist du. Ich glaube, es wird Zeit, dass *mein* Neandertaler mich nach Hause in unser Bett bringt.«

Hayden kreischte auf, als Boone sofort aufstand und sie auf die Arme nahm. »Boone, mein Rock.«

»Ich habe alles unter Kontrolle. Ich werde nicht zulassen, dass die gesamte Kneipe darunter schauen kann. Das ist nur für meine Augen bestimmt.«

Hayden schlang die Arme um Boones Hals und kuschelte sich an ihn, dann leckte sie über die Haut unter seinem Ohr. »Geh schneller. Ich bin in der Stimmung, das neue Gleitmittel mit Erdbeergeschmack auszuprobieren, das ich letzte Woche gekauft habe.« Sie lachte, als Boone das Tempo beschleunigte und raus zum Wagen eilte.

»Ich liebe dich, Boone.«

Er beugte sich auf seinem Sitz zu ihr hinüber, bevor er den Motor anließ. »Ich liebe dich auch, Hayden. Und jetzt halt die Klappe, damit ich uns sicher nach Hause bringen kann. Ich will nun wirklich nicht, dass einer deiner Freunde mich anhält. Ich bin so was von bereit für dich, dass ich die zusätzlichen zehn Minuten nicht aushalten würde, die es dauert, um einen Strafzettel zu kassieren.«

Hayden lehnte den Kopf an die Kopfstütze von Boones Wagen und schaute ihn an, während er sicher zurück zu seiner Farm fuhr. Sie war die glücklichste Frau auf dem Planeten.

Einige Wochen später saß Hayden nach der Arbeit mit Crash in der Sitznische eines kleinen Restaurants, das sich auf der anderen Seite von Wache sieben befand, und aß mit ihm zu Mittag. Sie hätte nicht gedacht, jemals so gut mit irgendwem befreundet zu sein wie mit ihren Kollegen aus dem Gesetzesvollzug, aber es stellte sich heraus, dass die Feuerwehrmänner von Wache sieben tolle Kerle waren, und weil sich ihre Wege kreuzten, lernten sie sich besser kennen.

Sie war zur Wache gefahren, um mit Moose zu sprechen und ihm zu danken, dass er sich an jenem Abend, an dem Dana ihr Drogen ins Glas getan hatte, um sie gekümmert hatte, war nach einer Stunde aber immer noch dort gewesen und hatte sich mit den anderen Feuerwehrmännern unterhalten. Crash hatte sie nur einmal angesehen, war sofort vor ihr auf die Knie gefallen und hatte sie angefleht, ihn zu heiraten. Seit diesem Tag waren die beiden miteinander befreundet.

Er war ebenfalls einer der Feuerwehrmänner, die zu Boones Farm ausgerückt waren, nachdem Dana auf sie geschossen hatte. Er hatte sich sehr professionell verhalten und nicht nur geholfen, den Blutfluss aus ihrem Arm zu stoppen, sondern hatte sich ebenfalls um Boone gekümmert.

Crash war lustig. Manchmal glaubte Hayden, etwas in ihm zu erkennen, etwas, das sie an sich selbst erinnerte, bevor sie Boone begegnet war, aber sobald sie es entdeckt hatte, war der scherzende, lustige Kerl wieder hervorgetreten.

»Danke, dass du dich mit mir zum Mittagessen triffst.«

Crash nahm einen herzhaften Bissen von seinem Sandwich und zwinkerte ihr zu. »Kein Problem. Als würde ich eine Verabredung mit einer scharfen Polizistin ausschlagen.«

Hayden ignorierte seine offensichtlichen Flirtversuche. Wenn sie eins über Crash gelernt hatte, dann war es, dass er einer der zwei Frauenhelden der Wache war. Es hatte den Anschein, als würden Frauen sich magisch von ihm angezogen fühlen ... und er nutzte das mit aller Macht aus. Nachdem sie sowohl bei der Arbeit als auch nach Feierabend, wenn Polizisten und Feuerwehrpersonal miteinander etwas trinken gingen, Zeit mit den Feuerwehrmännern verbracht hatte, war Hayden klar geworden, dass der Großteil von Crashs Verhalten bloß heiße Luft war. Er flirtete zwar mit Frauen, doch sie hatte noch nie gesehen, dass er mit einer von ihnen nach Hause gegangen wäre. Es war, als hätte er seinen Ruf als männliche Hure geschaffen, um seine Unsicherheit über gewisse Dinge zu verbergen.

»Wie geht es Beth?« Seit Hayden geholfen hatte, Sledges Freundin nach einem Einbruch in sein Haus zu finden, war sie von ihr fasziniert. Die Frau war durch die Hölle gegangen, kämpfte jedoch mit Sledges Hilfe und den passenden Medikamenten gegen ihre Agoraphobie an.

»Wirklich großartig. Sie liebt es, für die Regierung zu arbeiten. Ich schwöre dir aber, sie ist tödlich ... sie kann alles hacken. Ich habe Angst, sie zu verärgern. Nachdem Sledge neulich etwas Dummes getan hatte, hat sie sich in unseren Fernseher gehackt und wir konnten nur noch den Disney-Kanal empfangen. Ich sage nur eins, das war ein langer Tag für uns.«

Hayden lachte. Sie konnte sich genau vorstellen, dass Beth das tun würde. Sie mochte sie. Hayden öffnete den Mund, um Crash zu sagen, er solle besser auf sich aufpassen, weil diese Frau immer gewinnen wird, als die laute Stimme eines Mannes durch das Restaurant hallte.

»Ernsthaft? Du willst jetzt gehen? Wir haben gerade erst bestellt!«

Hayden schaute sich um und sah ein Paar, das in einer Sitznische saß. Unter dem Tisch saß ein schwarzer Labrador mit einer Weste für Assistenzhunde, der die

Vorderpfoten in den Schoß der Frau gelegt hatte. Sie sah aufgewühlt und besorgt aus. Sie und Crash sahen zu, wie die Frau etwas zu dem Mann sagte, aber worum auch immer es sich handelte, es war offensichtlich nicht das, was der Mann hören wollte.

Crash legte schnell seine Serviette neben seinen Teller und erhob sich. Hayden wollte es ihm gerade gleichtun, als er abwinkte.

»Ich werde nachsehen und dir Bescheid sagen, wenn sie dich braucht.« Crashs Worte waren grob und hart.

Hayden entspannte sich. Nein, Crash war kein Polizist, aber weil der Mann, mit dem die Frau zusammengesessen hatte, sich bereits entfernte, machte es nicht den Eindruck, als würde diese Situation ihre Anwesenheit erfordern.

Sie lehnte sich auf ihrem Platz zurück, behielt ihren Freund aber im Auge, als er rasch zu dem Tisch mit der verstört wirkenden Frau hinüberging.

Crash hasste den Gesichtsausdruck der Frau. Er hatte keine Ahnung, warum er nicht zugelassen hatte, dass Hayden sich um diese Situation kümmerte, aber die Frau mit ihrem Hund strahlte irgendetwas aus, das ihn berührte.

Er sprach mit seinen Freunden nicht über seine Kindheit und war sich nicht einmal sicher, ob irgendjemand wusste, dass er eine Schwester mit Down-Syndrom hatte. Aber er hatte sein gesamtes Leben lang mitbekommen, wie sie schikaniert worden war, und erkannte die Anzeichen schon von Weitem.

Laura ging es heute wunderbar. Sie lebte in einem Behindertenheim in Phoenix, Arizona. Sie arbeitete in einem Supermarkt, wo sie Einkäufe einpackte, und liebte es. Laura schien sich nicht daran zu erinnern, wie schwer ihre Kindheit gewesen war, aber Crash würde es niemals vergessen.

Er richtete die Aufmerksamkeit wieder auf die Frau am Tisch. Sie streichelte ihren Hund und versuchte, ihre Fassung wiederzuerlangen.

»Geht es Ihnen gut?«

Sie fuhr mit dem Kopf herum, als hätte er sie überrascht, und Crash nahm an, dass das vermutlich stimmte. »Ich konnte nicht umhin zu bemerken, dass Sie bestürzt wirken.«

Die Frau sah erleichtert aus, ihn zu erblicken oder zumindest seine Uniform. »Sind Sie Feuerwehrmann?«

»Ja, Ma'am.«

»Ein Rettungssanitäter oder Notarzt?«

»Ja ...« Crash verstummte, denn ihm gefiel die Richtung nicht, in die dieses Gespräch sich bewegte.

»Ich bin Adeline. Mir bleiben etwa zehn Minuten, bevor ich einen epileptischen Anfall haben werde, wie Coco«, sie deutete auf den Hund, der ihr derzeit ins Gesicht hechelte und mit der Pfote an ihrem Bein kratzte, »mich vorgewarnt hat. Ich muss an einen sicheren Ort gelangen, ich kann nicht fahren und die Person, die mich dorthin hätte bringen können«, sie hielt einen kostbaren Moment lang inne, um einen finstern Blick zu der Tür zu werfen, durch die der Mann, der bei ihr gesessen hatte, verschwunden war, »scheint mich abserviert zu haben. Es ist mir schrecklich peinlich, aber ich wüsste Ihre Hilfe wirklich zu schätzen.«

Die Stimme der Frau war heiser. Er hatte keine Ahnung, ob das ihr normaler Tonfall war oder ob es mit dem Stress zu tun hatte, unter dem sie derzeit stand, aber was auch immer es war, es traf ihn hart.

Er hatte noch nie an Liebe auf den ersten Blick geglaubt, aber Herrgott, diese Frau erweckte in ihm Gedanken an lange Nächte im Bett, Schaumbäder und Spaziergänge, bei denen sie beide Händchen hielten.

Innerlich schüttelte Crash sich. Er musste sie und ihren Hund an einen sicheren Ort bringen. Er wusste, dass man epileptische Anfälle niemals auf die leichte Schulter nehmen durfte. Er hatte viele Fragen über die Art von Epilepsie, an der sie litt, und welche Art von Anfall sie wohl bekommen würde, aber das Wichtigste zuerst. Sie wusste offensichtlich gut über ihren Zustand Bescheid, da sie einen Assistenzhund hatte und ganz genau wusste, was sie zu tun hatte, doch er verspürte weiterhin das Bedürfnis, sie vor den neugierigen Blicken der anderen Gäste im Restaurant zu beschützen und sie in Sicherheit zu bringen.

Er erinnerte sich an das Gespräch, das er einmal mit Beth über seinen Namen gehabt hatte, und verstand irgendwie, dass die sofortige Anziehung, die er zu der Frau gespürt hatte, die so tapfer vor ihm saß, einzigartig war. Aus diesem Grund traf er im Bruchteil einer Sekunde eine Entscheidung.

Crash streckte ihr die Hand hin. »Mein Name ist

Dean. Es freut mich, dich kennenzulernen. Vertrau mir, ich werde mich um dich kümmern.«

Er schaute in Adelines Augen, als sie seinen Gruß erwiderte und ihre Hand in seine legte, und wusste, dass sein Leben nie wieder so sein würde wie zuvor.

Adeline vertraut ihrem Assistenzhund und ihrem Assistenzhund allein, aber wie Sie sehen, hat sie keine andere Wahl, als ihre Gesundheit in Crashs Hände zu legen. Und er stellt sich der Herausforderung. Und wie er sich ihr stellt. Holen Sie sich das nächste Buch in der Badge-of-Honor-Reihe, *Sicherheit für Adeline*, und finden Sie heraus, was passiert!

BÜCHER VON SUSAN STOKER

<u>Badge of Honor: Die Texas Heroes</u>
Gerechtigkeit für Mackenzie (1 Dez)
Gerechtigkeit für Mickie (1 Dez)
Gerechtigkeit für Corrie (1 Mar)
Gerechtigkeit für Laine (1 Mar)
Sicherheit für Elizabeth (1 Apr)
Gerechtigkeit für Boone (1 Apr)
Sicherheit für Adeline (1 Jun)
Sicherheit für Sophie (1 Jun)
Gerechtigkeit für Erin
Gerechtigkeit für Milena
Sicherheit für Blythe
Gerechtigkeit für Hope
Sicherheit für Quinn
Sicherheit für Koren
Sicherheit für Penelope

<u>Die Männer von Alpha Cove</u>

Ein Soldat für Britt (12 Aug)
Ein Seemann für Marit (3 Mar)
Ein Pilot für Harper
Ein Wächter für Jordan

Ein Spiel des Glücks
Ein Beschützer für Carlise
Ein Prinz für June
Ein Held für Marlowe
Ein Holzfäller für April

Die Männer von Silverstone
Vertrauen in Skylar
Vertrauen in Taylor
Vertrauen in Molly
Vertrauen in Cassidy

SEALs of Protection: Alliance
Schutz für Remi
Schutz für Wren
Schutz für Josie
Schutz für Maggie
Schutz für Addison
Schutz für Kelli
Schutz für Bree

Die Rescue Angels
Hilfe für Laryn (1 Jul)
Hilfe für Amanda (4 Nov)
Hilfe für Zita

Hilfe für Penny
Hilfe für Kara
Hilfe für Jennifer

Das Bergungsteam vom Eagle Point

Ein Retter für Lilly
Ein Retter für Elsie
Ein Retter für Bristol
Ein Retter für Caryn
Ein Retter für Finley
Ein Retter für Heather
Ein Retter für Khloe

Die SEALs von Hawaii:

Die Suche nach Elodie
Die Suche nach Lexie
Die Suche nach Kenna
Die Suche nach Monica
Die Suche nach Carly
Die Suche nach Ashlyn
Die Suche nach Jodelle

Die Zuflucht in den Bergen

Zuflucht für Alaska
Zuflucht für Henley
Zuflucht für Reese
Zuflucht für Cora
Zuflucht für Lara
Zuflucht für Maisy
Zuflucht für Ryleigh

SEALs of Protection: Legacy
Ein Beschützer für Caite
Ein Beschützer für Brenae
Ein Beschützer für Sidney
Ein Beschützer für Piper
Ein Beschützer für Zoey
Ein Beschützer für Avery
Ein Beschützer für Kalee
Ein Beschützer für Jane

Mountain Mercenaries:
Die Befreiung von Allye
Die Befreiung von Chloe
Die Befreiung von Morgan
Die Befreiung von Harlow
Die Befreiung von Everly
Die Befreiung von Zara
Die Befreiung von Raven

Ace Security Reihe:
Anspruch auf Grace
Anspruch auf Alexis
Anspruch auf Bailey
Anspruch auf Felicity
Anspruch auf Sarah

Die Delta Force Heroes:
Die Rettung von Rayne
Die Rettung von Emily
Die Rettung von Harley
Die Hochzeit von Emily

Die Rettung von Kassie
Die Rettung von Bryn
Die Rettung von Casey
Die Rettung von Wendy
Die Rettung von Sadie
Die Rettung von Mary
Die Rettung von Macie
Die Rettung von Annie

Delta Team Zwei
Ein Held für Gillian
Ein Held für Kinley
Ein Held für Aspen
Ein Held für Jayme
Ein Held für Riley
Ein Held für Devyn
Ein Held für Ember
Ein Held für Sierra

SEALs of Protection:
Schutz für Caroline
Schutz für Alabama
Schutz für Fiona
Die Hochzeit von Caroline
Schutz für Summer
Schutz für Cheyenne
Schutz für Jessyka
Schutz für Julie
Schutz für Melody
Schutz für die Zukunft
Schutz für Kiera

GERECHTIGKEIT FÜR BOONE

Schutz für Alabamas Kinder
Schutz für Dakota
Schutz für Tex

Eine Sammlung von Kurzgeschichten
Ein langer kurzer Augenblick

BIOGRAFIE

Susan Stoker ist die New York Times, USA Today und Wall Street Journal Bestsellerautorin der Buchreihen »Badge of Honor: Texas Heroes«, »SEAL of Protection«, »Die Delta Force Heroes« und einigen mehr. Stoker ist mit einem pensionierten Unteroffizier der US-Armee verheiratet und hat in ihrem Leben schon überall in den Vereinigten Staaten gelebt – von Missouri über Kalifornien bis hin zu Colorado. Zurzeit nennt sie die Region unter dem großen Himmel von Tennessee ihr Zuhause. Sie glaubt ganz und gar an Happy Ends und hat großen Spaß daran, Geschichten zu schreiben, in denen Romantik zu Liebe wird.

Besuchen Sie Susan im Netz!
www.stokeraces.com
facebook.com/authorsusanstoker
twitter.com/Susan_Stoker

bookbub.com/authors/susan-stoker
instagram.com/authorsusanstoker
Email: Susan@StokerAces.com

www.ingramcontent.com/pod-product-compliance
Lightning Source LLC
LaVergne TN
LVHW021756060526
838201LV00058B/3124